Zu diesem Buch

Der exzentrische Künstler Martin Rinke wird mit einem blutverschmierten Messer in der Hand bei einer Frauenleiche überrascht und beschuldigt, ein brutaler Mörder zu sein. Sein aufbrausendes Verhalten und die brutalen Gewaltdarstellungen in seinen Bildern weisen in Richtung eines psychisch gestörten Triebtäters. Er beteuert zwar seine Unschuld, weiß aber selbst nicht genau, was eigentlich passiert ist.

Die gesamte Geschichte ist erzählt aus dem subjektiven Blickwinkel des Malers, der sich immer wieder auch mit philosophischen, religiösen und aktuellen gesellschaftlichen Themen befasst. Alles, was geschieht und was geschehen ist, erfährt der Leser nur durch seine von Gefühlen, Phantasien und Macken getrübte Sicht auf die Welt.

Heinz Diedenhofen (Jahrgang 1953) hat bisher zahlreiche Theaterstücke für Kinder und Jugendliche geschrieben und zur Aufführung gebracht. Sein erster Roman für Erwachsene „Die Zärtlichkeit der Fliegen" spielt im Frühjahr 2015 in Bonn und verschiedenen Orten des Rhein-Sieg-Kreises.

Heinz Diedenhofen

Die Zärtlichkeit der Fliegen

Kriminalroman

Bibliografische Information der Deutschen
Nationalbibliothek: Die Deutsche Nationalbibliothek verzeichnet diese Publikation in der
Deutschen Nationalbibliografie; detaillierte
bibliografische Daten sind im Internet über
http://dnb.dnb.de abrufbar.

© 2018 Heinz Diedenhofen
Herstellung und Verlag:
BoD – Books on Demand, Norderstedt

ISBN: 978-3-7460-8153-3

Ich war's nicht! Das will ich gleich klarstellen.

Ich war's wirklich nicht. Das ist ein Irrtum.

Ich hätte es direkt sagen sollen, als die Leute durch die Tür drängten. Aber ich stand unter Schock, war durch die schreckliche Entdeckung wie gelähmt, gefangen zwischen Unglauben und Traurigkeit. Sekunden wie Stunden.

Und als sich alle Augen auf mich richteten, dachte ich nur:

Das darf doch nicht wahr sein: Ich unter Verdacht!

Sofort packten sie mich.

Natürlich habe ich mich gewehrt. Wer lässt sich schon gerne überwältigen? Aber muss man mir deshalb den Arm fast auskugeln, ins Gesicht schlagen, in die Eier treten?

Gut – ich bekam Wut, habe getobt, – aber doch nur aus Angst! Ich sah den Hass in ihren Augen, ihren Wunsch nach Rache. Am besten sofort lynchen!

Ich war froh, als mich die Beamten aus diesem Hexenkessel rissen, obwohl die auch nicht gerade zimperlich waren.

Von der Fahrt weiß ich nicht viel. Sie haben mir im Auto den Kopf zwischen die Beine gedrückt. Ich sah nur meine blutigen Schuhe.

Dann das große Gebäude, Glasbausteine, Gitterstäbe. Ich begriff, bekam Panik und krallte mich am Geländer fest.

Selbst ein Dicker mit mörderischen Kräften bekam mich nicht los. Ich trat um mich und schrie: „Nein! – Ich war's nicht!" Aber niemand hörte auf mich.

Zum Glück kam noch rechtzeitig der Doktor. „Ich glaube Ihnen", hat er gesagt. Er stand einfach da in seinem weißen Kittel – mit einer Spritze in der Hand und sagte: „Ich glaube Ihnen." Und das mit einer lauten, festen Stimme.

Alle hielten inne. – Auch ich.

Normalerweise bin ich vorsichtig bei diesen Halbgöttern in Weiß. Aber diesmal fiel mir eine Last von der Seele. Es tut gut, wenn man jemanden hat, der einem glaubt. Es ist ein tolles Gefühl. Wie angenommen sein! Wenn auch von einem Arzt.

„Nur zu Ihrer Beruhigung", sagte er. Ein Pikser. Ich nahm die Hände von den Gitterstäben und ließ mich widerstandslos in diesen Raum führen.

Kein Fenster. Alles weiß. Neonlicht.

Ein Bett, ein Schrank, ein Tisch, ein Stuhl, ein Klo, ein Waschbecken – alles weiß.

Ein Ventilator summt.

Seine Hand auf meiner Schulter, – warm. Die sonore Stimme: „Es wird sich aufklären. Bald sind Sie hier raus."

Ich soll alles aufschreiben, hat er gesagt. „Dann geht es schneller." Alles, was ich weiß!

Was weiß ich denn?

Die Wand ist weiß. Der Tisch ist weiß. Schrankweiß ..., Bett ... Oh ja, ich will liegen, will schlafen, die Trauer weiß schlafen, Deckweiß, Titanweiß, Neonweiß ...

Als ich aufwache, habe ich Schmerzen im rechten Arm. Der Einstich. Ich habe nur ein graues Nachthemd an. Darunter bin ich nackt. Meine blutverschmierte Kleidung ist weg. Meine Fingerkuppen sind schwarz. Wurden mir Fingerabdrücke genommen? Dürfen die das einfach so?

Auf dem Tisch liegen ein Block Papier und ein Stift. Ach ja, alles aufschreiben, was ich weiß! Auf weißem Papier!

Ich muss pinkeln.

Das Klo neben dem Schrank hat nicht mal einen Deckel. Ich brauche nur das Nachthemd anzuheben – wie die Frauen früher. Traumhaft für Männer!

Der Strahl ist merkwürdig gelb.

Als die Spülung verrauscht ist, höre ich die Stille. Da ist wirklich kein Laut von außen. Ich liege da und höre nur mich atmen. Ein Kloß wächst in meinem Bauch, ein Trauerkloß, wird immer breiter und breiter. Kein Platz mehr für Luft.

Arme Eva! Wie sie daliegt!

Irgendwann springt der Ventilator an. Sein Summen macht mich schläfrig.

Ich schrecke hoch. Die Tür schlägt zu. Auf dem Tisch steht ein Teller mit dampfender Suppe. Der Geruch zieht mich magisch an. Linsensuppe mit Wurst. Hungrig beginne ich zu löffeln.

Die Wurst ist klein geschnitten – wie in dem Witz vom Frauengefängnis, in dem die Frauen einen Aufruhr abbrechen, als ihnen gedroht wird, dass ansonsten die Wurst in der Suppe zerstückelt wird.

Ich kleckre auf den Tisch. Ein dicker Tropfen landet oben auf dem Papier. Jetzt ist es nicht mehr nur weiß. Es ist befleckt. Ich nehme den Stift und schreibe mit großen Buchstaben daneben: Ich war's nicht!

Schlüsselgerassel. Der Dicke kommt herein. Hinter ihm der Arzt. Der Dicke nimmt sich den leeren Suppenteller. „Danke für die blauen Flecken", sagt er und verschwindet wieder. Ich verstehe nicht.

„Wie geht es Ihnen?", fragt der Doktor. Ich zucke mit den Schultern und spüre plötzlich überall Prellungen. Er fühlt mir den Puls und schaut mir in Mund und Augen:

„Es sieht schlecht für Sie aus. Alles spricht gegen Sie."

„Aber Sie glauben mir doch, Herr Doktor!?"

„Das sage ich immer – zur Beruhigung. Da wusste ich außerdem noch nicht ..."

Dumpfe Angst kriecht in mir hoch: „Aber, Herr Doktor! Ich könnte so etwas doch nie tun! So etwas Schreckliches! Ich habe nichts gegen Frauen! Im Gegenteil: Ich liebe Frauen!"

Der Arzt zieht die Augenbrauen hoch und wendet sich zur Tür: „Aber irgendwie stecken Sie doch in der Sache drin. Schreiben Sie es

auf! Schreiben Sie alles auf, was Sie wissen!
Sonst kommen Sie hier nie heraus."

Benommen hänge ich am Tisch und starre
Ewigkeiten auf das Papier. Der Linsensuppenfleck ist inzwischen eingetrocknet. Daneben
steht ein Satz, ein kleiner Satz. Ich unterstrei-
che ihn, möchte etwas dazu schreiben, aber
ich weiß nicht was. Wo anfangen? Und – was
ist wichtig? Ich male Augen in den Linsensuppenfleck, eine schiefe Nase, einen Mund. Aus
dem Fleck wird eine Fratze, die mich frech
angrinst und zu mir sagt: „Das hast du jetzt
davon, dass du so ein Frauenliebhaber bist."
    Ärgerlich reiße ich das Blatt vom Block. Ich
nehme den Stift und schreibe darauf: Ja, ich
bin ein Frauenliebhaber. Ich liebe Frauen. Ein
schnarrender Ton durchbricht die Stille.
    Auf einen Schlag geht das Licht aus. Ich sit-
ze da und starre ins Dunkel. Grünlich ahne
ich die Umrisse der Möbel. Es sind nicht nur
Nachbilder in meinen Augen. Eine Minibirne
ist als Notlicht angegangen und lässt bizarre
Schatten entstehen. Ich lege mich aufs Bett
und betrachte alles. Der Schatten des Wasser-
krans steht bedrohlich an der Wand. Das Klo
wirkt wie ein riesiger Schlund.
    Aus der dunklen Schrankecke tanzt plötz-
lich eine Frau mit weitem Rock hervor. Es
ist Eva. Sie dreht und dreht sich und kreist
selbstverliebt um sich selbst. Dabei rafft sie
hin und wieder ihren Rock kurz hoch und für

Sekundenbruchteile sehe ich, dass sie darunter nackt ist. Sie tanzt immer näher ans Bett heran und mit einer Drehung schwingt ihr Rock auf mein Gesicht. Mir wird schwarz vor Augen.

Am nächsten Tag, nein, besser: Als das Licht angeht, fühle ich mich gut ausgeruht. Ich finde im Schrank Waschsachen und genieße es, mich ausgiebig zu reinigen. Sogar das getrocknete Blut unter den Fingernägeln bekomme ich ab. Dann warte ich.

Das Frühstück wird mir durch eine Klappe in der Tür gereicht. Ich mag nichts essen.

„Du wirst gleich dem Haftrichter vorgeführt", höre ich einen Wärter.

Mich stört das „Du", aber ich sage nur: „Nicht in diesem Nachthemd." Wenig später bekomme ich Unterwäsche und eine Art Trainingsanzug – grau.

Von zwei Wärtern werde ich durch endlose Gänge geführt. Ist das hier ein Gefängnis mit Krankenstation oder ein Krankenhaus mit Gitterfenstern und Gittertüren? Draußen wartet ein Kleinbus. Bis auf die Scheiben vorne sind alle Fenster ebenfalls vergittert. Eingekeilt zwischen schweigenden Beamten werde ich durch die Stadt gekarrt. Im Gericht erwartet mich der Haftrichter in einem kargen Büro.

„Sind Sie Herr Rinke? Martin Rinke?"

Ich nicke und bestätige Geburtsdatum und Adresse.

„Sie sind Künstler?"

„Klar!", sage ich. „Mit Fellweste und offener Hose!" Ich blicke an mir runter: „Nur heute halt nicht."

Kurz irritiert schaut der Mann von seiner Akte hoch.

Ohne Umschweife verkündet er dann den Haftbefehl gegen mich wegen Mordes an Eva Bonge. Ich kann's nicht fassen, Eva wirklich tot. Der Richter rasselt etwas herunter von Rechten und Pflichtverteidigung. Aber ich bekomme nichts mehr mit, stehe nur ungläubig da und sage leise: „Ich war's nicht!"

Dann soll ich etwas unterschreiben. Wütend fege ich das Papier zur Seite, stürze nach vorn und starre dem Richter aus nächster Nähe in die Augen: „Ich war's nicht!", brülle ich. Die Wärter packen mich hart und reißen mich weg. Ich strample und schreie: „Wollen Sie mich in den Knast stecken oder etwa in eine Klapsmühle?"

Der Haftrichter bleibt eiskalt. Er schaut nur in seine Papiere und zuckt mit dem Kopf. Die Wärter zerren mich hinaus.

Der Dicke ist ein Lästermaul. Er steht hinter mir und schaut über meine Schulter auf das Papier. „So, so, – du bist ein Frauenliebhaber?", höhnt er. „Da brauchst du aber einen guten Rechtsanwalt, um das glaubhaft zu machen."

Ich drehe mich sehr langsam um und komme hoch. Wie in Zeitlupe gehe ich auf ihn zu und singe: „Schweinchen schlachten! Würstchen machen! Quiek, quiek, quiek!"

Mit Daumen und Zeigefinger kneife ich plötzlich von unten in die Speckrolle seines Doppelkinns. Dabei glotze ich ihm aus größter Nähe in die Augen

Sein Kopf wird puterrot. Nur die Nase bleibt rosa wie ein Schweinerüssel. Er schnauft und schreit plötzlich um Hilfe. Mit einem Schlag gegen meinen Arm befreit er sich.

Zwei Wärter stürmen herein, packen und werfen mich auf das Bett. Mit ein paar Griffen und ihrem massigen Gewicht machen sie mich bewegungsunfähig.

„Das dürft ihr nicht!", schreie ich. Die Wärter lachen nur.

Keuchend kommt der Dicke mit dem Arzt. Der jagt mir eine Spritze in den Arm.

„Pack mich nie wieder an!", brüllt der Dicke. „Sonst dürfen wir noch ganz was anderes."

Sein feistes Gesicht beginnt sich zu drehen, die Backen laufen auseinander wie flüssig werdendes Wachs. Sein Grinsen schwimmt im Linsensuppenfleck, dampft hoch an die weiße Decke. Das Neonlicht stürzt herunter in meinen Kopf und eine große Blutfontäne färbt alles rot …

Bleischwer fallen mir die Augen zu. Alles Rot läuft leer, dunkel. Ja, bitte gerne weg sein, nicht mehr da sein, verschwinden im schwarzen Loch …!

Endlose Finsternis …

Ein Flüstern: „Frauen-lieb-haber! … Frauen-lieb-haber komm!"

Ich schwebe durch das Dunkel der Stimme hinterher.

Eine Landschaft entsteht vor mir wie bei einer Modelleisenbahn. Auf kleinen Wegen sehe ich Männer mit nach vorn ausgestreckten Armen laufen. Sie rennen auf Frauen zu, die ebenfalls mit ausgestreckten Armen herbeieilen. Auch ich beginne zu laufen und sehe in der Ferne eine Frau, die auf mich zu rennt. Je näher wir uns kommen, desto freudiger fühle ich mich. Eine ungeheure Spannung entsteht auf den letzten Metern und überglücklich fallen wir uns in die Arme und drehen und wirbeln uns durch die Luft.

Wir küssen uns und küssen und küssen und küssen ...

Hinter dem Rückwandpanorama der Modelllandschaft taucht wie ein übergroßer Mond das riesige Gesicht eines seibernden Glatzkopfes auf, der mit fanatischen Augen erwartungsfroh auf uns Paare herabblickt. Und plötzlich geht es los: Die Frau reißt sich von mir los. Sie strömt eine ungeheure Unzufriedenheit aus. Alles soll anders sein. Sie beschimpft mich und tritt mir ans Schienbein. Der irre Riese lacht hämisch und hat eine Mordsspaß. Ich will die Frau besänftigen, aber genau das bringt sie noch mehr auf. Tränen fließen, Missverständnisse, Schreie ... und das nicht nur bei mir: Alle Paare streiten sich, verletzen sich, rennen auseinander ... Und der große Irre freut sich diebisch und schmatzt vor Vergnügen. Ich werde wütend, ungeheuer wütend. Einen faustgroßen Stein hebe ich vom Boden auf und schleudere ihn mit aller Kraft gegen seinen Kopf. Ich treffe und das

Gesicht zerspringt wie eine Glaslaterne in tausend Stücke.

Schlagartig ist es stockfinster.

Ich habe Angst. Auf allen Vieren krieche ich durch das Dunkel, suche nach der Frau, aber ich finde sie nicht. Plötzlich komme ich ins Rutschen. Steil stürze ich in die Tiefe, überschlage mich, pralle irgendwo auf, bleibe reglos auf dem Rücken liegen.

Mein linker Arm ...? Mein linker Arm ist weg. Ich spüre ihn nicht mehr. Amputiert? Ich kann ihn nicht bewegen, reiße die Augen auf: Schwarzgrün, Notlicht! Bin eingedrückt ins Bett. Wieder versuche ich links die Finger zu bewegen. Kein Anschluss. Ich probiere es noch einmal.

Ein Schmerz durchzieht mich.

Ein Phantomschmerz?

Die Hand beginnt zu kribbeln: Immer mehr Nadelstiche ... Die Hand ist noch dran.

Langsam wacht der ganze Arm auf. Millionen Stiche! Ameisen! Es ist kaum zu ertragen, aber ich bin erleichtert, trainiere auch den anderen Arm, auch die Beine.

Ich werde klarer, fühle mich auf einmal leichter, fröhlicher.

Überall kleine Bewegungen. Mich kann man auf Dauer nicht ruhig stellen. Da hat der Dicke Pech gehabt. – Ach ja, der Dicke! Wollte wohl mal Macht demonstrieren, das arme

Schwein. Schweinchen schlachten ..., Würstchen machen ...

Ich lache in mich hinein.

Das Licht flammt an. Ich kneife kurz die Augen zu. Ein kleiner Wärter und der Doktor kommen herein. Sie stellen sich neben das Bett wie bei einer Krankenhausvisite. Verächtlich drehe ich mich weg. „Nun kooperieren Sie schon!", fordert mich der Arzt auf. Wütend springe ich hoch: „Soll ich mich Ihnen vielleicht noch mal anvertrauen?" Der Arzt zuckt nur mit den Schultern, untersucht dann demonstrativ uninteressiert Einstichstelle, Puls und Augen.

„Muss ich mir hier alles gefallen lassen?", frage ich in den Raum hinein.

Der kleine Wärter grinst: „Rufen Sie doch Ihren Rechtsanwalt an!"

Wenig später bringt er mir das Essen. Ich sitze allein da und schaufele eine grün-graue Pampe in mich hinein. Lecker!

Unter dem Teller finde ich eine Notiz: Es ist eine Nachricht von meiner Frau. Sie stehe zu mir und wolle mich besuchen, sobald sie darf.

Ich zerknülle das Papier.

Brauche ich einen Rechtsanwalt?

Ich kenne keinen.

Komisch, in den amerikanischen Filmen hat jeder einen Rechtsanwalt. Der gehört quasi zur Familie. Das ist meist so ein korrekter

Typ mit Hornbrille, der mit seiner unscheinbaren Frau auch mal zum Essen eingeladen wird. Wenn was ist, braucht man den nur anzurufen: „Hey Roy, komm mal eben rüber! Die Bullen machen Schwierigkeiten." Und dann kommt der Typ – meist direkt mit einer Kaution – und holt einen raus. Das macht so einer aus Freundschaft. Noch nie habe ich gesehen, dass einer dafür bezahlt wurde.

Ich zeichne mit ein paar Strichen einen Anzugmann auf das Papier. Die Brille wird modisch dick. Das Gesicht ist kaum noch zu erkennen. In die rechte Hand male ich ihm einen Aktenkoffer. „Ich hole Sie raus!", lasse ich den Mann in einer Sprechblase sagen.

Ist das nicht der Werbespruch von so einer Reisefirma? So als Heilsbotschaft für alle, die im Beruf und Alltag fast ertrinken?

Nein, die sagen: „*Wir* holen Sie raus!" Als wäre es eine ganze Armee von Guerillakämpfern, die in spektakulären Aktionen jeden einzelnen in den Urlaub retten.

Ich zeichne ein Flugzeug über die Sprechblase und stelle mir vor, dass wenigstens ein einzelner braungebrannter Reisefuzzi sich zu mir durchkämpft.

Links neben den Anzugmann male ich eine Palme. Sie gerät mir zu klein, beschattet gerade mal den Mann. Mit ein paar Linien deute ich eine Landschaft an und rücke dadurch die Palme in die Ferne. Ein Horizont mit sanften Hügeln entsteht. Zwei erinnern mich an einen Busen. Zwei Punkte verstärken den Eindruck. Ein schwarzes Dreieck noch ... und der wunderbare Körper einer nackten Frau liegt im Sand. Ich liebe diese Kurven, diese Formen, diese weiche Haut. Sie lassen in mir alle Alarmanlagen anspringen. Ich will anfassen, berühren, streicheln ... Mein Gott, wie muss das sein, den ganzen Tag so herumzulaufen, so als Frau, mit so einem Körper? Ich gehe in der Zelle auf und ab und versuche, es mir vorzustellen. Vergeblich. Ich werfe mich auf das Bett und spüre plötzlich die weiche Haut von Evas Busen an meinem Arm, in meinem Gesicht. Genießerisch lächelnd ziehe ich ihren Duft ein ...

Der Dicke stört mich: „Besuch!", schreit er nur und knallt die Tür schon wieder zu.

Im Rahmen steht ein Mann mit Lederjacke.

Er sieht nicht so aus, als hätte er sich durchgekämpft.

Für einen Reisefuzzi ist er zu blass. Und für einen alten Familienfreund ist er irgendwie zu jung. Kein Anzugtyp. Ich bleibe liegen.

„Müller", stellt er sich vor, kommt von der Mordkommission, ist Ober- Unter-, Hauptoder Nebenkommissar. Er macht auf locker, auf guten Kumpel, setzt sich auf den Stuhl und meint, jetzt, wo ich mich beruhigt hätte, könnten wir ja mal über alles reden.

Ich nicke mechanisch.

Im Grunde sei die Sache aber doch klar. Schließlich sei ich ja mit dem Messer in der Hand quasi auf frischer Tat ertappt worden.

Ich staune ihn an.

Er habe deshalb direkt ein Geständnis aufgesetzt. Ich bräuchte es nur zu unterschreiben.

Müller fingert ein Papier aus seiner Jackentasche und hält es mir hin.

Ungläubig schüttle ich den Kopf: „Ich war's nicht."

„Nun machen Sie mal keine Schwierigkeiten, Herr Rinke!" Der Ton des Kommissars ist plötzlich messerscharf. „Wir haben jede Menge Zeugen."

„Ich habe Eva als erster gefunden", schreie ich. „Ihre Zeugen sind erst gekommen, als ich ihr das Messer aus der Brust zog."

„Wer soll Ihnen das glauben?"

Empört springe ich auf: „Es ist aber so gewesen."

„Wir haben nur eine Sorte Fingerabdrücke auf dem Messer gefunden. Und das sind ja wohl Ihre."

„Warum sollte ich das gemacht haben?", schreie ich.

„Sex!", antwortet er kühl.

„Das habe ich doch gar nicht nötig!"

Das Gesicht des Kommissars verzieht sich gequält: „Welcher Mann hat nicht Sex nötig? – Nun unterschreiben Sie schon!"

„Ich war's aber nicht!", wiederhole ich eindringlich.

„Oh Mann!", stöhnt der Kommissar genervt: „Warum müssen Triebtäter immer so schwierig und arbeitsintensiv sein? Da denkt man, klarer kann ein Fall ja gar nicht sein, keine Überstunden nötig – und dann so was." Er steckt das Geständnis wieder ein und wendet sich zur Tür: „Dann müssen wir Sie eben in die Mangel nehmen. Wir sehen uns zum Verhör!"

Mir fällt nur ein: „Ich sage nichts ohne meinen Anwalt!"

Er dreht sich noch mal um und fragt: „Wer ist denn Ihr Anwalt?"

Ich zucke mit den Schultern.

Müller verdreht nur die Augen und geht.

Ich sitze auf dem Klo und stinke vor mich hin. Der Ventilator tut sein Bestes.

Ohne Vorwarnung platzt der Dicke herein.

„Ja hab ich hier denn keinerlei Intimsphäre?", brumme ich empört. So was ist mir seit Wohngemeinschaftstagen nicht mehr passiert. Damals gehörte es zum Alltag, Stuhlgang und Intimpflege in Gesellschaft zu verrichten. Das Bad zu verschließen, hielten wir für kleinbürgerlich und spießig. Aber damals hatte ich mir auch meine Wohngenossen ausgesucht.

Dem Dicken verschlägt mein Duft den Atem. Das freut mich. Angewidert hält er die Luft an und verschwindet wieder.

Endlich eine Waffe gegen diesen Wärter! Vielleicht sollte ich die Spülung nicht betätigen?

Ich tue es dann doch.

Vor der Tür schreit der Dicke herum. Mir ist das egal.

Er öffnet die Tür einen Spalt breit und ruft etwas in meine Zelle. Ich reagiere nicht.

Schließlich steckt er seinen Kopf herein. Ich verstehe nicht, was er sagt, weil er sich die Nase zuhält und nuschelt.

Ich könnte jetzt die schwere Türe zuschlagen ..., den Kopf zerquetschen ...

Das hohle Krachen wie beim Knacken einer großen Nuss schwingt schon in meinem Gehör ...

Ich gehe auch schon näher heran ...

Aber wie es im Leben so ist ..., gerade jetzt ist mir nicht nach Schweinchen-Schlachten.

Der Dicke packt mich am Arm und zieht mich blitzschnell hinaus auf den Gang. Hier muss er erst mal durchatmen.

„Da ist jemand für dich", keucht er. „Im Besucherzimmer."

„Oh je!", seufze ich: „Da hat es meine Frau aber schnell geschafft."

Am Gangende wartet ein Beamter, der mich in das Besucherzimmer führt. Er lässt mich erst mal allein.

Es ist ein karger Raum: Ein Tisch mit zwei Stühlen, ein dritter Stuhl neben der Tür, ein Fenster.

Ein Fenster!

Licht! Sonne! Draußen scheint die Sonne!

Ich klebe an der Scheibe wie eine Fliege.

Grün! Frühling! Ich will raus!

Das Fenster lässt sich nicht öffnen. Aber oben ist eine Luke, die kann man vielleicht kippen. Ich steige auf die Fensterbank. Die Luke geht sogar quer auf. Lauer Wind strömt herein. Ich ziehe mich an dem Rahmen hoch und sauge genüsslich die herrliche Luft tief in meine Lungen.

„Was machen Sie da?", herrscht mich der Beamte an und kommt panisch ans Fenster gerannt. „Steigen Sie da sofort herunter!"

Ich drehe mich vorsichtig auf der Fensterbank herum. Hinter dem Beamten hat ein großer, dünner Mann den Raum betreten: Anzug, Hornbrille, Aktenkoffer. Er schaut verwundert zu mir hoch. Der Beamte zerrt an meinem rechten Bein, aber mich stört das wenig.

„Martin!", sagt der Anzugmann.

Ich bin überrascht. Müsste ich ihn kennen?

Er kommt näher und hilft mir von der Fensterbank herunter.

Er sieht meine Verwirrung und sagt: „Ich bin's, Martin, der Leo!"

Ich kenne keinen Leo.

Er nimmt seine Brille ab und jetzt kommt mir das Gesicht irgendwie bekannt vor. Aber ich weiß nicht, wo ich es einordnen soll.

„Ich bin es, Leo! Leo Lantermann. Erinnerst du dich nicht? Städtisches Gymnasium! Oberstufe! Wir waren in einer Klasse!"

Jetzt fällt bei mir der Groschen. Leo Lantermann, dieser Schleimbeutel! Drei Bänke hinter mir. Der Typ, der zu allem was zu sagen hatte, der sich trotzdem am Ende immer aus allem heraus gehalten hat, auf den kein Verlass war, der immer, wenn es spannend wurde, abgehauen ist mit seinem Lieblingssatz: „Ach, leck mich doch am Arsch!" Genau! „Leckleo!" So haben wir ihn deshalb genannt.

Ich schaue den Anzugmann groß an. „Leckleo?", frage ich ungläubig.

Er bekommt einen roten Kopf und nickt nur beschämt. „Das ist lange her", sagt er.

Auch ich nicke. Einmal hatte es Leckleo zu weit getrieben. Erst hat er große Reden geschwungen. Als er sich wieder mit einem: „Leck mich am Arsch!", aus der Affäre ziehen wollte, sagte ich nur: „Ja, das mache ich jetzt, Hose runter!"

Die ganze Klasse johlte auf und schnell hatte sich ein Kreis geifernder Schüler um uns gebildet, die rhythmisch-klatschend riefen: „Ausziehen! Ausziehen!"

Leckleo bekam eine rote Bombe und wollte den Kreis durchbrechen, aber die anderen hielten ihn fest und Bernd war so dreist, ihm die Hose herunter zu reißen. Der Jubel war groß, aber auch mir wurde mulmig. Die Aussicht, Leo nun wirklich am Arsch lecken zu müssen, begeisterte mich nicht gerade. Dies Schicksal wurde mir dann zum Glück doch noch erspart, weil unser Mathelehrer in der Klasse erschien und dem Spuk ein Ende machte. Leckleo hat mich nach diesem Vorfall gemieden und nach der Schule habe ich ihn dann aus den Augen verloren.

Aber was will dieser Typ nach über 30 Jahren jetzt von mir?

Leckleo sieht die Frage in meinen Augen und sagt: „Ich bin Rechtsanwalt, ich möchte dich vertreten."

Leckleo Rechtsanwalt. Na klar! Das passt! Was hätte der auch sonst werden können? Mich beschleicht ein ungutes Gefühl. Leckleo ist nicht gerade der langjährige Familienfreund, zu dem man blindlings Vertrauen haben kann.

„Wie komme ich denn zu der Ehre?", frage ich argwöhnisch und hoffe, dass er jetzt nicht direkt herumschleimt von wegen „Klassenkamerad".

Wir setzen uns an den Tisch. Leckleo wartet, bis der Beamte etwas entfernt neben der Tür Platz genommen hat.

„Ich will ganz offen sein", sagt er dann leise. „Ich habe ein Anwaltsbüro, zwar halbwegs erfolgreich, aber ich muss mich auch als Pflichtverteidiger anbieten. Bei dir ist mir das nicht unrecht. Dein Fall ist spektakulär. Die Presse, die Medien ... alle nehmen Anteil. Ich könnte bekannter werden, – ein Karriereschub, verstehst du?"

Ich bin überrascht über seine Ehrlichkeit und über seine Bemerkung über die Medien.

„Die Presse schreibt über mich?"

„Klar! Jede Menge!", sagt er und holt flink einige Zeitungen aus seinem Aktenkoffer. Riesige Schlagzeilen springen mir ins Gesicht:

„Grausamer Frauenmord! Täter auf frischer Tat gefasst!",

„Sudelkünstler ein Mörder?",

„Bestialischer Sexmord",

„Unheimlicher Sudelmörder gefasst!",

„Sudelmörder Serientäter?"

Mir stockt der Atem. Der Schreck ist mir in alle Glieder gefahren: „Das kann doch nicht wahr sein!"

Dann schlägt mein Gefühl um. Ich beginne zu lachen, erst ganz langsam, dann immer heftiger laut zu lachen: „Ich, ein Sudelmörder? Ha, ha, ha! Hat man so etwas schon mal gehört?" Ich springe auf und pruste und lache und steigere mich in einen richtigen Lachanfall.

Leckleo versucht in das Lachen einzustimmen, aber es gelingt ihm nicht überzeugend. Mir hingegen tut schon der Bauch weh.

Schlagartig höre ich auf und gehe ganz langsam und ruhig auf ihn zu: „Ich war's nicht! Du glaubst mir doch, oder?"

Leckleo ist irritiert, zögert.

Ich komme ihm immer näher.

Dann sagt er plötzlich: „Klar, glaube ich dir. Für so einen Mord bist du doch viel zu weich und feige."

Wütend packe ich ihn am Anzugkragen und schüttle ihn. Der Beamte springt herbei, aber Leckleo wehrt ab: „Lassen Sie nur, das ist doch Spaß!"

Wir setzen uns alle wieder und er kramt aus seinem Koffer ein Stück Papier hervor: „Wenn ich dich vertreten soll, musst du mir hier die Bevollmächtigung unterschreiben."

Ich starre auf das Papier, aber dann fällt mir ein: „Bist du verheiratet? Hast du eine unscheinbare Frau?"

Verständnislos und beunruhigt schaut er mich an.

„Schon gut!", sage ich, während ich unterschreibe: „Ich kann es ja widerrufen, wenn du es nicht bringst."

Er zuckt nur mit den Achseln und steckt die Vollmacht ein. Dann schiebt er mir seine Karte zu: „Der Gebührensatz für Pflichtverteidiger ist mir zu wenig. Sag deiner Frau, sie soll mir einen Vorschuss überweisen."

„Geier!", zische ich.

„So, – jetzt gebe ich dir einige Hausaufgaben:

Keine Aussagen, wenn ich nicht dabei bin!

Schreibe mir bitte genau auf, was du am Mordtag gemacht und erlebt hast!

Dann brauche ich etwas über dein Verhältnis zu Eva Bonge. –

Ja, und dann schreibe so etwas wie einen Lebenslauf von dir, aus dem hervorgeht, dass du zu so einer Tat gar nicht fähig bist.

24

Stell dich darauf ein, dass so ein Psycho-
mensch kommen wird, der ein Gutachten über
dich erstellen soll. –

So! Das fürs erste. – Noch Fragen?

Oder kann ich was für dich tun?"

Ich bin wie erschlagen, aber dann fällt mir
doch noch was ein: „Ich will in eine andere
Zelle, in eine mit Fenster. Und ich will ab und
zu nach draußen und mit Menschen reden."

Leckleo nickt: „Ich werde sehen, was sich
machen lässt."

Wie ein startbereiter Drachenflieger auf einer
Klippe stehe ich mit ausgebreiteten Armen da
und lasse eine Leibesvisitation über mich er-
gehen. Vorher darf ich nicht in meine Zelle.
Ich bin gefährlicher als ein Terrorist. Ich bin
der Sudelmörder. Schon wieder muss ich lo-
sprusten. Der Beamte, der mich abfingert, hält
mich jetzt für kitzelig. Soll er.

Die fensterlose Abgeschiedenheit meiner
Zelle bedrückt mich plötzlich. Der einzige Ausgang scheint durch das Papier auf dem Tisch
zu führen. Ich betrachte meine Kritzeleien
und weiß nicht recht, wie und womit ich anfangen soll.

„Hausaufgaben", hat er gesagt. Als wenn
ich hier zuhause wäre.

Aber wo bin ich zuhause?

Ich bin so oft umgezogen in meinem Leben, dass ich zu vielen Orten eine Beziehung

habe, ohne aber in unsterblicher Liebe zu zerschmelzen.

„Heimat! Auf immer dein!", könnte ich nie sagen. Ich glaube, ich bin da zu Hause, wo ich mich eingelebt habe. Betroffen wird mir klar, dass diese Zelle doch auch mein Zuhause werden könnte.

Der Umzug hier hin kam plötzlich wie viele Umzüge in meinem Leben. Schon meine Geburt – mein erster Umzug quasi – kam überraschend, zwei Wochen zu früh. Meine Mutter war nervös, gereizt, hatte Krach, hatte Ängste, war sogar übervoll mit Angst. Sie wollte vielleicht alles schnell hinter sich bringen – dieses ganze für sie eklige Zeug mit Sexualität, Schleim, Schmerz und Blut. Vielleicht wollte sie mich auch ganz einfach loswerden.

Kann auch sein, dass ich raus wollte. Ich kann schlecht warten. Wahrscheinlich habe ich es in meiner Mutter nicht mehr ausgehalten, aber nicht aus Neugierde auf die Welt. Schon als Kind war mir diese Frau peinlich und ich wollte trotz meiner großen Sehnsucht nach Nähe nur weg von ihr.

Der Welt habe ich als erstes mit meiner Steißgeburt meinen Arsch gezeigt. Nicht gerade eine Liebeserklärung. Dass diese überstürzte Hausgeburt gut ging, verdanke ich einer patenten Hebamme.

Das Warten musste ich dann aber doch noch lernen, – als Säugling, als Kind.

Stundenlang lag ich im Bett und wartete, dass einer kommt, dass ich dran bin. Meine Eltern hatten ein Geschäft. Kinder waren zweitrangig, Nebensachen; zumindest ich sicherlich auch kein Wunschkind. Aber wer war das schon damals?

Bestimmt hat man mein Schreien im Laden nicht gehört, wollte es auch nicht hören. Es hätte die Kundschaft gestört.

Ich lag da und lernte, die Zeit 'rumzukriegen, – rechts die Eisblumen am Fenster, links oben die milchig-gelben Schalen der Deckenlampe.

Wie wechselwarme Tiere ihren Stoffwechsel bei Kälte verlangsamen, ja fast zum Stillstand bringen, so erstarrte ich. Ja fast erstarb in den Phasen des Wartens in mir das Leben. Nur so überlebte ich das endlos-zähe Zerfließen der Zeit.

Kam dann aber jemand, wurde ich gesehen, beachtet, endlich genommen, kehrte in mir blitzschnell das Leben zurück. Ich wusste nie, wie lange ich Zuwendung bekomme. Sofort war ich hellwach und völlig präsent. Nur nichts verpassen! Jeden dieser spärlichen Tropfen der Nähe auch wirklich mitbekommen, aussaugen, auskosten! Ein einziges Auftanken für die Zeiten der Kälte.

Der Mensch kann wohl mit sehr wenig überleben. Und er wird dann auch sehr erfinderisch, entwickelt ungewöhnliche Fähigkeiten, Talente, Strategien ... Vielleicht gibt es ja noch einen zweiten Tropfen Zuwendung?! Vielleicht hilft Lieb-Sein, Nett-Sein, Verständnis haben ...? Überleben ist alles!

Nur wohin mit der Enttäuschung, dem Ärger, der Wut? Der Hass könnte aus den Augen springen. Am besten weggucken! Die Augen zusammenkneifen! Keinen Augenkontakt zu der Frau, die mir hastig die Flasche reinschiebt. Schlucken! Schlucken! Ich muss alles schlucken! Der Mund ist voll, doch sie drängt. Schlucken! Nur nicht *ver*-schlucken! Nicht husten! Erbrechen! Unten muss es raus! Rechtzeitig! Oben rein, unten raus, ein Abwasch! Schnell! Schnell! Fies! Meiner Mutter ist es fies – das Säubern zwischen den Beinen, das Wickeln. Schnell! Schnell! Schnell! Füttern, wickeln, schlafen legen. Säuglinge schlafen ja nur – den ganzen Tag.

Mir wird speiübel. Die Magensäure schwappt hoch. Ein widerlicher Geschmack im Mund. Mit einem Schwall erbreche ich eine grau-grüne Pampe auf das Papier. Die nackte Frau in der Palmenlandschaft wird unter der Schlammlawine verschüttet. Dem Anzugmann steht die Kotze bis zum Hals. Aber ich kann noch die Sprechblase lesen: „Ich hole Sie raus!"

Plötzlich das Nachtsignal! Das Licht klackt aus.

Im Schein der Notbeleuchtung wanke ich zum Waschbecken und spüle mir den sauren Geschmack aus dem Mund. Mundgeruch macht einsam. Den vollgekotzten Papierbogen halte ich unter den Wasserstrahl und lasse das Erbrochene hinweg rinnen. Es hat auf dem Blatt Spuren hinterlassen. Ich kann nicht erkennen, ob die Zeichnung wieder sichtbar wird. Das nasse Papier klatsche ich an die glatte Wand. Das wird Kunst.

Das mit der Kunst haben die Tanten bei mir entdeckt. „Tanten" hießen früher meine Kindergärtnerinnen. Alles Tanten. Die Tanten mögen mich, machen ein großes Gewundere, wenn ich male, knete oder bastele. „Ein Künstler!", jubeln sie.

Mit meinem Waschlappen wische ich den Tisch. Wie sauber er wird, kann ich in der Finsternis nicht sehen. Auch fällt mir der Stift herunter. Ich lasse ihn liegen. Ein sauberer Tisch! Das freut Tante Irmgard und Tante Monika. Ich tue ihnen gern diesen Gefallen und staune. Was sind das für Wesen? Wenn wir frühstücken, hocken sie zusammen, beobachten uns Kinder und flüstern. Manchmal setzt sich die Tochter des Milchmanns zu ihnen. Sie färbt sich ihre Haare, hat rote Fingernägel und raucht. Ich kenne sonst keine Frau, die so was macht. Sie ist mir unheimlich. Der Kakao schmeckt an diesen Tagen auch anders. Ich mag es lieber, wenn ihr Vater Milch und Kakao bringt.

Ich lege meine Hände flach auf den sauberen Tisch, damit Tante Irmgard sehen kann, ob sie sauber sind. Erst dann dürfen wir die Schuhe anziehen und raus.

Gerd und ich können die Schuhe schon selber binden. Wir sind die Großen. Den anderen müssen die Tanten helfen. Wir rutschen derweil auf dem Boden herum, schieben uns rücklings unter die Röcke der Tanten – wie Automechaniker unter aufgebockte Autos. Mit klopfendem Herzen schaue ich in dunkle Höhen. Diese weichen Stoffe! Diese Unterröcke! Diese Strümpfe mit den merkwürdigen Haltern! Diese Düfte!

Gerd hat sich mal getraut, hoch zu langen – zwischen die Tantenbeine. Er hat eins auf die Finger bekommen und musste in der Ecke stehen. Ich bin artig. Mit mir schimpfen die Tanten nicht.

Überhaupt dieser Gerd! Er sagt schlimme Wörter und manchmal ruft er den Mädchen zu, dass er sie gleich küssen wird. Ich finde das peinlich und laufe dann weg. Die Mädchen laufen nicht weg. Gerd meint, dass Mädchen in der Unterhose anders aussehen als wir Jungs. Ich kann das nicht glauben. Gerd will das rausfinden. Er hat sich Simone dafür ausgesucht, denn die ist ganz wild auf Glasmurmeln. Er will ihr 10 große Murmeln geben, wenn sie die Hose auszieht. Simone ist hin- und hergerissen, als sie die Murmeln sieht, sagt dann aber: „Nein!"

Ich bin erleichtert, denn mir ist bei der ganzen Sache sehr mulmig. Wir ziehen ab.

Plötzlich ruft Simone hinter uns her: „12 Murmeln!"

Gerd jubelt: „Gut, ich besorge noch zwei, aber dann krieg ich noch einen Kuss!"

Simone nickt.

Gerd legt Rainer herein. Beim Pinkatsch-Spielen schummelt er und Rainer verliert zwei Glasmurmeln. Er hat es bemerkt, aber er kann sich nicht wehren.

Am nächsten Tag bringt Gerd alle 12 Murmeln mit in den Kindergarten, aber Simone kommt nicht. Sie ist krank, wochenlang krank. Ja und dann ist auch schon die Zeit des Kindergartens vorbei.

In der Schule sind wir zwar alle in einer Klasse, aber Jungen und Mädchen sitzen getrennt und für uns Jungen ist es verpönt, mit Mädchen auch nur zu sprechen. Dann schreien die anderen gleich: „Sieh mal da, ein verliebtes Ehepaar!" Selbst Gerd traut sich nichts mehr. Er kommt auf die Idee, ein Briefchen zu schreiben. Leider kennen wir noch nicht viele Wörter. Nur „Papa", „Mama" und so – und Sätzchen wie: „Oma hat ein Ei."

Ich reiße mir ein neues Blatt vom Block. Den Stift ertaste ich trotz Dunkelheit schnell unterm Tisch. Ohne viel zu sehen, schreibe ich: „Oma hat ein Ei." Es berührt mich ganz merkwürdig, diesen Satz zu schreiben. Ich nehme den Stift in die linke Hand und schreibe den Satz noch einmal, – vielleicht so unbeholfen wie im ersten Schuljahr. Dann schreibe ich auch mit links: „Für Simone" – wie damals in unserer Bretterbude hinter der großen Hecke.

An diesem Nachmittag hocken Gerd und ich dort zusammen auch vor einem Stück Papier und überlegen, wie wir Simone hierhin locken können. Ich zeichne schließlich ganz einfach unsere Bude, zwölf Murmeln und eine Unterhose. Gerd schreibt zwei Worte dazu: „DU" und „Bude". Ich male noch ein großes Fragezeichen. Irgendwie gelingt es Gerd am nächsten Tag, Simone das Briefchen heimlich zuzustecken. Dann beginnt das große Warten. Jeden Nachmittag rennen wir zur Bude und warten, dass Simone kommt. Ich kann schlecht warten. Während Gerd seelenruhig neue Pfeile für unseren nächsten Indianerüberfall schnitzt, laufe ich nur unruhig herum und halte ständig Ausschau. Am vierten Nachmittag kommt sie. Gerd zieht Simone sofort in die Bude und zischt mich an: „Ich zuerst! Du stehst Schmiere!" Mir klopft das Herz bis zum Hals. Ich stehe vor der Türe und höre nur, dass Simone zuerst die Murmeln haben will.

Dann lässt sich Gerd mit einem erstaunten „Hui!" vernehmen. Einen Augenblick später stößt mich Simone zur Seite und rennt davon. Ich schreie ihr noch nach: „Und ich?" Aber sie lacht nur.

Gerd steht in der Bude wie unter Schock. Ich bin enttäuscht, weil er Simone nicht festgehalten hat und bestürme ihn mit Fragen danach, was er gesehen hat. Er antwortet erst immer nur mechanisch: „Das kann nicht wahr sein." Als ich ihn bitte, mir aufzuzeichnen, wie Simone unten aussieht, malt er nur einen senkrechten Strich. „Weißt du", sagt er, „ich habe einen Verdacht: Bei den Menschen ist es genauso wie bei den Hunden."

Als das Licht anklackt, schrecke ich hoch. Ich habe die Nacht über am Tisch gehangen, bin wohl im Sitzen eingeschlafen. Vor mir liegt ein merkwürdig bekritzeltes Blatt: „Oma hat ein Ei." lese ich gleich zweimal. Zwölf Kreise sind zu sehen, eine Hütte, eine Hose, „Für Simone", „DU", „Bude", ein Fragezeichen. Darunter kaum zu entziffern: „Bei den Menschen ist es genauso wie bei den Hunden." Ich schmunzele und lege das Blatt auf den Block.

Ein kleiner Wärter kommt und bringt mir das Frühstück. Ich belle ihn an. Auf allen Vieren kläffe ich so lange, bis er die Zelle verlässt. Wie ein Hund schlinge ich das Frühstück rein.

Der Wärter schleppt den Doktor an. Der sieht besorgt aus. Drohend knurre ich ihn an.

Als er seine Hand nach mir ausstreckt, schnappe ich danach. Der Arzt erschreckt sich und sagt streng: „Aus!"

Ich stehe auf und lache: „Wenigstens verstehen Sie Spaß, Herr Doktor! Irgendwie muss ich mir doch die Zeit vertreiben." Doch der Doktor traut mir nicht ganz. Als er Puls und Augen von mir untersucht, bleibt er vorsichtig.

„Ein Kollege von mir wird ein paar Tests mit Ihnen machen", sagt er noch und fügt hinzu: „Ich hoffe, Sie arbeiten mit!"

„Eine Kollegin wäre mir lieber", antworte ich lachend.

Wenig später kommt der kleine Wärter wieder und sagt, ich solle meine Sachen packen, ich käme in eine andere Zelle.

Ich bin überrascht. Sollte Leckleo das für mich erreicht haben? Whoau! Das fühlt sich gut an. Ich habe da jemanden, der tut was für mich.

Aber zu packen ist da nichts – außer Stift und Papier. Ach ja, auch noch das Blatt, das ich an die Wand gepappt habe. Ich löse es vorsichtig ab. Es ist trocken und sieht interessant aus. Meine Kritzeleien sind wieder gut erkennbar.

Ich folge dem Wärter heraus, hinein in die Zelle auf der anderen Seite des Ganges. Die sieht genauso aus wie meine bisherige Zelle, hat aber ein richtiges Fenster.

Ich öffne es erwartungsfroh und schaue durch Gitter hinaus auf einen Hof, der links und rechts begrenzt ist durch Gebäude ohne vergitterte Fenster. Die Hofseite mir gegenüber ist abgeschlossen durch eine hohe Mauer, hinter der in einiger Entfernung die Kronen großer Bäume zu sehen sind. Ich genieße die frische Luft und freue mich am ersten Grün der Bäume, die sich trotzig in den grauen Himmel recken.

„Mensch! Hier hättet ihr mich mal eher unterbringen sollen!", sage ich zum Kleinen, der frische Waschsachen auslegt.

„Ging nicht", antwortet der. „Die Zelle war besetzt."

„Ist mein Vorgänger entlassen worden oder wurde er verlegt?"

„Weder noch", sagt er im Hinausgehen, „Er hat sich umgebracht."

„Er hat sich umgebracht?"

Dieser Satz trifft mich wie ein Schlag beim Boxen. Erst bin ich wie gelähmt, dann japse ich nach Luft. Wie? Wer? Umgebracht? Mein Vorgänger? Hier in der Zelle? Selbstmord? Wo hier? Ich renne zur Tür und klopfe und rufe, aber der Wärter kommt nicht zurück. Ich drehe mich langsam um und schaue mir die Zelle ganz neu an. Wo und wie kann man sich hier umbringen? Vielleicht an den Gitterstäben aufhängen? Dazu bräuchte man einen Strick, einen Gürtel oder ähnliches. Pulsadern aufschneiden? Woran, womit? Ich suche den ganzen Raum ab nach Spuren, aber ich finde weder weggewaschene Blutflecken noch andere Hinweise auf eine Selbsttötung. Alles ist weiß, unschuldig weiß.

Vielleicht war es ja auch nicht hier?

Ich versuche, an andere Dinge zu denken. Aber irgendwie ist jetzt in mir alles anders. Mir kommt es vor, als wäre ich nicht allein in dieser Zelle. Hat man nicht schon davon gehört, dass Selbstmörder als unglückliche

Geister am Ort ihres Todes anwesend bleiben? Ich setze mich aufs Bett und beobachte aufmerksam den ganzen Raum. Eine Ewigkeit vergeht. Draußen fängt es an zu regnen. Ein kalter Hauch lässt mich frösteln. Ich lege die Decke um mich und schließe die Augen. So kann ich Nicht-Sichtbares vielleicht besser wahrnehmen. Aber da ist nichts. Es bleibt ein merkwürdiges Gefühl.

Am Nachmittag wartet meine Frau im Besuchszimmer auf mich.

„Ah, die Frau des Sudelmörders!", sage ich, als ich den Raum betrete. Aber Bea kann darüber nicht einmal lächeln. Ihr Gesicht bleibt sogar todernst. Sorgenvoll umarmt sie mich und flüstert in mein Ohr: „Du bist zwar in mancher Hinsicht ein Schwein, aber ein Mörder bist du nicht."

Ich grunze dankbar. Wir setzen uns an den Tisch und Bea legt gleich los:

„Was kann ich für dich tun? Was soll ich dir bringen? Was brauchst du? Welchen Anwalt soll ich besorgen? ... Bea ist versiert darin, die Strippen zu ziehen. Sie hat jetzt ihre Sorgenmaschine angeschmissen und überschüttet mich mit einem Fragenschwall.

Ich schiebe ihr einfach die Visitenkarte von Leckleo über den Tisch: „Zahl ihm einen Vorschuss!"

Sie schaut sich die Karte argwöhnisch an: „Den kenne ich nicht. Ist der gut? Woher hast du die Adresse?"

Ich zucke mit den Achseln: „Er war schon hier. Ich weiß nicht, ob er gut ist. Ist ein Schulkamerad von mir."

Bea steckt die Karte kommentarlos ein. Dann beugt sie sich vertraulich zu mir herüber und flüstert: „Du hast dich also in diesem Hotel in Thomasberg mit ihr getroffen?"

Der letzte Streit schwappt wie eine Welle in mir hoch. „Darf ich nur Statist deiner Experimente sein?", zische ich wütend. „Sie ist halt wieder angekommen und das hat mir gut getan."

Bea lässt sich auf den Stuhl zurücksacken und zieht die Augenbrauen nach oben: „Sie hat dich also mit ihrer devoten Art eingewickelt?"

Ich zucke mit den Schultern: „Aber du hast doch ..."

Bea würgt mich ärgerlich ab: „Stimmt es, was in der Zeitung steht, dass du mit dem Messer in der Hand überrascht wurdest?"

Ich nicke: „Ich habe sie entdeckt und ihr gerade das Messer rausgezogen, als ..."

„Schön blöd von dir!"

Ich kann nur nicken.

„Wie willst du aus der Geschichte wieder herauskommen?"

Ich zucke mit den Schultern und sage ohne Überzeugung: „Die Wahrheit kommt doch immer ans Licht."

„Fragt sich, welche Wahrheit?", entgegnet Bea. „Für mich ist die Lage auch ziemlich schwierig. Alle schauen mich ganz komisch an. Viele unserer Bekannten behandeln mich plötzlich anders, tun so mitleidig oder machen einen Bogen um mich. Das Schlimmste aber sind die Reporter. Unser Haus wird von denen belagert. Die verfolgen mich überall hin. Auch jetzt warten einige vor der Anstalt auf mich. Ich habe tolle Angebote von denen. Für jedes Foto aus deinem Leben zahlen die mir 200 €. Für ein Exklusivinterview könnte ich 5000 € bekommen."

„Die Frau des Sudelmörders packt aus!", unterbreche ich sie pathetisch und dann kommt mir eine tolle Idee: „Willst du nicht jedem einzelnen Pressegeier exklusiv eine andere blutrünstige Geschichte erzählen und so alle verwirren? Du könntest reich dabei werden."

Ich belache mich bei dieser Vorstellung, aber Bea starrt mich an, als wäre ich nicht bei Verstand. „Vielleicht brauchst du noch meine Glaubwürdigkeit!", sagt sie nur.

Ihr Realismus ernüchtert mich.

„Außerdem ...", fügt sie hinzu: „Ich will möglichst wenig Aufsehen machen, damit nicht auch noch Melanie in die Sache hineingezogen wird. Es ist schon ein Glück, dass sie dieses Semester in England verbringt. Bisher weiß sie noch gar nichts."

An Melanie habe ich noch gar nicht gedacht. Mein armer Käfer! Ich höre schon ihre Mitstudenten tuscheln: „Ihr Vater ist ein Sudelmörder!" Was heißt „Sudelmörder" auf Englisch?

Bea redet ununterbrochen weiter: „Ich werde abtauchen, bis sich alles beruhigt hat. Bald sind ja auch Osterferien."

„Das wird das Beste sein", sage ich – nun auch ernst. „Tut mir leid, dass du durch mich so betroffen bist."

Bea streichelt meine Hand: „Meine Besuchszeit ist gleich herum. Was kann ich für dich tun?"

Mir fällt nichts ein.

Der Mensch kann mit sehr Wenigem auskommen.

Der Mond wirft ein fahles Licht durch das offene Fenster. Mit dem Kopf am Fußende liege ich im Bett – bis unter die Nasenspitze eingemummelt. Die erste Nacht in der neuen Zelle. Ich kann nicht schlafen, lausche stattdessen auf die Geräusche draußen und beobachte den Mond, wie er von Gitterstab zu Gitterstab zieht.

Ich habe nichts gegen den Mond, gerade wenn er sich wie jetzt als Sichel zeigt. Auch den Vollmond mag ich, wenn er klein, hell und kalt ist. Wenn er sich aber in einer schwülen Nacht wie ein Schwellkörper aufbläht und riesig groß – fast orange oder rot – den Himmel beherrscht, ist er mir nicht so geheuer. Man sagt, das seien die Nächte der Liebenden. Auch ich bin dann unruhig, leicht erregbar und lasse mich eher zu Dingen hinreißen, die ich mit kühlem Kopf nie machen würde. Das war bei mir als Kind schon so.

In so einer schwülen Vollmondnacht habe ich einmal meinen Vater erwischt. Wir waren abends in einem Biergarten. Die Dämmerung hatte schon eingesetzt, laue Luft, Musik, Stimmengewirr, Lampions, ein riesiger, fast roter

Mond – Endstation eines der seltenen sonntäglichen Familienausflüge, Abend eines heißen Tages.

Schon früh am Morgen wurden wir Kinder aus dem Bett gerissen. Mit dem Auto sollte es aufs Land gehen. Vorne setzen sich die Eltern, hinten wir drei Kinder – eingequetscht zwischen Essen und Trinken fürs Picknick. Wir Kinder zanken und schreien. Abwechselnd verlieren Vater und Mutter die Nerven und schimpfen. Damit wir ruhig sind, gibt es Süßigkeiten. Mein Bruder stopft sich gierig alles rein und kotzt nach kurzer Zeit den Wagen voll. Geschrei, Gezänk, Gezeter! Wir müssen an einem Bach anhalten, alles auswaschen.

Gegen 10 Uhr wird Mutter nervös: Wo ist das nächste Dorf, die nächste Kirche? Ein Sonntag ohne Messe geht nicht. Schließlich finden wir eine kleine, aber das Hochamt hat schon angefangen. Das Gotteshaus ist „brechend voll", wie Mutter sagt, aber sie schiebt uns zwischen den hinten Stehenden einfach hindurch. Wir finden trotzdem keinen Sitzplatz und müssen uns stehend die moralischen Vorhaltungen von der Kanzel anhören. Ich kann zwischen all den Großen den Pastor nicht sehen, aber er scheint eine ungeheure Wut zu haben. Die Erwachsenen um mich herum haben die Köpfe gesenkt und starren auf ihre Fußspitzen. Sie werden wissen, warum. Ich fühle mich ihnen überlegen. Ich habe gestern all meine Sünden – oder besser all die, die ich mir ausgedacht habe – im Beichtstuhl gelassen; – und das noch beim Kaplan, der nicht so viele Bußgebete aufgibt. Während ich darüber zufrieden vor mich hinlächle, lässt der

Mann vor mir mit lautem Krachen einen Furz. Die Leute um mich herum prusten los und bringen damit den Pastor völlig aus dem Konzept. Das macht diesen noch wütender. Mit banger Vorahnung warte ich auf die Duftwolke, die da kommen muss. Die Mischung aus Weihrauch und Furz haut mich fast von den Beinen.

Mein Vater verdrückt sich sofort durch die Menschenmenge in Richtung Ausgang. Ich will mit, aber Mutter packt mich an die Hand. Flehentlich schaue ich Vater nach, aber er lässt mich einfach bei Mutter zurück.

Es wird immer unerträglicher. Ich wechsle von einem Bein aufs andere, kann kaum noch stehen. Es bleibt nicht bei dem einen Furz. Kaum einer hört die anderen, weil die Orgel einsetzt. Mutter singt aus voller Brust „Großer Gott, wir lohoben dich ...", während ich versuche, nur noch durch den Mund zu atmen, um nichts zu riechen. Auch mein Bruder hält die Luft an und ist schon ganz grün im Gesicht. Meine Schwester setzt sich immer wieder einfach auf den kalten Steinfußboden, aber Mutter reißt sie jedes Mal wieder hoch, damit sie ihre Blase nicht erkältet. Die Messe zieht sich eine Ewigkeit hin.

Als wir am Schluss endlich ins Freie drängen, ist es draußen schon ziemlich heiß. Von Vater ist nichts zu sehen. Wir stehen ratlos vor der Kirche. Nach und nach verläuft sich die Menschenmenge und wir bleiben alleine zurück. Unser Auto steht noch da, aber von Vater keine Spur. Schließlich machen wir uns auf die Suche nach einem Dorfgasthaus. Dort wird er wohl sein und dort finden wir ihn auch beim Frühschoppen. Er hat schon ordentlich getankt und ist ganz wackelig auf den Beinen. Jetzt müssen wir aufpassen, dass seine Stimmung nicht kippt.

Ich mache Witze über die Weihrauchfürze, während wir ihn ziehend und schiebend aus der Kneipe lotsen. Eigentlich ist er schon zu besoffen, um Auto zu fahren, aber er ist der einzige, der fahren kann. Mutter schimpft wieder, dass sie keinen Führerschein hat, aber wir Kinder lachen sie nur aus. Es ist für uns undenkbar, dass Mutter Auto fahren lernen könnte. „Da müsste man ja das Auto mit Kissen abpolstern", lästert mein Bruder.

Mein Vater würgt den Wagen ein paar Mal ab, bevor er richtig in Fahrt kommt. Dann geht es endlich raus aus dem Dorf in schlingernder Linie hinauf auf einen kleinen Hügel. Ein kleiner Feldweg führt uns an den Waldrand, wo wir eine Wiese fürs Picknick finden. Ein kühler Wind macht hier oben die Hitze erträglich. Schnell ist der Wagen leer geräumt, die Decke ausgebreitet und wir Kinder fallen über das mitgebrachte Essen her. Mutters Versuch scheitert, die vom Vater eingepackten Bierflaschen zu verstecken. Aber es wird dann doch noch ganz schön. Der Himmel ist strahlend blau. Bei herrlichem Sonnenschein essen wir Kartoffelsalat mit Würstchen und schauen von unserer Decke aus weit in das Land hinein. Als Vater die letzte Bierflasche geleert hat, lässt er sich einfach auf die Seite fallen und schläft sofort ein. Wir alle sind erleichtert.

Ich stecke meinen Kopf ins Gras und versenke mich in die Welt der kleinen Spinnen, Käfer und Würmer. Als es mir zu heiß wird, streife ich durch den Wald und finde einen kleinen Bach, den ich mit Hingabe anstaue. Das ist eine Leidenschaft von mir, fließendes Wasser anzustauen, anschwellen zu lassen und dann Dämme zum Brechen zu bringen. Darüber vergesse ich die Zeit. Als ich Mutters Rufe wahrnehme, geht der Nachmittag schon zu Ende. Vor dem Wald empfängt mich eine Backofenhitze. Vater ist auch wieder wach und scheint fast nüchtern zu sein. Er hat nur auf dem linken Arm und am Hals einen satten Sonnenbrand. Das Auto ist schon gepackt und wir fahren fröhlich heimwärts, zumindest die erste Strecke. Wir sind schon fast zuhause, da taucht am Stadtrand dieser Biergarten auf. Vater will den Ausflug hier beschließen. Mutter will nicht. Wir halten trotzdem an. Die Dämmerung geht schon in Dunkelheit über, laue Luft, Musik, Stimmengewirr, Lampions, ein riesiger, fast roter Mond. Es ist schön. Liebespaare halten Händchen, flüstern, küssen sich. Wir sitzen als Familie an einem Tisch und trinken und lauschen und staunen. Schnell hat mein Vater schon wieder so viel Bier getrunken, dass ihm die Zunge schwer wird.

Plötzlich spüre ich Panik bei meiner Mutter: Aufgeregt stößt sie mich an, aber ohne dass die anderen es merken. Sie gibt mir Zeichen, zum anderen Ende des Biergartens zu schauen. Ich verstehe nicht. Dann flüstert sie in mein Ohr: „Frau Miehlke ist da!" In mir heulen die Alarmsirenen auf.

Ich kenne Frau Miehlke. Sie ist unsere Nachbarin. Sie ist – wie Mutter sagt – ein blondes Luder.

Jetzt muss ich auf Vater aufpassen. Er darf sich nicht mit ihr abgeben.

Mutter hat es nie mit Worten – aber doch irgendwie – klar gemacht, dass erwachsene Männer – also auch Vater – irgendwie Schweine sind. Sie wollen etwas mit Frauen machen, was anständige Frauen gar nicht wollen. Nur blonde Luder sind bereit dazu und haben sogar noch Spaß daran. Sie sind gefährlich. Ich soll aufpassen, dass es nicht zum Schlimmsten kommt.

Ich weiß nicht, was das Schlimmste ist, aber ich bin stolz darauf, dass meine Mutter mir mit meinen acht Jahren zutraut, es zu verhindern. Ich fühle mich wie ein Detektiv, jedenfalls unheimlich wichtig und stolz. Und ich habe mir vorgenommen, dass ich, wenn ich groß bin, kein Schwein werden will.

Frau Miehlke sitzt mit einer Gruppe fröhlicher Leute an einem Tisch und hat uns augenscheinlich noch gar nicht bemerkt. Auch Vater hat sie noch nicht wahrgenommen, also kein Grund zur Unruhe. Die Musik wird jetzt etwas lauter und einige Paare beginnen auf einer kleinen Holzterrasse zu tanzen. Ein lauer Wind lässt dazu die Lampions schwingen und der riesige Mond scheint immer näher zu kommen.

Da rappelt sich Vater auf. Er muss angeblich mal und wankt in Richtung Toiletten. Ich schaue ihm erst misstrauisch nach, wende mich dann aber wieder den tanzenden Paaren zu. Mein Bruder fängt an zu quengeln und will nachhause. Mutter gibt ihm Recht und stachelt ihn an, gleich Vater die Ohren voll zu maulen.

Ich spüre auf einmal, dass irgendwas nicht stimmt, und schaue mich um. Tatsächlich: Frau Miehlke ist nicht mehr in ihrer Gruppe, sie ist verschwunden. Jetzt hat Mutter es auch bemerkt. Die Angst in ihren Augen gibt mir den Auftrag, tätig zu werden.

Langsam stehe ich auf. Mein Herz beginnt deutlich zu klopfen, aber ich fühle mich gut, groß, mächtig. Ich gehe – nein, ich schreite – wie ein Sheriff durch den Biergarten, lasse keine Person aus den Augen und nehme die Ermittlungen auf.

Der Platz, auf dem Frau Miehlke gesessen hat, ist tatsächlich leer. Sie scheint nichts zurückgelassen zu haben. Ich sehe keine Spuren, keine Hinweise, wohin sie gegangen sein könnte. Auch der Platz ihr gegenüber am Tisch ist leer. Wer hat da gesessen? Eine Frau? Ein Mann? Ich kann mich nicht daran erinnern. Ich bleibe unauffällig stehen und versuche angestrengt, Gesprächsfetzen der restlichen Gruppe mitzubekommen. Auch daraus ergeben sich keine Hinweise.

Ich wechsle den Ermittlungsort und werfe einen kurzen Blick in die Herrentoilette. Das Stehpissoir ist menschenleer, kein Vater zu sehen. Jetzt werde ich ganz aufgeregt. Wo steckt er bloß? Ich renne los und durchstreife die angrenzenden Büsche des Biergartens. Aber ich finde ihn nicht. Ich renne nach vorn auf die Straße, schaue hinter Hausecken und in dunkle Winkel, aber Vater bleibt verschwunden. Schließlich suche ich im Wald hinter dem Biergarten, entferne mich weit und weiter. Als ich gerade aufgeben will, höre ich merkwürdige Geräusche. Ich halte inne und wende mich um. Der riesig-rote Mond blutet durch das Laub der Bäume. In seinem Gegenlicht erkenne ich eine Frau. Es ist Frau Miehlke. Sie stützt sich mit den Händen auf einer Bank ab und reckt dabei ihr Hinterteil in die Luft. Ihren Rock hat sie hochgerollt. Ihr Po ist nackt. Hinter ihr steht mit heruntergelassener Hose ein Mann, der irgendwie an ihrem Hintern fest zu hängen scheint und trotz eifriger Hin- und Herbewegungen wohl nicht loskommt. Beide keuchen immer wilder. Ich stehe mit offenem Mund da und jetzt fällt bei mir der Groschen: „Wie die Hunde!"

Entsetzt und verwirrt will ich nur weg. Noch im Losrennen sehe ich, dass der Mann nicht Vater ist. Ich bin erleichtert.

Im Biergarten sehe ich meine Mutter mit angstvollen, suchenden Augen durch die Tischreihen gehen. Sie bemerkt meine Rückkehr sofort, aber ich kann ihren fragenden Augen nur mit einem Achselzucken antworten. Ich fühle mich schuldig so ohne Ermittlungsergebnis und renne weiter.

Weil ich bald darauf selber mal muss, gehe ich wieder auf die Herrentoilette. Als ich dastehe und pinkle, höre ich ein Schnarchen aus einer der Kabinen. Unter dem Türspalt sehe ich jemanden liegen. Ich hangele mich die Trennwand hoch und schaue von oben in die Kabine auf meinen Vater herab. Es ist ein ekelerregender Anblick. Er liegt da mit heruntergelassener Hose, Kopf auf der Klobrille und schläft. In seinem Suff scheint er vom Klo gerutscht zu sein, hat dann wohl sich und das Becken vollgekotzt und ist dann direkt eingeschlafen. Männer sind Schweine. Es schüttelt mich. Ich springe von der Trennwand herab und wasche mir lange die Hände. Benommen gehe ich wieder nach draußen. Im Biergarten fängt mich Mutter sofort ab:

„Hast du Vater gefunden?" Ich nicke nur. Sie schüttelt mich an den Schultern: „Was ist mit ihm? Was hast du gesehen?" Wie in Trance antworte ich: „Er hat die Hosen runtergelassen und ..."

Mutter lässt mich nicht ausreden: „Was ist mit Frau Miehlke?", will sie wissen. Ich stiere sie an. Sie schüttelt mich wieder. „Frau Miehlke!" „Frau Miehlke?", frage ich verstört. „Sie hat den Rock hochgerollt und den nackten Hintern aufgereckt und gestöhnt ..."

Mutter schreit auf. Alle Köpfe im Biergarten wenden sich um, die Tänzer bleiben stehen. Mutter bekommt einen roten Kopf, packt mich an die Hand und stapft mit mir los zu unserem Tisch. „Das hast du gut beobachtet", zischt sie mir zu. „Ich hab es schon lange geahnt. Jetzt hast du ihn erwischt." Wir packen unsere Sachen und verlassen einfach den Biergarten – ohne Vater. Mutter voran laufen wir durch die laue Luft an der nächtlichen Straße entlang nachhause – immer dem riesigen roten Mond entgegen. Mein Bruder jammert und quengelt. Ich ziehe meine müde Schwester und lächle vor mich hin.

Es ist die Nacht der Liebenden und der erfolgreichen Detektive.

Leckleo hat sich für den Nachmittag angekündigt. Er will mit mir das Polizeiverhör vorbereiten. Ich fühle mich unter Zugzwang. Ich sollte doch etwas schreiben über Eva und den Tag ihrer Ermordung.

Aber was soll ich da schreiben? Dass wir uns geliebt haben?

Stimmt das überhaupt?

Ja, ich habe sie irgendwie geliebt.

Aber Eva mich?

Können Frauen überhaupt lieben, wirklich leidenschaftlich lieben? Sind sie nicht im Interesse der Arterhaltung so programmiert, dass sie bei der Partnerwahl durchaus materielle Erwägungen in den Vordergrund stellen? Bleiben sie nicht oft an der Oberfläche, immer schnell den Tränen nahe? Einmal kurz geweint und schon kann Frau wieder lachen?

Vielleicht liebe ich sie gerade deshalb.

Manchmal denke ich, Männer sind viel empfindsamer als Frauen, zu viel tieferen Gefühlen fähig. Und weil diese Gefühlstiefe so schwer zu ertragen ist, müssen sich Männer abschotten, verpanzern. Es ist unerträglich, so sehr zu lieben, so sehr zu hassen. Deshalb lassen wir besser nichts an uns heran.

Ich setze mich an den Tisch und nehme ein neues Blatt und lege es auf die alten, vollgekritzelten. „Eva" schreibe ich oben hin. Schon taucht sie auf mit ihrem herrlichen Lachen, wirbelt um mich herum, packt meine Hände und küsst beide ganz sanft. Ich liebe ihre scheue devote Art. Sie versteckt sie nicht, sie taktiert nicht. Bei mir muss sie nicht die emanzipierte Frau spielen. Ich drehe mich, nehme sie an den Hüften und ziehe sie auf meinen

Schoß. Sie wirft den Kopf nach hinten und schüttelt ihre Mähne. Wie ein riesiger zärtlicher Pinsel streicheln ihre Haare über mein Gesicht. Ich schließe die Augen und genieße die Berührung. „Seit wann kennen wir uns?", frage ich.

„Wir haben uns immer schon gekannt", antwortet sie, springt hoch und ist verschwunden.

Ich sitze vor meinem Blatt und schreibe ihre Antwort darauf. Wahrscheinlich wird der Polizei diese Aussage zu ungenau sein, aber sie stimmt.

Auch Leckleo ist am Nachmittag unzufrieden mit meinen Aufzeichnungen. Als ich ihm die bekritzelten und befleckten Blätter entgegenhalte, schaut der mich einen Augenblick an, als hielte er mich nun doch für verrückt. Stöhnend kramt er aus seiner Aktentasche einen Block hervor und beginnt mich zu befragen:

„Hattest du eine Beziehung oder ein Verhältnis zu Eva Bonge?"

„Ja!"

„Seit wann?"

„Schon lange."

„Geht es nicht genauer?"

„Wir haben uns schon immer gekannt. Jedenfalls haben wir beide das gemeint – gleich vom ersten Augenblick an."

Leo verdreht die Augen: „Warst du mit ihr am Vorabend ihres Todes im Hotel Forum Siebengebirge in Königswinter-Thomasberg verabredet?"

„Ja!"

„Wie? Wann? Nun sag doch mal was!"

„Wir haben dort das Wochenende verbracht, waren im Siebengebirge wandern."

„Wieso Übernachtungen im Forum Siebengebirge? Ist das nicht eine Tagungsstätte des deutschen Beamtenbundes?"

„Ja früher; Eva hat mal dort eine Fortbildung gemacht und wusste, wie schön es gelegen ist", erkläre ich. „Jetzt ist das ein ganz normales Tagungshotel und am Wochenende ist es besonders günstig – auch für Einzelreisende."

„Ja – und was habt ihr an dem Vorabend gemacht?"

„Wir waren den Ölberg-Rundweg gegangen und haben danach gegessen – eins dieser herrlichen Menüs, die sie im Restaurant dort anbieten. Und weil es für März ungewöhnlich lau war, haben wir erst auf der Terrasse gesessen. Das war sehr romantisch. Die Bäume rauschten, Lampions, ein riesiger, fast roter Vollmond ..."

„Der Mond interessiert mich nicht", unterbricht mich Leo.

Ich stiere ihn verständnislos an.

„Und dann, und dann?", drängt er.

„Als es kalt wurde, sind wir in den großen Saal des Restaurants gegangen und haben bei leiser Musik noch Wein getrunken."

„Und weiter?", fragt Leo genervt.

„Dann sind wir schlafen gegangen – in einem der Gästehäuser, die zum Hotel gehören. Das war so geplant. – In der Nacht muss Eva aufgestanden sein. Ich weiß nicht, warum. Jedenfalls – als ich aufwachte – war sie nicht im Zimmer. Ich habe geduscht und bin sie dann suchen gegangen.

Im großen Saal waren die Tische festlich hergerichtet für eine Gesellschaft ..."

Ich stocke, sehe den Saal vor mir und mag nicht weiter reden, – aber Leckleo drängt.

„Als ich ... als ich zwischen den Tischen durchging ..."

„Nun mach schon!"

„... da fällt mir dieses Besteck auf ..."

„Besteck?" Leo ist konsterniert.

Ja, das Besteck auf den Tischen. Riesige Messer! – Ich denke noch: Die passen gar nicht zu den Gabeln ... Ein Messer fehlt."

Leos Blick wird ungeduldig.

„Ja – sie war nicht im Saal. Ich bin dann raus auf die Terrasse ... da plötzlich trete ich in etwas Matschiges hinein, rutsche mit dem Fuß weg, komme fast zu Fall ... – Eva."

Ich sehe plötzlich das furchtbare Bild vor mir, wie sie da liegt, Kopf und Beine merkwürdig abgeknickt, in einem Meer von Blut. Mir wird ganz heiß. Ich bekomme einen Schweißausbruch, ringe nach Atem. Leo schaut mich ganz merkwürdig an. Alles beginnt sich zu drehen, die Augen wollen meinen Kopf verlassen. Tonlos öffne ich den Mund.

Dann schreie ich.

Langsam gehe ich auf Leo zu, um mich an ihm festzuhalten. Er weicht angstvoll zurück und schreit auch. Die Tür fliegt auf. Zwei Wärter stürmen herein und werfen mich zu Boden. Der Aufschlag ist heftig.

Warum lassen die mich eigentlich immer wieder aufwachen? Warum reicht es nicht für den ewigen Schlaf?

Mein Mund ist trocken. Die Zunge klebt am Gaumen. Der Hals brennt.

Ich mag gar nicht die Augen öffnen. Es ist eh klar, dass ich wieder in meiner Zelle liege. Ich rühre mich lange nicht.

Eine Fliege surrt heran, landet und läuft über meinen nackten Unterarm. Es kitzelt, – aber gerade noch so, dass ich es aushalten kann. Ich mag das, empfinde es ähnlich wie eine Zärtlichkeit.

Wann ist meine Haut zuletzt so sanft und gefühlvoll berührt worden?

Jetzt nähert sich die Fliege über die Innenseite der Armbeuge. Ich muss mich beherrschen, den Arm ruhig liegen zu lassen. Der Grat ist schmal zwischen Genuss und Qual. Ich halte es lange aus, doch dann zucke ich doch. Die Fliege hebt ab – schade! – und landet auf meiner Stirn. Jetzt wird es noch schwieriger, bewegungslos zu bleiben, aber ihr zärtlicher Lauf über mein Gesicht ist wunderbar.

Als sie mir über die Lippen läuft, wird es mir zu viel. Ich puste sie weg. Vielleicht hat sie ja vor mir auf einem Scheisshaufen gesessen. Aber das ist mir eigentlich egal.

Früher, als Kind, habe ich öfters Fliegen gefangen. Ich hatte dazu so eine eigene Technik entwickelt und war ganz erfolgreich. Manchmal habe ich ihnen einen Flügel ausgerissen und sie dann über meine nackten Arme und Beine laufen lassen und dabei wahre Wonneschauer erlebt.

Ich setze mich und beruhige mit den Händen meine Gesichtshaut. Die Fliege ist endgültig weg. Da hat sie Glück gehabt. Ich bin ihr dankbar. Sie hat mich ins Leben zurückgebracht. Für solche Zärtlichkeiten lohnt es sich aufzuwachen.

Ich wuchte mich hoch und hänge meinen Kopf unter den Wasserkran. Langsam werde ich klarer.

Was war bloß mit Leckleo los? Warum hat er geschrien?

Er traut mir nicht, hält mich wohl für gefährlich. Und so einer will mich verteidigen?

Ein paar Stunden später wartet Leo im Besuchszimmer auf mich. Ich gehe nicht hin. Nach einiger Zeit kommt er zu mir in die Zelle, bleibt aber unschlüssig an der Tür stehen. Verlegen wechselt er von einem Bein aufs andere. Ich ignoriere ihn.

„Wir waren noch nicht fertig mit dem, was da passiert ist", beginnt er. „Morgen ist das Polizeiverhör – und da wäre es schon gut, wenn ich wüsste ..."

Ich reagiere nicht.

„Du hast Eva im großen Saal gesucht ...", setzt er noch mal an, aber seine Worte versanden in meinem Schweigen.

„Du denkst jetzt sicher, ich hätte Angst vor dir?", versucht er es wieder.

Ich lasse die Worte ins Leere laufen.

„OK – ich entschuldige mich", sagt er schließlich.

Ich schaue ihn ganz ernst an – lange -, dann frage ich ihn: „Magst du eigentlich die Zärtlichkeit der Fliegen?"

Leo ist völlig irritiert.

Ich strecke meinen Zeigefinger aus und, während ich ihn durch die Luft wandern lasse, beginne ich wie eine Fliege zu surren. „Ssssss!"

Ich stehe auf und lasse die Zeigefingerfliege durch die Zelle kreisen. Langsam gehe ich mit ausgestrecktem Arm auf Leo zu.

In seinen Augen entsteht Angst. Er beginnt zu schwitzen.

„Ssssss!" Aber Leo bleibt stehen.

Mein Zeigefinger landet auf seiner Stirn. Er schielt ihn an.

Ich lache los und haue ihm auf die Schulter: „Du hast aber ein schwaches Nervenkostüm!"

Leo ist erleichtert und atmet erst mal tief durch. Die Spannung zwischen uns ist weg. Er kommt richtig in die Zelle herein und setzt sich an den Tisch.

„Ich bin überarbeitet", sagt er. „Und wenn man hier im Haus auf den Gängen die Insassen sieht, kann man schon auf merkwürdige Gedanken kommen. Entschuldige!"

„OK", sage ich.

Wir gehen noch einmal meine Angaben über den Mordtag durch,

– wie ich Eva erst im großen Saal suche,

– wie ich auf der Terrasse fast über sie falle,

– wie ich sie entsetzt und ungläubig untersuche und mich dabei völlig mit Blut besudele,

– wie ich ihr das Messer aus dem Brustkorb ziehe und dabei von Hotelgästen, die auf die Terrasse strömen, überrascht werde ...

Leo schreibt alles sorgfältig auf und nickt zwischendurch immer wieder. Er scheint mir zu glauben.

„Also, es kann niemand behaupten, dich beim Zustechen überrascht zu haben", stellt er fest.

„Nein, ich habe nicht zugestochen, ich habe das Messer herausgezogen."

Leo nickt: „Dann sieht es ja gar nicht so schlecht aus."

Er packt seine Aufzeichnungen und schaut mich dabei ganz ernst an: „Gibt es noch irgendetwas, was ich wissen müsste?"

Ich zucke mit den Schultern.

„Morgen – bei der Polizei – überlasse das mir! Antworte nur mit meinem Einverständnis."

Ich nicke.

Leo steht auf und gibt mir die Hand. Ein richtiger fester Männerhändedruck. Ich bin überrascht.

„Ich tu mein Bestes", sagt er noch und geht. Hoffentlich reicht das!

Am Nachmittag darf ich raus aus der Zelle, habe Hofgang. Der Hof ist klein – von Gebäuden und Mauern umgeben – keine Chance abzuhauen, aber wenigstens ein Stück Himmel überm Kopf. Ich genieße es, draußen zu sein, – die frische Luft. Ein paar andere Insassen sind auch im Hof, drücken sich meist in Ecken oder an den Wänden entlang. Ich gehe im Kreis, wie ich es in Gefängnisfilmen gesehen habe. Ein kleiner alter Mann löst sich aus einer Ecke und läuft neben mir her.

54

„Psst!", beginnt er. „Halten sie dich auch für verrückt?"

Ich nicke.

„Mich auch!", lacht er. „Aber ich habe sie reingelegt. Ich tu nur so."

Ich schaue ihn skeptisch an. „Warum machst du das?"

Der Alte schaut sich vorsichtig um. „Draußen verfolgen sie mich. Hier drinnen ist es sicherer." Er kann ein Lachen kaum unterdrücken. „Die merken hier nichts. Verstehst du?"

„Wer verfolgt dich?", frage ich – wohl wissend, dass ich ihn nicht ernst nehmen kann.

„Frauen!", flüstert er.

Überrascht schaue ich auf ihn herab.

„Ja, Frauen!", fährt er fort. „Überall sind Frauen. Hier auf der Männerstation bin ich sicher."

„Warum verfolgen sie dich?", will ich wissen. „Was wollen sie von dir?"

Der Alte winkt mir, mich zu neigen, und flüstert dann in mein Ohr: „Die wollen mich kontrollieren! Die wollen die Macht!"

„Ja wie denn?", flüstere ich belustigt zurück.

„Sex!", raunt der Alte und macht ganz große Augen.

„OH!", entfährt es mir.

Befriedigt nimmt er meine Verblüffung zur Kenntnis.

„Mit Sex beherrschen sie uns Männer. Die machen uns geil und dann haben sie uns in der Hand."

„Und du entziehst dich ihnen?"

Der Alte nickt ernst: „Ich tue alles, um einen Krieg zu vermeiden. Ein offener Krieg zwischen Männern und Frauen würden die Frauen gewinnen, denn wir Männer lieben die Frauen mehr als umgekehrt."

Ich stutze. Schweigend gehen wir eine Weile nebeneinander her.

„Und wie kommst du hier in die Anstalt?"

Der Alte beginnt wieder zu lachen. „Ja, ich laufe dann einfach nackt durch die Fußgängerzone mit einem blutigen Messer und schreie: Frauenblut! Frauenblut! … und schon liefern sie mich hier ein. Dann untersuchen sie wochenlang das Blut am Messer und fahnden nach einer Leiche. Aber sie finden keine", kichert er: „Und dann müssen sie mich wieder entlassen."

„Und das klappt?"

Der Alte grinst. „Schon zwei Mal."

„Wirst du denn nicht verhört und richtig in die Mangel genommen?"

„Klar, versuchen die das, aber ich spiele dann verrückt und lache nur."

„Hast du keine Angst, dass sie dich für immer hier behalten?"

Der Alte schüttelt wild den Kopf: „Wäre doch gar nicht so schlecht. Hier ist man wenigstens sicher vor den Frauen."

„Woher bekommst du denn das Blut am Messer?"

Der Alte schaut plötzlich misstrauisch zu mir hoch: „Du willst mich wohl aushorchen, was? Bist wohl ein Spion? Ein Spion der Frauen! – Verräter!"

Wütend stapft der Kleine davon. Ich schaue ihm amüsiert nach. Vielleicht hat der Alte ja gar nicht so unrecht.

In der Nacht wälze ich mich hin und her, schrecke immer wieder hoch, weil ich glaube, Stimmen zu hören. Als ich endlich einschlafe, träume ich von einem dunklen Raum. Ein Bett mit weißem Laken steht in der Mitte. Ich bin sitzend ans Kopfteil gekettet. Zwei Scheinwerfer glotzen mich wie riesige Monsteraugen an und blenden extrem. Eine drohende Stimme stellt mir Fragen über Eva. Ich versuche, immer wieder auf verrückt zu machen, und lache. Die Stimme wird wütender. Ein kleines nacktes Männlein springt vor mir in den Lichtkegel und schwingt ein blutiges Messer. „Frauenblut!", tönt es aus allen Ecken.

Ein blutroter Fleck auf dem Bettlaken. Sie hat ihre Tage. Schweinerei! Ich hole Salz und streue es auf den Flecken. Ich reiße das Laken vom Bett. Das Blut ist durchgesifft, die Matratze voll. Ich will sie einfach umdrehen. Aber auch der Matratzenschoner ist voll. Es ist durchgetropft bis auf den hellen Teppichboden unterm Bett. Ich krieche unter das Bett. Mit einem Messer schneide ich den Fleck aus dem Teppich. Doch das Blut ist schon im Estrich und sickert durch den Boden. Ich renne in den Keller. Von der Decke tropft es rot. Ich stehe mit den Füßen in einer Blutmatsche.

Eva liegt vor mir und ist tot. Ich lege mich auf sie und weine.

„Polizeiliche Vernehmung", haben sie gesagt. Ich bin nervös, als sie mich durch die langen Gänge führen. Der Raum ist noch karger als das Büro des Haftrichters. Leo ist schon da. Das beruhigt mich ein wenig. Die zwei Kommissare von der Mordkommission kenne ich nicht. Sie stellen sich zwar vor, aber ich vergesse sofort ihre Namen. Der ältere sieht aus wie eine Bulldogge mit lefzenden Backen.

Ich werde nicht angekettet, bekomme keine Scheinwerfer ins Gesicht, werde aber über meine Rechte belehrt. Der jüngere Beamte will mitschreiben. Der ältere fordert mich auf, eine Aussage zu Evas Tod zu machen. Leo würgt meinen Ansatz sofort ab und gibt das, was er von mir erfahren hat, zu Protokoll. Die Beamten verziehen erst keine Miene, schauen mich aber plötzlich intensiv an. Mir wird ganz heiß. Da braut sich etwas zusammen. Schon prescht der ältere vor: „Herr Rinke, Sie wollen doch nicht den Eindruck erwecken, als sei dieser Hotelaufenthalt mit Frau Bonge so ein rosaroter Liebestreff gewesen?"

Ich bin verwirrt: „Ich weiß nicht, worauf Sie hinaus wollen, Herr Kommissar."

„Wer hat das Zimmer gebucht?", will er nun wissen.

„Ich, Herr Kommissar, Eva kam etwas später."

58

„Sie haben dann am Abend auf der Terrasse gesessen?"

„Ja, Herr Kommissar. Es war ein lauer Frühlingsabend. Der Mond war voll und riesig und rot. Wir tranken Wein, Rotwein ..."

„Ach hören Sie auf mit Ihrer Schnulzengeschichte! Wir haben da andere Informationen."

Mein Herz beginnt zu rasen. Ich schwitze. Der Kommissar steht auf und kommt auf mich zu: „Die Bedienung hat ausgesagt, es hätte einen Streit gegeben."

Leo schaut mich erstaunt an.

„Das war eine Kleinigkeit, Herr Kommissar. Eva hat ihren Wein umgekippt. Sie war manchmal so ungeschickt. Ich habe sie kritisiert. Darüber hat sie sich aufgeregt."

„Das war alles?"

„Ja, es war Rotwein. Ein hässlicher Fleck auf der weißen Tischdecke. Ich habe sofort Salz gestreut. Aber der Wein tropfte auch herunter vom Tisch auf den Boden."

Ich beginne wie ein Irrer zu lachen. Die Kommissare schauen sich verblüfft an. Dann bellt die Bulldogge los: „Hören Sie auf mit Ihrer Show! Das mit dem Verrückt-Sein glaube ich Ihnen nicht. Und auch nicht das mit dem verschütteten Wein. Warum haben Sie beide wirklich gestritten?"

Ich lache einfach weiter – endlos und einsam weiter, bis Leo mich am Arm packt.

„Herr Kommissar, kann ich mal kurz mit meinem Mandanten sprechen?"

Der Alte nickt und zieht sich zurück.

Leo zerrt mich beiseite: „Was soll das mit dem Lachen?"

Ich schweige.

„Warum weiß ich nichts von dem Streit?"

Ich ziehe die Schultern hoch: „Ich hatte es vergessen. Es war wirklich unbedeutend, – eine Kleinigkeit. So etwas kommt doch in jeder Beziehung vor. Frauen sind eben schwierig."

Leo nickt.

Er lässt mich los und wendet sich den Polizisten zu: „Meine Herren, das kennen Sie doch auch. Streitereien zwischen Männern und Frauen sind doch ganz normal. Die gehören doch zu jeder Beziehung. Das liegt einfach daran, dass Männer und Frauen letztlich nicht zusammenpassen. Wo man hinschaut – nur unglückliche Paare, Stress, Katastrophen, Trennungen. Wer sich diese Art Beziehung ausgedacht hat, muss einen an der Klatsche haben. Der gehört hier eingesperrt, nicht mein Mandant. Wie heißt es doch so schön: Frauen sind von der Venus, Männer vom Mars."

Der junge Kommissar nickt mit gequältem Gesichtsausdruck.

„Seien wir ehrlich!", fährt Leo fort: „Beziehungen zwischen Männern und Frauen sind Arbeitsbeschaffungsprogramme für Rechtsanwälte."

Der junge Polizist lacht auf, aber der ältere bellt sofort wieder dazwischen: „Ach hören Sie doch auf! Lenken Sie nicht ab!"

Und wieder kommt er auf mich zu: „Warum sind Sie eigentlich in den großen Saal gegangen?"

„Es wurde draußen kalt, Herr Kommissar."

„Lügen Sie nicht! Gab es nicht sogar Handgreiflichkeiten? Ist Frau Bonge nicht sogar mit einer blutenden Wunde vor Ihnen in den Saal geflohen?"

Ich schüttle wild den Kopf: „Das war der Rotwein auf ihrem Kleid."

„So, so – Rotwein? – Wir haben keine Rotweinflecken auf ihrem Kleid gefunden – nur Blut."

„Ich weiß nicht. – Das verstehe ich nicht.", stottere ich.

„Haben Sie denn überhaupt nach Rotweinflecken gesucht?", schaltet sich nun Leo ein.

Der Kommissar ist kurz irritiert, lässt dann aber bei mir nicht locker: „Wieso hatte Frau Bonge bei ihrem Tod immer noch das Kleid des Vorabends an, obwohl Sie doch angeblich gemeinsam übernachtet haben? Da stellt man sich doch vor, dass man sich auszieht, gerade wenn das Kleid so beschmutzt ist. Und morgens zieht man sich doch dann frische Kleidung an."

Ich schweige.

„Hat sie vielleicht nach diesem Streit aus Angst gar nicht die Nacht mit Ihnen im Zimmer verbracht?"

„Doch! Doch!", schreie ich. „Wir haben uns ja versöhnt."

„Das glaube ich nicht", zischt der Kommissar. „Die Bedienung hat etwas anderes erzählt."

„Ja was denn? Was denn?", brülle ich und springe auf, doch die Bulldogge drückt mich wieder nieder.

„Worum ging es bei dem Streit wirklich?"
Ich schweige.

„Hat sich Frau Bonge geweigert, mit auf Ihr Zimmer zu kommen?"

„Nein!"

„Warum hat sie sich nicht umgezogen?"

Ich starre vor mich hin.

Die Tischplatte ist so grau, so grau. Da sind nur ein paar Punkte. Sie ergeben aber kein Muster. Ich versuche, unsichtbare Linien zwischen ihnen zu ziehen – wie bei den Sternen und den Sternbildern. Ich erfinde ein ganz neues Sternbild auf dem Tisch: Die Vase!

Kann man sich vorstellen, einer sagt: „Vom Sternbild her bin ich Vase"? Was sind das für Menschen?

Vasen sind bestimmt offen für alles Schöne. Sie sind selbst ausdauernd und bodenständig, bieten aber dem Vergänglichen letzte Heimat und Halt. Bescheiden treten sie hinter dem Schönen zurück. Aber sie halten es nur begrenzte Zeit mit ihm aus. Dann geht die Beziehung zu Ende. Vasen können lange für sich alleine stehen. Aber wenn es soweit ist, können sie immer wieder Neues in sich aufnehmen und sogar erblühen lassen.

Ich lache über meine Gedanken und schaue auf.

Leo sieht mich besorgt an.

„Ich schlage vor", sagt er zu den Beamten, „die Vernehmung ein andermal fortzusetzen. Ich möchte auch gerne erst Einblick in die Aussagen der Bedienung und möglicher anderer Zeugen haben."

Die Bulldogge nickt.

Er ruft einen Wärter herein, der mich zurückbringen soll. Leo packt seine Sachen und begleitet mich auf dem Weg zur Zelle. Auf dem Gang frage ich ihn: „Was bist du für ein Sternzeichen?"

„Jungfrau", antwortet er.
„Ich bin Vase."

Es ist düster, draußen regnet es. Ich halte es nicht mehr aus in meiner Zelle. Nur rumhängen, dasitzen, daliegen, hin- und hergehen ... Es geht mir auf den Nerv. Und dann diese ständigen Aufforderungen im Hinterkopf, mich zu erklären, alles aufzuschreiben, Aussagen zu machen ... Ich will raus, will was tun, einfach etwas tun, ohne groß zu denken.

Ungeduldig hämmere ich gegen die Tür – immer wieder – bis jemand die Klappe aufmacht. Ein knochiges Gesicht kommt zum Vorschein, sagt aber kein Wort, guckt nur fragend, – eine ausdrucksvolle Mimik. Diesen Wärter kenne ich noch nicht.

„Ich will arbeiten", schleudere ich ihm entgegen. „Was kann ich hier tun?"

Er schaut mich an, als hätte ich einen ganz perversen Wunsch geäußert.

„Zellenkoller, was?", fragt er nach einer Weile. Ich nicke.

„Ich werde es denen da oben sagen", antwortet er und will die Klappe wieder schließen. Ich bremse mit meiner Hand: „Kann ich denn nicht wenigstens jetzt mal raus auf den Hof?"

Er schaut auf die Uhr: „Hofgangzeit ist schon noch, aber es regnet."

„Das macht mir nichts", entgegne ich hastig. „Ich liebe Regen."

In seinem Gesicht spiegelt sich ein Kampf zwischen für und wider. Schließlich nickt er und öffnet die Tür.

Draußen schüttet es wirklich wie aus allen Kübeln. Es ist ein warmer Frühjahrsregen, der mich schnell pitschnass macht. Ich stehe da, mit dem Gesicht nach oben und genieße die schweren Tropfen, die auf mich einprasseln. Schon bald suchen Rinnsale den Weg von meinem Kopf über Nacken oder Brust durch die Hose die Beine hinunter. Das T-Shirt klebt mir an der Haut. In den Schuhen bilden sich Pfützen. Quitsch, quatsch! Jeder Schritt wird jetzt von dem Gefühl begleitet, mit dem nackten Fuß einen Schwamm auszudrücken.

In so einem Regen habe ich zum ersten Mal ein Mädchen geküsst. Ich glaube, ich war damals 15 Jahre und lebte mit meinen Eltern im Ruhrgebiet. Sie hieß Anna, aber das wusste ich anfangs nicht.

Im Bus ist sie mir zuerst aufgefallen – Linie 11 zum Pferdemarkt. Jeden Tag fuhr ich 7:33 Uhr von der Haltestelle Prosperstraße aus zur Schule. An der Wißmannstraße stieg sie ein. Sie war nicht gerade schön – jedenfalls ist sie mir dadurch nicht aufgefallen –, aber sie hatte so eine Art von Ausstrahlung, der ich mich nicht entziehen konnte. Ich weiß nicht, was es war, ihr Gang, ihre Art sich zu bewegen, ihr Gesichtsausdruck, ihre Augen ... Jedenfalls fieberte ich jeden Tag der Haltestelle Wißmannstraße entgegen und, wenn sie dann aus dem Dunkel des Wartehäuschens hervortrat, klopfte mir ganz unwillkürlich das Herz bis zum Halse.

Wehe aber sie war nicht da! In mir brach etwas zusammen. Der ganze Tag schien verloren. Ich fühlte mich enttäuscht, ja betrogen. Und die Gedanken „Warum?", „Ist sie krank?", „Kommt sie vielleicht überhaupt nicht mehr?", quälten mich den ganzen Tag.

Tauchte sie dann am anderen Morgen aus dem Dunkel wieder auf, jubelte ich innerlich und glaubte, alle sehen jetzt die Röte der Freude in mein Gesicht steigen. Sie saß oder stand meistens weit vor mir. Ich ließ sie nicht aus den Augen, ja ich glaube, ich starrte sie unentwegt an. Manchmal konzentrierte ich alle meine Energien in meinem Blick. Sie sollte ihn spüren – im Nacken – und sich unwillkürlich umdrehen ...

Und dann drehte sie sich wirklich eines Tages um und sah mir direkt in die Augen.

In meinen Adern stockte das Blut und gleichzeitig bin ich wohl knallrot geworden. „Pferdemarkt!", brüllte der Busfahrer und alle Fahrgäste sprangen auf und spülten sie und mich mit hinaus in das Gewimmel der Stadt.

Von diesem Tag an suchten wir immer wieder den Kontakt durch Blicke – mehr nicht. Vielleicht wäre es immer so weiter gegangen, wenn nicht der Zufall – oder soll ich sagen: das Schicksal – ein Bein zwischen die Tür gehalten hätte.

An einem verregneten Nachmittag – es goss wirklich in Strömen – da habe ich ihn gerade noch erwischt, den 17:03-Uhr-Bus vom Pferdemarkt nachhause. Ich konnte gerade noch mein schicksalhaftes Bein zwischen die sich schon schließenden Türflügel quetschen. Zischend gaben sie wieder den Einstieg frei, ich sprang hinein und stand vor ihr. Meine Brille beschlug in dem warmen Dunst und ich sah nichts mehr. Wenn sie jetzt bloß nicht verschwindet! Der Bus ruckte an und ich musste mich erst einmal festhalten, bevor ich meine Brille reinigen konnte.

Als ich dann wieder durchblickte, sah ich sie wirklich vor mir – klatschnass und mit strähnigen Haaren, die ihr wie Spaghetti auf die Schultern fielen.

Mein Herz pochte laut in den Ohren und mir dämmerte langsam, dass dies eine Chance ist. Nur welche und wie? Meine Gedanken rasten und doch kamen sie nicht vorwärts. Dafür aber der Bus.

„Wißmannstraße!"

Sie stieg aus. „Chance vorbei", dachte ich noch, aber schon war ich auch draußen. Benommen – nein – automatisch – ging ich hinter ihr her, Meter für Meter ohne zu wissen, wozu.

Sie überquerte die Straße – ich auch.

Sie bog um die Ecke – ich auch.

Sie ging schneller – ich auch.

Der Regen rauschte immer heftiger. Wo mochte sie wohnen? – Jetzt blieb sie stehen. Hatte sie mich bemerkt? Was sollte ich tun? Auch stehen bleiben? Einfach an ihr vorbeigehen? Meine Beine gingen einfach – immer näher auf sie zu. Wartete sie auf mich? Dann war ich bei ihr und blieb einfach stehen. Sie wandte ihren Kopf und wir sahen uns an. Sekunden wie Stunden. Ihre Augen lächelten.

„Es regnet so schön", sagte sie. Ich nickte nur. Ganz selbstverständlich gingen wir weiter – nebeneinander her durch den endlosen

Regen. In einem Hauseingang blieb sie stehen. Schüchtern nahm ich ihre nasse Hand und fühlte, dass unser beider Haut wie nach dem Baden ganz schrumpelig geworden war. Sie flüsterte mir zu, wo wir uns morgen treffen könnten. Ich hätte sie gerne geküsst, ganz scheu, ganz zart. Doch sie verschwand durch die Tür. Und doch glaube ich jetzt, den sanften Druck ihrer regennassen Lippen zu spüren.

Innerlich jubelnd bin ich nachhause gehüpft, habe alles noch mal und noch mal durchlebt. Die Vorfreude auf morgen ließ mich auf Wolken schweben.

Am nächsten Tag war ich überpünktlich an der verabredeten Stelle und wartete und wartete, aber sie kam nicht. Die Enttäuschung in meinem Bauch wuchs ins Unermessliche.

Stattdessen trat plötzlich eine Frau auf mich zu und fragte, ob ich auf ein blondes Mädchen warte. Ich bekam einen roten Kopf und nickte nur.

„Ich bin Annas Mutter", sagte sie.

Oh nein! „Was hat das jetzt zu bedeuten?", schoss es mir durch den Kopf. Es war mir so ungeheuer peinlich, dass ich viel darum gegeben hätte, wenn mich augenblicklich der Boden verschluckt hätte.

„Anna ist krank", redete die Frau unbeirrt weiter. „Sie ist gestern im Regen ganz nass geworden und hat hohes Fieber bekommen."

Auch mein Kopf begann zu glühen in dieser Situation – immer stärker, immer mehr ... Was will die? Was will die? Was redet die auf mich ein? Ich kann kaum richtig zuhören.

Ob ich mit wollte, Anna besuchen?

Meine Gedanken blieben stehen, versteinerten.

Sie nahm mich einfach am Arm und zog mich hinter sich her. Wir gingen ein paar Straßen lang, ein paar Treppen hoch. Die Frau redete und redete, ich weiß nicht mehr was. Ich hatte längst die Kontrolle abgegeben.

Die Wohnung war ganz unterm Dach. Ein kleines Zimmer. Da lag in einem großen Bett ein Mädchen mit hochrotem Kopf. Ungeschminkt erkannte ich sie kaum. Neben ihr am Bett hockte eine alte Frau, die sich als Oma vorstellte. Was grinst die so? Ihre Falten zerflossen zu einer Grimasse. Was ist das für ein feistes Grinsen in diesem hexenartigen Gesicht?

Anna fieberte aus den Augen, lächelte aber glücklich.

Ich wurde auf einen Stuhl neben Oma gesetzt.

Was sollte ich tun? Was sollte ich sagen?

Annas Mutter stand in der Tür und guckte. Oma saß neben mir und guckte. Anna lag vor mir und guckte.

Ich bekam Schweißausbrüche. Mein Kopf war leer. Ich müsste etwas sagen. Aber was? Drei Frauen warteten. Sie guckten mich auffordernd an. Ich lächelte. Oh, war das peinlich!

„Das ist ja ein Ding, dass Anna jetzt schon Verabredungen mit einem jungen Mann hat", unterbrach die Mutter die Stille.

Meint die mich? Was redet die? Ich wagte nicht, den Kopf zu ihr hin zu drehen. Peinliche Stille.

„Wäre ja zu schade gewesen, wenn gleich das erste Rendezvous ins Wasser fällt", versuchte es die Oma und lachte. Ewiges Schweigen.

Anna schob ihre Hand zu mir herüber. „Ist nett von meiner Mutter, dass sie dich geholt hat, nicht wahr?"

Ich nickte beklommen.

Nach Stunden fragte Anna: „Wie geht es dir?"

Oh Mist! Das hätte ich fragen sollen. Ich zuckte mit den Schultern.

Dann brachte die Mutter ein paar Kekse. Schüchtern nahm ich mir einen. Nur schnell in den Mund damit! Wer isst, braucht nicht zu sprechen.

Aber der Keks zerbröselte mir und ich verbreitete nur Krümel auf Bettzeug und Boden. Wie peinlich! Was denken die von mir?

Das Schweigen wurde fast schmerzhaft.

Dann ein Knall, – ein dicker Tropfen war auf das Dachfenster gefallen. Dann noch einer und noch einer und immer mehr. Anna lächelte mich an. Es prasselte und trommelte eine kurze Zeit. Dann war es wieder still, viel stiller als vorher.

Oma durchbrach diese Stille und wollte wissen, wo ich wohne. Ich starrte in ihre Fratze und es fiel mir nicht ein.

Endlich wusste ich, was ich sagen könnte: „Ich muss jetzt gehen", presste ich heraus.

Direkt stand ich auf und gab allen schnell brav die Hand.

„Gute Besserung!", rief ich noch aus der Diele. Und schon war ich durch die Tür und raste – immer 2-3 Stufen gleichzeitig nehmend – die Treppe hinunter. Mit einem Jauchzer sprang ich aus der Haustür auf den Bürgersteig. Endlich wieder frei! Endlich wieder durchatmen! Ein Wohlgefühl durchflutete mich.

Es dauerte eine Woche, bis Anna wieder in den Bus stieg. Sie war immer noch blass. Freudig ging ich auf sie zu. Unsere Blicke trafen sich und abgrundtiefe Verachtung schlug mir entgegen. Erschrocken blieb ich stehen und sackte zusammen. Anna wendete sich ab. Ich hatte es vermasselt.

Es beginnt wieder zu regnen. Schwere Tropfen stürzen auf mich ein. Langsam drehe ich mich im Regen. Im Drehen sehe ich einen Mann am Fenster stehen. Er beobachtet mich. Ich schwinge aus und starre zurück.

„Gollmann", stellt er sich vor, als ich wenig später mit trockener Kleidung und geföhnt seinen Raum betrete. „Dr. Gollmann, Psychologe."

In mir heulen Alarmsirenen auf. Jetzt werde ich getestet. Lieber erst mal gar nichts sagen.

„Das war aber ein Spaß im Regen, was?"

Ich schweige und schaue mich erst mal um. Der Raum ist ganz ansprechend gestaltet. Viele Bilder hängen an den Wänden. Es gibt zwar einen Schreibtisch, aber mit den Sesseln und dem Sofa sieht es eher aus wie in einem Wohnzimmer.

Nicht dass ich mich jetzt aufs Sofa legen soll!

Nein, er bietet mir einen Sessel an und setzt sich mir genau gegenüber, – irgendwie ein bisschen zu nah. Ich rücke mit meinem Sessel etwas nach hinten.

„Ich möchte mich gern ein bisschen mit Ihnen unterhalten", beginnt er.

Ich reagiere nicht.

„Sie sind also Herr Rinke? Martin Rinke?"

Das weiß er doch. Denkt er, ich würde jetzt behaupten Napoleon zu sein? Ich bin doch nicht blöd, ich will doch hier raus.

„Ja, ich bin Martin Rinke", antworte ich ruhig. „Personalausweisnummer 5123015165M. Ich bin weder schizophren, noch schizoid, noch neurotisch. Auch mache ich nicht ins Bett. Ich war noch nie in einer Klapsmühle oder Therapie und nehme auch keine Tabletten."

Gollmann stutzt. Dann breitet sich ein Grinsen auf seinem Gesicht aus.

„Sie wissen aber genau Bescheid."

„Klar!", sage ich. „Was mich betrifft schon."

„Und was andere betrifft?"

„Kommt darauf an."

„Worüber wollen Sie denn reden?"

„*Sie* wollen sich doch unterhalten", gebe ich zurück.

Er überlegt, mustert mich noch einmal in aller Ruhe und setzt dann neu an: „Sie sind also ein Frauenliebhaber?"

„Hat sich das herumgesprochen?"

„Was lieben Sie denn an den Frauen?"

„Irgendwie alles", sage ich.

„Alles ist auch nichts. – Werden Sie doch mal konkreter!"

Jetzt nervt er. Ich winde mich: „Ich liebe ihre Andersartigkeit, ihr Wesen, ihren Körper, ihre Weichheit, ihre Stärke ... Reicht das?"

Sein Blick fixiert mich: „Lieben Sie es, Macht zu haben über Frauen?"

Ich werde ärgerlich: „In diese Schublade stecken Sie mich nicht. Ich könnte einer Frau nie Gewalt antun."

„Schon gut!", beschwichtigt er und ich kann sehen, wie es in seinem Kopf rattert.

Gollmann nimmt eine dünne Akte vom Schreibtisch und blättert darin: „Sie sind, wie ich hier lese, Künstler. Wie wird man das?"

Ich verdrehe die Augen: „Man braucht dazu einen Hut, eine Fellweste und eine offene Hose."

Gollmann lässt sich nicht beirren: „Ich meine, haben Sie so etwas wie eine Ausbildung?"

Ich nicke: „Ich bin zu einem Meister gegangen und wurde sein Schüler."

Jetzt scheint der Psychologe irritiert. Er blättert in der Akte herum. „Hier steht was von »Kunstakademie«?

„Genau!", sage ich. „Da gibt es das Meister-Schüler-Prinzip."

Gollmann schaut auf: „Dort anzukommen, ist doch gar nicht so einfach. Ich habe mal gehört, die nehmen kaum 10% der Bewerber. Sie waren wohl sehr gut?"

Ich lache: „Ich galt als künstlerisch nicht so verbildet wie andere, die schon Volkshochschulkurse oder gar eine Design-Ausbildung absolviert hatten."

Gollmann scheint erstaunt: „Aber Sie mussten doch gewiss eine Mappe mit eigenen Werken einreichen?"

„Ja, ich habe einfach meine Seelenzustände aufs Papier geschmiert." Schon bereue ich diesen letzten Satz. Wie befürchtet springt der

Psychologe darauf an, setzt sich hellwach auf und hakt nach: „Seelenzustände? Erzählen Sie doch mal!"

Mir wird flau im Bauch. Ich möchte abhauen. „Das mit der Bewerbungsmappe ist lange her", sage ich und stehe langsam auf. Ich tue so, als interessieren mich die Bilder an der Wand. Es ist eine Serie mit Mustern und Flecken, die durch Falten gespiegelt sind. „Oh je! Bilder für einen Rohrschacht-Test", entfährt es mir.

„Ich arbeite damit nicht", beeilt sich der Psychologe zu beteuern. „Aber ich finde, sie regen die Phantasie an."

Aus dem Muster des ersten Bildes springt mir der Unterleib einer nackten Frau entgegen. Ich starre darauf und schlucke. Dann merke ich, wie Gollmann mich genau beobachtet. Ich wechsle zum zweiten Bild, in dem ich einen offenen sinnlichen Mund erkenne. „Oh, das sieht ja aus wie eine Tropfsteinhöhle", sage ich. „Waren Sie mal in der Atta-Höhle?" Gollmann schüttelt den Kopf.

Ohne lange hinzuschauen, behaupte ich, auf dem nächsten Blatt einen Mähdrescher zu erkennen. Und dann sehe ich auf den folgenden Bildern ein Nashorn, ein tanzendes Paar, ein Unterseeboot, eine Pferdekutsche, einen Gartenzwerg ... Immer schneller werfe ich ihm zu den Bildern irgendwelche Worte an den Kopf und freue mich, wie augenscheinlich Frust in ihm wächst. Dann ist da nur noch ein Bild. Ich schaue es mir zur Abwechslung lange an und sage dann: „Es ist schwer zu erkennen, aber ich glaube ... nein, es müsste ... vielleicht auch nicht ... Also irgendwie sehen die Flecken hier aus ..." Ich rieche an dem Bild. „... als hätte ein ratloser Psychologe hier auf das Blatt gewichst." Dabei strahle ich ihm mit meinem schönsten Lächeln geradewegs ins Gesicht.

Gollmann bleibt ruhig: „Ich glaube, für heute reicht es erst mal, Herr Rinke."

„Schade!", sage ich scheinheilig. „Es hat gerade so einen Spaß gemacht."

Gegen Abend bekomme ich eiskalte Füße und Hände. Ich beginne zu frieren. Alle Kleidungsstücke in der Zelle ziehe ich übereinander und mümmle mich tief in das Bett. Es nützt nichts. Die Kälte bleibt. Nur mein Kopf wird glühend heiß. Ich lasse das Essen stehen. Der Wärter mit dem knochigen Gesicht schüttelt nur den Kopf.

„Ist der Regenmann doch nicht unverwundbar?"

Er will mir den Arzt schicken, aber ich winke ab: „So'n bisschen Fieber überstehe ich schon."

Aber es wird dann doch ganz schön heftig.

Irgendwann falle ich in so einen fiebrigen Halbschlaf und träume von Anna, die mit ihrer Mutter und ihrer Oma tuschelt und Geheimnisse austauscht. Und dann liege ich in Annas Bett und die drei Frauen beugen sich über mich und kommen immer näher. Ihre Gesichter verschwimmen schon vor meinen Augen. Mir wird eng und enger. Ich ringe nach

Luft. Da kommt der Arzt und schiebt die Frauen beiseite. Nein – es ist der Psychologe mit offener Hose. Er onaniert und will meine Bettdecke vollspritzen. „NEIN!", schreie ich panisch und springe raus aus dem Bett, raus aus der Wohnung, die Treppe runter und auf die Straße ... Richtung Wald ... auf das Forum Siebengebirge zu ... Draußen davor steht Eva. Sie bekommt Angst und läuft in das Hotel hinein. Ich komme ihr immer näher. Zwischen den gedeckten Tischreihen bin ich fast an ihr dran. Ich nehme ein Messer von der Eindeckung ... NEIN! – Das darf doch nicht wahr sein! STOP! STOP! STOP! Das ist nur ein Traum! Ein Traum! Das kann nicht wahr sein! Ich war's nicht!

Schweißgebadet setze ich mich aufrecht. Mein Herz rast.

Nur langsam beruhige ich mich wieder. Meine Haut klebt.

Am anderen Tag ist das Fieber weg. Ich bin wieder klar, wenn auch ein wenig schwach. Was ich da geträumt habe, bereitet mir ein mulmiges Gefühl.

Könnte es sein, dass ich ...?

Ich spiegele mich in der Fensterscheibe. Sieht so ein Mörder aus?

„Du musst mir schon die ganze Wahrheit sagen, wenn ich dich verteidigen soll!" Leo empfängt mich im Besuchszimmer mit einer kalten Dusche voller Vorwürfe. Wütend stapft er auf und ab, zieht das ein oder andere Papier aus seinem Aktenkoffer und knallt es schimpfend auf den Tisch:

„Hier die Aussage vom Terrassenkellner über den lautstarken Streit mit Eva beim Essen. Es war so peinlich, dass der Kellner euch aufgefordert hat, die Terrasse zu verlassen. Deshalb seid ihr in den großen Saal gegangen und nicht wegen der Kälte.

Hier die Aussage des Thekenpersonals über die Fortsetzung des Streites drinnen, über die folgenden Handgreiflichkeiten ... Eva ist demnach vor dir aus dem Saal geflohen.

Hier die Aussagen von Zimmernachbarn, die lautes Streiten und Gepolter aus eurem Zimmer gehört haben.

Hier die Aussage des Nachtportiers, der dich in der Nacht die Gänge lang schleichen sah ...

Was ist los, Martin?

Wieso muss ich das alles über die Polizei erfahren? Warum sagst *du* mir das nicht? Ich bin doch dein Rechtsanwalt. Also du verhältst dich so störrisch wie mein Stiefsohn in der Pubertät."

Leo bleibt vor mir stehen und wartet.

„Du hast einen Stiefsohn?" „Jetzt lenk nicht ab!", braust der Anwalt auf. Ich lächle ihn unsicher an und zucke mit den Achseln.

„Was hat das alles mit Evas Tod zu tun?"

Leo springt fast aus dem Hemd: „Wie bitte? Es geht hier um die Stunden vor dem Mord. Es geht um dein Alibi, um deine Glaubwürdigkeit."

Ich schaue ihn groß an: „Die halten mich doch eh alle für bekloppt. Säße ich sonst hier?"

„Gerade deshalb ist es doch wichtig, mir konkrete und korrekte Angaben zu machen", erregt sich Leo und setzt sich. „Ich brauche einen Wissensvorsprung vor der Polizei, verstehst du? Sonst kann ich direkt einpacken."

Jetzt tut er mir leid. Ich nicke.

„Also von vorn", hebt er wieder an. „Worum ging es bei dem Streit?"

„Unwichtig", wehre ich ab, aber Leo lässt nicht locker.

„War es ein Beziehungsstreit oder ging es um ein sachliches Thema?"

„Sie hatte Rotwein verschüttet."

„Also jetzt hör mal auf!", schimpft Leo los und schlägt mit der Faust auf den Tisch. Ich schaue ihn befremdlich an. Er fasst sich wieder: „Stand euer Streit in irgendeinem Zusammenhang damit, dass Eva die Tochter von General Julius Bonge war?"

Jetzt bin ich verblüfft: „Quatsch!"

„General Bonge hatte mit Rüstungsgeschäften zu tun, bei denen Schmiergelder geflossen sein sollen."

„Keine Ahnung", entgegne ich. „Über so was habe ich mit Eva nie gesprochen. Ich wusste nur, dass ihr Vater ein hohes Tier bei der Bundeswehr ist und Eva ziemlich streng erzogen hat."

„Was heißt streng?"

„Da ging es zuhause wie in einer Kaserne zu."

„Hatte sie Probleme mit ihrem Vater?"

„Sie hatte Angst vor ihm. Mit mir konnte sie über alles sprechen."

„Ja, ich weiß, du bist ein Frauenversteher", höhnt Leo. „Oder wie sagst du? Frauenliebhaber!"

Ich knurre.

„Du hast doch schon damals, als wir noch zur Schule gingen, ständig problembeladene Mädchen angeschleppt, diese Moni zum Beispiel, deren Mutter sich umgebracht hatte."

„Ach ja Moni ..." Ein warmes Gefühl durchfährt mich. „Was aus der wohl geworden ist? Hast du noch mal was von ihr gehört?"

Leo schüttelt uninteressiert den Kopf und legt sofort nach: „Was hattest du nachts auf den Gängen des Hotels zu suchen?"

„Wozu ist das wichtig?"

„Zwischen 4:00 Uhr und 5:30 Uhr ist Evas Tod eingetreten."

Ich jubiliere: „Dann ist doch alles klar! Als ich das Messer aus ihr herauszog und dabei überrascht wurde, kann ich sie nicht getötet haben, denn es war doch schon fast 8:30 Uhr. Das entlastet mich doch." Ein Hochgefühl ergreift mich.

„Die Polizei glaubt, du bist zur Leiche zurückgekehrt, um die Tatwaffe mit deinen Fingerabdrücken verschwinden zu lassen."

Bange Verzweiflung verscheucht das Hochgefühl. „Das ist doch verrückt", schreie ich.

Leo wiegt den Kopf hin und her und will noch mal wissen, warum ich nachts durchs Hotel schleiche.

„Ich habe Eva gesucht. Sie ist einfach aus dem Zimmer gerannt und kam nicht wieder."

„Hast du sie gefunden?"

„Nein – ich bin dann wieder ins Zimmer gegangen."

„Hat das einer gesehen?"

„Nein, ich glaube nicht."

Leo verzieht das Gesicht: „Uh, das sieht schlecht aus für dich."

Beklommen sehe ich seine Ratlosigkeit. Er sammelt langsam seine Papiere wieder zusammen und verstaut sie in seinem Aktenkoffer.

„Eine Frage habe ich noch", sagt er. „Was wollte eigentlich deine Frau im Hotel?"

„Meine Frau?", frage ich erschrocken.

„Ja, deine Frau hat abends an der Rezeption nach dir – beziehungsweise nach deiner Zimmernummer gefragt."

„Meine Frau? Bist du sicher?"

„Ja! Aufgrund der Beschreibung der Rezeptionskraft hat die Polizei dem Personal ein Foto von ihr gezeigt. Sie wurde eindeutig wiedererkannt."

In mir rattern die Gedanken. Woher wusste sie, dass wir im Forum Siebengebirge waren? Wieso war Bea so unvorsichtig? Wie kann ich sie da raushalten? Verwirrt zucke ich mit den Schultern.

Leo schaut mich sorgenvoll an.

„Die Polizei hat sie für morgen vorgeladen. Ich werde sehen, dass ich dabei bin", sagt er und schließt seinen Koffer. Zum Abschied gibt er mir die Hand: „Martin, ich will alles über deine Frau und deine Ehe wissen. Das nächste Mal gehen wir auch deine Aufzeichnungen über Eva durch."

◇◇◇

Ich habe keine Zeit zu schreiben. Ich gehe arbeiten – oder besser: Ich darf Unkraut jäten. Der kleine Wärter bringt mich mit Eimer und Hacke in einen begrünten Innenhof. Auf dem Rasen dort krabbelt schon ein großer dünner Mann herum und schneidet mit einer kleinen Schere das Gras. Als er mich sieht, springt er aufgebracht hoch und kommt schreiend herbeigelaufen: „Den Rasen mähe ich! Den Rasen mähe ich!"

„Schon gut! Schon gut!", beruhigt ihn der kleine Wärter. „Der hier zupft nur das Unkraut in den Beeten."

Der Mann lächelt zufrieden und schlurft wieder auf den Rasen. Auf allen Vieren kriecht er umher und schneidet jeden einzelnen Grashalm. Der Wärter grinst.

Ich beginne, kräftig in einem Rosenbeet zu hacken. Der Boden ist beton-hart. Die Erde hat sich verkrustet, wie sich alles im Leben auf die Dauer verkrustet. Dann muss man es aufhacken, alte Zusammenhänge zerstören und zerbröseln, damit überall wieder Luft dran kommt. Das wenige Gras, das sich hier versamt hat, ist schnell heraus. Ich muss nur auf die Dornen der Rosen Acht geben. Eine hektische Bewegung und schon hat man eine Schramme wie von den Krallen einer Katze oder den Fingernägeln einer liebestollen Frau. Ich bin sehr vorsichtig, denn ich mag keine wohl möglich noch brennenden Hautverletzungen. Ganz langsam schreitet deshalb die Arbeit nur voran. Das Hacken hat etwas Meditatives. Aber schließlich ist doch ein Teilstück geschafft. So ein fertig gehacktes Beet hat so etwas Sauberes und Ordentliches. Ich stütze mich auf die Hacke und betrachte es. Ein Gefühl der Befriedigung durchflutet mich.

Mit einem „Ja das war ja wohl nichts!", reißt mich der Wärter aus meiner Versunkenheit. „Erst arbeiten wollen und dann nur herumstehen!" Er packt mich am Arm und schiebt mich ins Gebäude zurück. Der arme Kerl hat nichts begriffen.

Jetzt habe ich mich endlich aufgerafft und mich erst mal an den Tisch gesetzt. Ein leeres Blatt liegt vor mir und wartet darauf, von mir vollgeschrieben zu werden. Leckleo will etwas über meine Frau und über meine Ehe lesen. Mir ist das eigentlich zuwider. Was geht es andere an, was zwischen Bea und mir ist? Selbst bei äußerlichen Fakten müsste ich erst mal einen Datenschutzbeauftragten fragen, inwieweit Rückschlüsse auf andere Ereignisse möglich sind und was mir schaden könnte. Ganz zu schweigen davon, ob Bea damit einverstanden wäre, wenn ich Details unseres Zusammenlebens ausplauderte. Es gibt ja Leute, die sagen: „Ich habe nichts zu verheimlichen. Was ich tue, kann jeder wissen. Nur wer ein schlechtes Gewissen hat, pocht auf Datenschutz." Ich habe kein schlechtes Gewissen und doch möchte ich gern ein Geheimnis haben. Menschen ohne Geheimnis sind langweilig.

Vor der Zellentür rumort es. Die Türklappe fällt auf und mir wird ein dampfender Teller in die Zelle gereicht. Spaghetti mit Tomatensoße. Ich stelle den Teller auf das leere Blatt und beginne erst mal zu essen. Jetzt erst merke ich, wie hungrig ich bin. Geschickt drehe ich die Spaghetti mit der Gabel durch die rote Soße und schiebe sie mir in den Mund. Da kommt mir eine spaßige Idee und ich stelle lächelnd den Teller etwas beiseite, so dass ich schreiben kann:

Ich habe Bea in Italien kennen gelernt. Es war in den Jahren nach den Studentenunruhen. Der politische und gesellschaftliche Aufbruch hatte sich schon zerfasert in alle möglichen Richtungen. Auch die linke Szene war aufgesplittert in Kommunisten, Trotzkisten, Anarchisten, Ökos und andere wundersame Splittergruppen. Theoriemüde waren viele engagiert und begeistert von konkreten alternativen Projekten und hielten einen normalen Urlaub für den Gipfel der Spießbürgerlichkeit. Wenn schon in andere Länder fahren, dann nicht zur Ausbeutung der meist ärmeren Bevölkerung dort, sondern zur Unterstützung sozialistischer Projekte und landwirtschaftlicher Kooperativen. Hoch die internationale Solidarität! Genosse, mach dich nützlich! Workcamp hieß das damals: Arbeiten, feiern, Ferien machen! Ich bin in jenem Sommer zur Spaghetti-Ernte in die Toskana getrampt – zu einer abgelegenen alternativen Kooperative. Es hat Tage gedauert, dorthin zu kommen, und die letzten Kilometer musste ich sogar bei sengender Hitze mit schwerem Rucksack durch endlose Spaghetti-Felder laufen. Der Schweiß klebte mir den Staub auf die Haut. Ich wusste nicht viel darüber, was mich erwartete. Das

Landgut war wohl vor Jahren durch ein Erdbeben stark beschädigt worden. Der italienische Besitzer hatte es aufgegeben und an ein paar deutsche Aussteiger verpachtet. Gemeinsam leben und arbeiten in der Toskana! Ausstieg aus der Kleinfamilie, Aufbau eines Kollektivs etc.!

Und wie immer bei solchen Projekten ging es nach kurzer Zeit schon ums nackte Überleben. Die Saat war schnell ausgebracht. Wie aber jetzt die Ernte einbringen?

Ein Hilferuf – ich glaube in der *TAZ* oder im *Pflasterstrand* – hatte mich auf den Weg gebracht, über den jetzt die Luft in der Mittagsglut flimmerte.

Endlich tauchten hinter einer Biegung die ersten Gebäude auf. Sie machten einen erbarmungswürdigen Eindruck. Müde schleppte ich mich in den Hof, der verlassen – ja ausgestorben wirkte. Kein Laut war zu hören. Für einen Augenblick fürchtete ich, zu spät zu kommen.

Dann auf einmal von links ein Prusten und Lachen. Erschrocken drehte ich mich und sah unter den schattigen Bäumen vier Köpfe von jungen Frauen, die Körper bis zum Hals in einem kleinen quadratischen Wasserbecken. Sie hatten wohl schon geraume Zeit meinen Anmarsch beobachtet. Jetzt lachten sie und winkten mich heran: „Du siehst so aus, als könntest du auch eine Abkühlung brauchen."

Ich trat an das Becken heran und merkte, wie ich verlegen wurde, weil alle nackt im Wasser saßen. Aber die Verlockung einer Abkühlung war zu groß.

Ich entledigte mich meiner Kleidung und stieg schnell in das Becken. Die Erfrischung war unbeschreiblich und auch das Gefühl, plötzlich von jungen nackten Frauen umgeben zu sein. So schön hat mir das Wasser noch nie bis zum Hals gestanden. Marie, Jana, Elke und Bea hießen die vier und alle waren wie ich aus Deutschland auf den Hilferuf in der Zeitung hin hier in den letzten Tagen eingetrudelt.

Marie war am längsten da und klärte mich auf: „Mit dem Kollektiv ist nichts. Das hat sich wohl aufgelöst. Hier wohnt nur noch ein etwas merkwürdiges älteres Paar – Jörg und Herta – und die scheinen überhaupt nicht klar zu kommen."

Wenig später lernte ich Jörg kennen, ein Mann auf den bestimmte Frauen fliegen, mit sonnengegerbter Haut, grauen Haaren – hinten zu einem Zopf gebunden, sicherlich schon über fünfzig, so etwas wie ein Charmeur. Er tauchte mit ein paar Ziegen auf und war von meiner Ankunft gar nicht so begeistert. Offensichtlich war er viel mehr an den Auftriebskräften weiblicher Brüste im Wasser interessiert.

Zu genaueren Untersuchungen kam er aber nicht, weil plötzlich eine hexenhafte Alte dazwischen fuhr und ihn zur Käsezubereitung ins Haus kommandierte.

„Das ist Herta!", flüsterte Marie.

Die Frau wirkte verhärmt. Ihre braune Haut war faltig, runzelig, irgendwie vertrocknet. Wie die Rosine mich kaum an die pralle Traube denken lässt, so ließ Herta kaum die Frau erahnen, die sie vielleicht mal war. Sie hatte mit ihrem nörgelnden Tonfall Jörg voll im Griff. Er trottete wie ein geschlagener Hund zum Haus.

Über meine Ankunft schien sie froh: „Endlich ein Mann!" Und listig fügte sie hinzu: „Du kannst bei den Mädels im Stall schlafen."

Als sie weggeschlurft war, prusteten die vier Badenixen wieder los und machten sich lustig über den Pantoffelhelden.

Ich war enttäuscht. Da war ich weit hergekommen, um zu kämpfen für die Überwindung alter Machtstrukturen, um mitzuhelfen beim Aufbau einer neuen Epoche ... und nun das! Ist das die neue Zeit? Nur eine Umkehrung der Verhältnisse? Der Mann am Gängelband der Frau, degeneriert zu einer Witzfigur?

Mein enttäuschter Gesichtsausdruck ließ die Badenixen wieder loslachen.

„So schlimm wird es für dich schon nicht", meinte Bea. „Jede von uns wollte auch sofort wieder weg. Aber dann haben wir bemerkt: Zusammen können wir auch viel Spaß haben." Sie umarmte zärtlich Jana und beide küssten sich hemmungslos. „Oh je!", ging es mir durch den Kopf. „Bin ich hier in ein Lesbennest getreten?"

Aber dann nahmen mich alle in ihre Mitte und zogen den Kreis immer enger, bis vier Paar Brüste mich sanft einklemmten.

Wer macht sich in nördlichen Ländern schon Gedanken, wie Spaghetti entstehen? Früher habe ich ganz naiv angenommen, Spaghetti seien so etwas wie ein Nebenprodukt, das bei der Aushöhlung von Makkaronihalmen abfällt. Dass Spaghetti eine eigene Pflanzenart sind, habe ich erst in jenem Sommer in Italien gelernt. Die Felder des Gutes standen voll von diesen biegsamen Halmen und sie waren alle schon sonnengelb, also überreif. Das Schwierige bei der Ernte ist, dass die Halme nach dem Mähen so krumm und schief daliegen und so schnell hart werden. Sie passen dann in keine Packung und verklumpen bei geringster Feuchtigkeit. Will man Spaghetti in der typischen Strichform haben, muss man sie nach dem Mähen direkt gerade ziehen und zum Trocknen am besten aufhängen. In einem weiteren Arbeitsschritt werden sie dann auf einheitliche Länge geschnitten und direkt verpackt.

In der modernen Landwirtschaft gibt es dafür einen Mähzieher, der alle Arbeitsschritte sofort hintereinander bewerkstelligt. So eine komfortable Maschine gab es natürlich auf dem Gut nicht. Immerhin fand sich in einem Stall ein alter Motormäher, den Jörg nach stundenlangen Reparaturen wieder in Gang brachte.

Wir anderen nutzten die Zeit und bespannten die Trockengestelle neu und verteilten sie an die Feldränder.

Am anderen Morgen ging es dann in aller Frühe los. Herta legte mit dem Mäher einen Streifen Spaghetti nach dem anderen um, die Mädels, Jörg und ich liefen hinterher und sammelten die Halme mit unseren Händen auf, zogen sie glatt und hängten sie zum Trocknen auf.

Es war unglaublich anstrengend: Bücken, sammeln, glatt ziehen, aufhängen ... bücken, sammeln, glatt ziehen, aufhängen ... bücken, sammeln, glatt ziehen, aufhängen ... wieder und wieder. Der Mäher produzierte eine ungeheure Staubwolke und mit den Stunden heizte uns noch zunehmend die hochsteigende Sonne ein. Der Schweiß lief in Strömen.

Schnell wurde mir klar, dass die Ernte mit jeweils einem halben Tag arbeiten und einem halben Tag feiern nicht einzubringen war. Ich wurde sauer. So hatte ich mir meinen Urlaub nicht vorgestellt.

In einer Mittagspause ging ich Herta an, wo denn das Kollektiv wäre.

„Intellektuelles Gesocks! Gehirnakrobaten!", raunzte sie nur ärgerlich. „Wollten über alles diskutieren, über jeden Handschlag abstimmen ... Stundenlanges Gelaber von wegen Arbeit auf theoretische Grundlage stellen und so'n Scheiß. Erst mal Kapitalkurs!" Wütend stapfte sie davon, drehte sich aber noch einmal um: „Damit bekommt man die Feldarbeit nicht getan."

„Die anderen sind einfach abgehauen", flüsterte Jörg. „Die wollten die führende Rolle der Partei nicht anerkennen."

„Welche Partei?", fragte ich verwirrt.

„Herta!"

Die Art, wie ich mit Bea zusammenkam, war nicht aufregend, nicht spektakulär. Ich habe nicht viel dafür tun müssen. Anfangs hatte ich gar keine Ambitionen, weil ich sie für eine Lesbe hielt. Aber wir begannen, uns bei der Arbeit anzulächeln, in den Pausen miteinander zu reden, d.h. sie hat geredet – von sich und ihren Problemen – ich habe zugehört. Irgendwie fühlten wir uns schnell vertraut. Wie zufällig saßen wir abends, wenn wir erschöpft von den Feldern kamen, beim Essen nebeneinander, tranken und lachten und sie hat sich an mich gelehnt. Ich sah sie aber auch eng umschlungen mit Jana oder Marie über den Hof gehen und war deshalb überrascht, als sie sich eines Nachts im Stall mit ihrem Schlafsack einfach neben mich rollte und mich küsste – als sei es selbstverständlich.

Man kann also sagen, Bea hat mich ausgewählt, hat sich für mich entschieden und mich dann okkupiert. Ich hätte vielleicht auch mit den anderen gekonnt ... Na gut, mit Marie wahrscheinlich nicht und Jana war mir zu dürr und Elke zu zickig ... und die drei sind auch nie so richtig auf mich zugekommen. Vielleicht haben sich die vier auch, was mich betraf, abgesprochen und Bea den Zuschlag gegeben ... Ich habe das nie zum Thema gemacht, weil alles sich so selbstverständlich entwickelt hat. Und da war auch kein Neid, keine Eifersucht. Bea und ich waren auf einmal ein Paar und alle fanden es in Ordnung.

Viel Zeit, uns mal alleine näher kennen zu lernen, hatten wir in der ersten Woche nicht. Die Arbeit auf den Spaghetti-Feldern hat uns von morgens bis abends in Anspruch genommen. Nach Ernte und Essen sind wir wie tot auf unser Lager gesunken. An Sex war nicht zu denken, zumal uns die anderen ständig auf die Pelle rückten. So ein neues Paar scheint eine Art Anziehungskraft zu haben. Vielleicht erhoffen sich manche, von der Aura des jungen Glücks zu profitieren.

Ich habe jeden Tag gesagt: „Ich mache diese Schinderei nicht länger mit – höchstens noch einen Tag." Aber wenn dann der Tag herum war und ich mich über Nacht wieder erholt hatte, bin ich mit den anderen morgens doch wieder auf die Felder gezogen.

Am Mittag des achten Tages hatten wir endlich die geglätteten und getrockneten Spaghetti unter die Dächer der Scheunen geschafft, – gerade noch rechtzeitig bevor ein starker Regenguss vom Himmel stürzte. Wir jubelten, rissen uns die staubigen Kleider vom Leibe und rannten in den Regen hinaus.

Abends gab es dann ein Fest. Herta und Bea haben wunderbar gekocht und ich weiß nicht, wann mir ein Essen je besser geschmeckt hat. Jörg holte seine Gitarre und wir sangen alte Arbeiterlieder: „Brüder zur Sonne, zur Freiheit", „Und weil der Mensch ein Mensch ist ..." und so. Als der Rotwein seine Wirkung tat, habe ich mich hinreißen lassen, Schlager wie „Caprifischer" zu singen. Eine unbändige Sehnsucht nach Urlaub, Strand und Meer stieg in mir auf und mir wurde klar, dass ich morgen den abgeernteten Feldern den Rücken kehren würde.

Aber so schnell ging es dann doch nicht. Am Morgen nach der Fete haben wir erst mal lange geschlafen, endlos gefrühstückt und dann die Mittagshitze bis zum Hals im Wasser der Zisterne genossen. Bea und ich haben uns irgendwann in ein nahes Wäldchen verdrückt und uns endlich auch körperlich geliebt. Ich fand die ganze Situation wunderbar, doch als wir zum Gut zurückschwebten, war dort dicke Luft.

Jörg hatte im Wasserbecken Elkes Kurven massiert und von freier Liebe und der Überwindung der Monogamie gesprochen. Elke fand das gar nicht so schlecht und hat ihn machen lassen. Aber Herta ist aus dem Hemd gesprungen, obwohl sie keines an hatte. Jörg musste ins Haus zurück und Herta hat den drei Mädels geraten, doch abzureisen, wenn sie nicht ihre Finger von ihrem Mann lassen könnten. Und so kam es, dass wir am nächsten Morgen alle packten.

Marie, Jana und Elke wollten zusammen nach Süditalien trampen. Ich habe sie nie wieder gesehen. Bea und ich sind mit dem Bus an die Küste gefahren und haben wie spießige Kleinbürger wunderbar faule Tage am Strand verbracht. Schließlich sind wir mit der Fähre nach Capri übergesetzt. Bei der Einfahrt in den Hafen standen wir an der Reling und ich habe – obwohl ich keinen Rotwein getrunken hatte – laut und inbrünstig die „Caprifischer" gesungen. Bea hat die ganze Zeit gelacht. Ich glaube, es war ihr ein wenig peinlich. Mich hat es nicht gestört. Ich war glücklich.

Lächelnd lehne ich mich zurück. Mit ausgestrecktem Arm setze ich einen dicken Punkt hinter das letzte Wort. Ja, damals war ich glücklich. Ich ziehe den Teller wieder heran. Die Spaghetti sind inzwischen fast kalt. Aber ich drehe sie mit der Gabel in der Soße und esse sie genüsslich in dem Bewusstsein, hart dafür gearbeitet zu haben.

◇◇◇

Beim Hofgang sehe ich wieder den kleinen alten Mann. Er scheint sich nicht an mich zu erinnern. Wie ein Hündchen kommt er an meine Seite und fragt mich wieder: „Halten Sie dich auch für verrückt?" Ich nicke. „Mich auch", sagt er, „aber ich tue nur so." „Ich weiß", antworte ich. „Du hast Angst vor Frauen." Entgeistert starrt er mich an. „Kannst du in Köpfe gucken?" „Ja, manchmal", gebe ich zu. Der Alte hält sich die Hände vor die Stirn und rennt weg.

Ich will mir nicht in den Kopf gucken lassen. Ich räume deshalb in der Zelle die beschriebenen Blätter unter den Papierstapel. Da habe ich zu viel ausgeplaudert. Das muss Leo nicht alles wissen. Für ihn nehme ich ein leeres Blatt und schreibe oben hin: „Ich habe Bea 1985 bei der Spaghetti-Ernte in Italien kennen gelernt."

Während ich noch überlege, was ich noch preisgeben kann, beginne ich gedankenverloren, Bea zu zeichnen. Das kann ich im Schlaf. Bea war oft mein Modell. Niemanden habe ich so oft gezeichnet, gemalt, fotografiert und in Ton geformt wie sie. Ich kenne jede Kurve, jede Falte ihres Körpers. Nicht nur in der Anfangszeit unserer Beziehung war ich wie besessen von ihr.

Nach unserem Italienabenteuer kam sie einige Wochen später ganz selbstverständlich mit zu mir nach Bonn. Ich bewohnte damals ein kleines Ladenlokal in der Altstadt

– Wolfstraße. Der ehemalige Verkaufsraum war mein Atelier. Im Schaufenster stellte ich – oft zum Ärger der Nachbarn – meine provokanten Bilder aus. Die hinteren zwei kleinen Lagerräume nutzte ich als Schlafzimmer und Küche. Im Klo hatte ich eine kleine Dusche eingebaut.

Irgendwie schaffte es Bea, ihr Referendariat an einer Schule in Sankt Augustin zu machen und so zog sie einfach bei mir ein. Für mich war das nichts Besonderes. Schon mehrfach waren Frauen, mit denen ich eine Beziehung begonnen hatte, bei mir eingezogen. Bisher aber behaupteten alle nach wenigen Monaten, an mir zu verzweifeln und so verschwanden sie wieder. In mir nährte das den Verdacht, dass Frauen vielleicht doch nicht so richtig lieben können wie Männer.

So hatte ich dann auch bei Beas Einzug keine großen Erwartungen mehr. Hätte ich damals geahnt, dass am Ende eine bürgerliche Kleinfamilie dabei herauskommt, wäre ich bestimmt zurückgeschreckt. Aber ich war irgendwie blind, habe oft erst im Nachhinein bemerkt, dass sie immer alles in ihrem Sinn hin und her gedreht und mich dadurch geschickt dominiert hat. Ganz naiv nahm ich Bea bei mir auf, genoss unser ausschweifendes Liebesleben und freute mich, dass ich ständig ein freizügiges Modell zur Verfügung hatte. Es begann ein chaotisches und kreatives Zusammenleben, das auch Bea gut tat, weil es ihr half, die harte Referendarzeit und die Reglementierungen des Schulbetriebes zu überstehen. Bei mir konnte sie ihre manchmal verrückten Ideen ausleben und so wurde sie mit der Zeit so etwas wie meine Muse. Ekstatisch farbenfrohe Akte entstanden, die Bea sehr mochte, die ich dann aber oft, wenn wir Streit hatten, vor Wut mit blutroter Farbe besudelte. Bea ärgerte das so sehr, dass sie einmal das Zerstörungswerk mit dem Küchenmesser fortsetzte und in die Leinwand stach. Ich war begeistert von dem bildnerischen Effekt und setzte ihn von da an gelegentlich bewusst ein.

Das Zusammenleben wurde aber schwieriger als erwartet. Je vertrauter wir wurden, desto offener zeigte Bea Seiten an sich, die ich ihr vorher nicht zugetraut hätte. Sie hatte Phasen, in denen sie nur nörgelte, ganz unzuverlässig und sprunghaft war. Gutes Zureden nahm sie dann überhaupt nicht wahr. Ich fühlte mich dadurch oft unsichtbar und hilflos. Manchmal aber stieg eine unglaubliche Empörung in mir auf und ich schrie sie an. Sie verschwand dann oft für Tage, einmal sogar für Monate und ich rechnete schon nicht mehr damit, sie je wiederzusehen. Frauen kann man halt nicht trauen, fühlte ich mich bestätigt. Dann aber tauchte sie wieder auf, warf sogar eine Freundin, die ich nach einer Party abgeschleppt hatte, aus meinem Bett und tat so, als sei nichts gewesen.

Häufig stritten wir auch wegen des Geldes. Ich hatte nie ein festes Einkommen. Damals wurstelte ich mich mit Gelegenheitsjobs irgendwie durch. Die Kunst warf nichts ab, sie kostete nur. Oft lebte ich mit von Beas schmalem Gehalt. Aber irgendwie haben wir es immer wieder geschafft, uns zusammen zu raufen und alle Differenzen zu vergessen. Zur Versöhnung feierten wir dann rauschende Feste und mein Atelier wurde zur angesagten Kunstpartyzone.

Ich denke, zu unserem Erfolgsrezept gehört eine gewisse Großzügigkeit. Manchmal lernte Bea auf einer Party eine interessante Frau kennen und traf sich eine Zeit lang mit ihr. Oder ich hatte einen Flirt mit einer Frau. Das war kein Thema für uns.

Schleichend setzte dann die Wende ein, als Bea ihre biologische Uhr ticken hörte. Das Thema „Kind" geriet in den Fokus und bereitete mir Bauchschmerzen. Nicht, dass ich nicht gern Vater geworden wäre! Nein! Aber hieß es nicht, dass ein Mann seine Familie ernähren musste? Wie sollte das gehen, wo ich es kaum schaffte, mich selbst durchzubringen? Kam ich nicht durch ein Kind in die bürgerlichen Strukturen, die ich seit meiner Jugend verachtete? Bea wollte auch mit Kind auf einmal heiraten und eine richtige Wohnung beziehen. Es roch nach Spießbürgertum und wir gerieten immer wieder deswegen in Streit. Zweifel stiegen in mir auf, ob sie mich wirklich liebt oder mich nur als Samenspender für ihren Kinderwunsch benutzen wollte. Großformatige bedrohliche Bilder mit eingeschnürten blutenden Leibern spiegelten damals meine Ängste.

Nur wohin mit diesen riesigen bemalten Leinwänden? Ich kenne keinen bildenden Künstler, der nicht irgendwann Probleme mit der Lagerung seiner Werke bekommt. Wenn man die Hobbymaler mitrechnet, werden wahrscheinlich in Deutschland jedes Jahr mehr Bilder hergestellt als es Wandflächen in Gebäuden gibt. Da werden dann Keller und

Dachböden, Garagen und Werkstätten, Scheunen und Schuppen ... im Grunde wird alles vollgestellt. Und wenn dann so ein produktiver Kreativling ins Gras beißt, wohin dann mit seinem ach so wichtigen Selbstausdruck? Oft bleibt den Verwandten nichts anderes übrig als ein Feuerchen damit zu entfachen. Selbst Bilder, die erfolgreich verkauft werden oder sogar im Museum landen, verschwinden oft eines Tages im Archiv und werden dann vergessen.

Von mir wollte selten einer ein Bild kaufen und ich kann das auch verstehen. Ich würde mir so etwas auch nicht an die Wand hängen. Manche Bilder von mir springen einen dermaßen an, dass sensible Menschen es kaum ertragen können. Man fühlt sich in ihrer Gegenwart zumindest unwohl. „Sie machen Räume unbewohnbar", sagte mir mal einer.

So ein Riesenbild habe ich eines Tages ins Schaufenster meines Ladenateliers gestellt, nicht um zu provozieren, sondern aus Platzmangel. In der Nachbarschaft brach ein Sturm der Entrüstung los. Ich wurde beschimpft, meine Schaufensterscheibe wurde mit Hassparolen besprüht und schließlich tauchte die Polizei bei mir auf und bat mich, mit Rücksicht auf vorbeigehende Kinder das Bild zu entfernen. Ich wollte keinen Ärger und so drehte ich die Leinwand einfach um. Aber noch tagelang war ich als Extrem-Künstler in aller Munde. Das Lokalradio und die Zeitungen berichteten über mich und meine brutalen Sudelbilder und dann stand plötzlich Karl-Georg Stroth in meinem Laden. Beim Gedanken an ihn gleitet mir der Stift aus der Hand. Vielleicht habe ich auch den Schatten an Beas Hals zu schwungvoll schraffiert. Wenn ich mir jetzt ihr Portrait anschaue, bin ich jedoch ganz zufrieden. Bea ist gut getroffen, allerdings wirkt sie etwas jünger als sie jetzt ist. Vielleicht kommt mein inneres Bild von ihr mit dem Alterungsprozess nicht so schnell nach. Wer aber etwas von Bea und meiner Einstellung zu ihr erfahren will, braucht sich jetzt nur diese Zeichnung anzuschauen.

Leo kommt und überfliegt den einzigen Satz, den ich geschrieben habe. Er scheint irritiert, hält sich aber mit einem Kommentar zurück. Das Portrait von Bea bringt ihn dann aber aus der Fassung und er schreit mich an: Er brauche „Fakten, Fakten, Fakten". Ich begreife, dass er nicht geübt ist in Bildbetrachtung. Genervt beginnt er mich abzufragen:

„Ihr seid also seit 1985 zusammen?" Ich nicke.

„Wie kommt es, dass du Chaot geheiratet hast?"

„Ich konnte es mir früher auch nicht vorstellen, aber Bea hat es sich so sehr gewünscht und auch ich habe sentimentale Momente."

„Wann habt ihr geheiratet?" „In dem Jahr, in dem Melanie geboren wurde, also 1992."

„Wegen des Kindes?" „Nein! – Hörst du nicht zu? Bea wollte schon lange. Ich wollte ihr aber nicht zumuten, mich durchzufüttern. In dem Jahr hatte ich dann aber meine ersten Erfolge auf dem Kunstmarkt."

„Wodurch kam das?"

„Ich bekam eine Ausstellung in der Galerie Stroth und habe erste Bilder verkauft."

„Und davon konntet ihr die Wohnung kaufen?"

„Nein, so viel war das nicht. Die Wohnung in Beuel konnten wir nur finanzieren, weil Bea als Lehrerin Beamte ist und ein festes Einkommen hat."

„Hat sie dich ihre finanzielle Überlegenheit spüren lassen?" „Nein! Wie denkst du denn? Wir sind ein Team. Sie ist meine Muse. Im Streit mit Bea male ich meine besten Bilder."

„Ihr streitet also häufig?"

„Na klar! Wir sind halt noch lebendig."

„Gab es auch Streit wegen Frauengeschichten? Das mit Eva war doch bestimmt nicht deine erste Affäre."

„Nein, wir haben immer auf ein Gleichgewicht geachtet."

Jetzt ist Leo überrascht: „Heißt das, dass Bea auch Affären hatte?" Ich beuge mich vor: „Mein lieber Leo! Warum glauben immer alle, dass nur Männer zu Seitensprüngen neigen? Wie soll das klappen, wenn Frauen nicht auch scharf darauf sind?"

Leo nickt mechanisch. „Es gibt allerdings einen Unterschied: Während sich viele Männer zumindest untereinander mit ihren Affären brüsten, gibt es bei den meisten Frauen so eine verlogene Scheinheiligkeit, als seien sie von Natur aus monogam und dadurch den Männern moralisch überlegen."

Und ich schiebe hinterher: „Hast du eine Partnerin?" Leo nickt immer noch. „Ja dann frag sie doch mal!"

◇◇◇

Der Anstaltsgeistliche will sich mir vorstellen, sagt der Dicke direkt am Morgen. Da bleibe ich doch erst mal liegen. Ich spüre dem Wort nach: An-stalt-s-geist-licher!

Oh je! Mit Religion habe ich schon ewig nichts mehr zu tun. Ich bin zwar katholisch getauft und aufgewachsen, aber die greisen Männer mit den Tüten auf dem Kopf haben alles getan, um mich in die Flucht zu schlagen. Dieses perfide System von Sünde, Schuld und Erniedrigung hat mir als Kind schwer zu schaffen gemacht. Allein schon die ungeheure Last der Erbsünde!

Wie konnten Adam und Eva nur so dumm sein und vom Baum der Erkenntnis essen? Wussten sie nicht, dass da – wie im 2. Buch Mose Kapitel 20,5 steht – ein Gott ist, „der da heimsucht der Väter Missetat an den Kindern bis ins dritte und vierte Glied"?

Ich hätte das nicht gemacht. Ich wäre lieb gewesen. Nun muss ich – ja die ganze Menschheit bis in alle Generationen – für diesen Fehler bezahlen. Ist das fair? Als Kind hätte ich Adam und Eva dafür prügeln können.

Haben die denn nicht gewusst, dass Gott alles sieht?

Ich habe das oft gespürt. Manchmal habe ich mich regelrecht beobachtet gefühlt. Einmal bin ich in den tiefsten Kohlenkeller unseres Hauses geschlichen, um seinen Blicken zu entgehen. Ich habe sogar das Licht ausgemacht. Es war wirklich stockfinster, aber ich habe es deutlich gespürt: Gott sieht mich, ob ich will oder nicht. Es gibt kein Entrinnen. Da muss ich lieb sein, artig sein und jeden Fehltritt beichten.

Ja – beichten! Jeden Samstag! Ein Familienritual: Wenn der Laden um 14 Uhr zu war, wurde alles aufgeräumt und geputzt. Ich musste den Hof fegen – meistens im Fischgrätenmuster. Dann wurden wir Kinder gebadet und dann zum Beichten geschickt. Das hat gewirkt! Ich habe mich außen und innen sauber gefühlt – wenigstens bis zur Messe am Sonntag. Da habe ich wieder ein schlechtes Gewissen bekommen, wenn ich ihn dann hängen sah, diese leidende Kreatur am riesigen Kreuz über dem Altar, diesen Jesus.

Er ist für uns gestorben, habe ich gelernt. Auch für mich! Puh! Wenn so etwas nötig ist, kann das ja nur heißen: Wir sind alle ganz schlimme Sünder – auch ich.

Nur – mir fällt als Kind nicht ein, was ich so Schlimmes getan haben soll. Für meine paar Schwindeleien muss doch keiner sterben! Es bedrückt mich, dass für mich einer gestorben ist. Ich will das nicht! Mir ist es nicht recht, dass Jesus das einfach so gemacht hat, ohne mich vorher zu fragen, ohne ernsthaft in Erwägung zu ziehen, ob das für mich überhaupt angesagt ist.

Oder wird es eines Tages noch nötig? Habe ich meine Todsünde, mein Schwerverbrechen vielleicht noch vor mir?

Als Kind verunsichert mich das. Was werde ich noch für ein Schwein? Welches Verbrechen werde ich noch begehen? Mord?

Ich stocke. Bin ich jetzt an dem Punkt? Was habe ich getan? Was ist aus mir geworden?

Langsam stehe ich auf. Ich trete ans Waschbecken und will mich im Spiegel betrachten, will sehen, ob so ein Verbrecher aussieht. Aber da ist ja kein Spiegel. Ich trete ans Fenster und versuche mich in der Scheibe zu spiegeln. Aber bei dem gegenwärtigen Licht bleibt das Bild unklar.

Am Nachmittag kommt er dann wirklich, der Anstaltsgeistliche.

Ehrwürdig sieht er nicht gerade aus mit seinem T-Shirt unterm Jackett. Er ist groß und wirkt sportlich. Seine kurzen Haare schimmern schon an manchen Stellen grau. Ich schätze ihn auf 40 und finde ihn durchaus sympathisch. Ohne Umschweife gibt er mir lächelnd die Hand und ich spüre beim Händedruck seinen Ehering.

„Gellner", stellt er sich vor.

„Ich bin hier der Pfarrer."

Ich biete ihm den einzigen Stuhl in der Zelle an und hocke mich selber auf die Pritsche.

„Sind Sie von der evangelischen Fraktion?", frage ich.

Er nickt: „Ja, die Katholiken haben personelle Engpässe."

„Oder betreuen lieber Kinderheime", unterbreche ich direkt lachend. Er geht nicht darauf ein. Es entsteht eine peinliche Pause.

„Ich weiß nicht recht, was Sie zu mir führt", beende ich die Stille. „Ich war zwar früher mal katholisch, aber ich habe schon lange nichts mehr mit Religion am Hut."

Er fragt zwar: „Soll ich gehen?", macht aber keine Anstalten aufzustehen.

„Nein, nein! Jetzt sind Sie schon mal hier und sich zu unterhalten, ist schon eine Abwechslung. Aber machen Sie sich keine Hoffnungen, mich zu bekehren."

„Ich bin kein Missionar, ich bin hier als Seelsorger."

„Schönes Wort »Seelsorger«." Ich wiederhole es ein paar Mal und dehne dabei die Vokale. „Sie machen sich also Sorgen um meine Seele?"

Er lächelt: „Wenn Sie so wollen."

„Nein, ich will nicht! Ich habe mich schon als Jugendlicher mit ein paar Leuten in der Hölle verabredet. – Wissen Sie, ich finde die ganze Konstruktion des Christentums ziemlich abstrus."

„Was für eine Konstruktion?", fragt er.

„Ja – diese ganzen Behauptungen und Geschichten in der Bibel ..."

„Was meinen Sie?"

„Alles! – Grundsätzlich!", stoße ich gequält hervor.

„Wie soll ich das verstehen?"

Ich winde mich: „Diese Idee eines höchsten personalen Wesens finde ich schwierig, nicht nur im Christentum, in allen monotheistischen Religionen."

„Wieso?", unterbricht mich Gellner. „Ist das nicht eine tolle Vorstellung eines vollkommenen Gottes, der allmächtig, der allwissend, der gnädig und gütig ..."

„So ein allwissender Gott", fahre ich dazwischen, „ist eine arme Socke. Den kann nichts überraschen. Er weiß immer alles schon im Voraus. Seine Existenz muss so was von öde sein."

„Er ist unser Schöpfer, unser Vater", setzt er dagegen.

Ich lache: „Ja – wie heißt es? »Gott hat den Menschen erschaffen nach seinem Ebenbild.« Aber er hat ihn nicht vollkommen gemacht, wie er selber ist, nein, der Mensch kann Fehler machen. Und als dann der Mensch Fehler macht, wundert sich merkwürdigerweise Gott darüber, wird zornig und vertreibt ihn aus dem Paradies und ersäuft ihn mit der Sintflut und droht ihm mit dem Höllenfeuer, als hätte er nicht schon vorher gewusst, wie es kommen wird."

„Aber das sind doch nur Bilder, das ist das Alte Testament", entgegnet der Pfarrer.

„Ach so!", höhne ich, „alles nicht so gemeint, was? Wie geht es denn im Neuen Testament weiter? Da will Gott plötzlich den Menschen doch noch vor der von ihm erfundenen Hölle retten, schickt deshalb seinen Sohn auf die Erde, damit er alles auf sich nimmt und für uns stirbt. Wie krank ist das denn, dass ein Vater seinen Sohn zum Sterben schickt? Aber halt! Er ist ja selbst sein eigener Sohn. Und die Anhänger sollen dann sein Fleisch essen und sein Blut trinken." Ich schüttle mich.

„Aber da sehen Sie doch, wie sehr Gott die Menschen liebt!", jubiliert der Pfarrer. „Spüren Sie es denn nicht? Wir sind erlöst!"

„Schauen Sie mich an – hier in der Zelle! Sehe ich erlöst aus?"

Gellner beugt sich vor: „Ihnen geht es schlecht! Wollen Sie jetzt von sich erzählen? ... Warum Sie hier sind?"

Kurz glaube ich, kotzen zu müssen angesichts dieser angelernten Beratungsgesprächsfloskeln.

„Da gibt es nicht viel zu erzählen: Ich war's nicht!"

Er nickt bedächtig, lehnt sich zurück und ich sehe, wie es in ihm arbeitet, wie er nach einer geschickten Gesprächsführung sucht.

Ich schaue ihm ruhig in die Augen: „Aber ich weiß, wer es war."

Interessiert beugt er sich wieder nach vorne und sagt: „Ich habe Schweigepflicht. Sie können ganz offen sein."

Jetzt weiche ich ein wenig nach hinten aus: „Ich will Sie nicht belasten mit einer Information, mit der Sie vielleicht nicht fertig werden."

„Machen Sie sich um mich keine Sorgen!"

„Also gut, ich sag's Ihnen." Langsam beuge ich mich nach vorn. „Ich weiß, wer es gemacht hat." Kurz halte ich inne, dann stehe ich ganz ruhig auf und schleiche an die Zellentür und horche. Mit leisen Schritten gehe ich auf den Pfarrer zu und flüstere in sein Ohr: „Es war Gott!"

Entsetzt weicht er zurück.

Ich hocke mich wieder auf die Pritsche. „Schauen Sie!", sage ich. „Wenn Gott allwissend ist und Zeit für ihn keine Kategorie, dann hat er schon bei meiner Zeugung gewusst, was ich für ein Mensch werde. Er hat mein ganzes Leben vor sich gesehen, jede meiner Entscheidungen und jede meiner Taten gekannt. Ich bin ein Gedanke Gottes! Gibt es nicht auch so ein Kirchenlied?"

Der Pfarrer nickt, will etwas sagen, aber ich lasse ihn nicht zu Wort kommen.

„Das heißt doch: Mein Leben hat sich Gott ausgedacht. Jede meiner Handlungen, jede Entscheidung hat er vorhergesehen und damit festgelegt. Es gab für mich gar nicht die Möglichkeit, anders zu handeln, als Gott gedacht hat. Denn dann hätte sich ja Gott geirrt und das ist unmöglich, weil er ja vollkommen ist. Falls Gott gedacht hat, dass ich Eva umbringe, dann hatte ich keine Wahl. Ich bin nicht frei. Ich führe nur aus. Mein Leben ist die Erfüllung von Gottes Gedanken über mich. Ich bin ein Gedanke Gottes – genauso wie Hitler, Stalin, Heino, Lady Gaga ..."

„Hören Sie auf!", entrüstet sich Gellner. „So ein Denken ist furchtbar. Das kann nicht sein!"

Ich lächle: „Ich sag ja, das mit dem höchsten Wesen ist eine schwierige Konstruktion. Nach menschlicher Rechtsprechung müsste man Gott zumindest der unterlassenen Hilfeleistung anklagen, denn er sieht Verbrechen und Leid, greift aber nicht ein, obwohl er doch allmächtig ist. Wenn Gott stärker ist als das Böse, so könnte er es aus der Welt verbannen. Dass er es nicht tut, heißt doch wohl: Er hat nichts dagegen. Er ist dafür, dass es das Böse gibt. Wer aber das Böse will, ist selber böse. Auch die Hölle gibt es nur, wenn Gott sie will. Dort werden die Menschen bestraft, die das Pech hatten, dass Gottes Gedanken zu ihrem Leben negativ waren. Wie pervers ist das denn?", rufe ich. „Gott ist böse!"

Entgeistert starrt mich der Pfarrer an: „Oh Gott, was haben Sie sich geistig verirrt!"

Mit einem Knall schwingt in der Tür die Essensklappe auf. Das Abendbrot wird hereingeschoben.

„Ich habe jetzt Hunger, Herr Gellner."

Zum Abschied gibt er mir wieder die Hand: „Wir bleiben im Gespräch, ja?"

Ich nicke belustigt.

Am Abend werde ich zum Telefon geführt. Es ist Leo, der sich aufregt, dass die polizeiliche Vernehmung nicht zustande gekommen ist, weil Bea nirgends zu erreichen ist.

„Sie wollte abtauchen wegen der vielen Reporter", kläre ich ihn auf. „Bea hat es mir bei ihrem Besuch gesagt."

„Sie hätte sich bei der Polizei abmelden sollen", tobt Leo. „Weißt du, wo sie steckt?"

„Keine Ahnung! Vielleicht bei einer Freundin."

„Die Polizei steht schwer unter Druck. Jetzt hat sogar das Verteidigungsministerium rasche Aufklärung verlangt. Du weißt, wegen Evas Vater."

Ich schlucke.

„Wie bist du überhaupt in diese Kreise geraten? Wie hast du Eva kennen gelernt? Bitte keine Zeichnung und kein Geschwafel! Ich will genaue Angaben. Morgen hole ich mir deine Aufz ..."

Ich knalle den Hörer auf das Gerät und lasse mich wieder einsperren.

Im Papierstapel auf dem Tisch finde ich das Blatt mit der Überschrift „Eva" und „Wir haben uns schon immer gekannt."

Natürlich stimmt das streng genommen nicht. Es kam uns nur so vor. „Persönlich getroffen haben wir uns das erste Mal vor etwa einem Jahr im »Café Kleinigkeit«. Da hat es dann direkt zwischen uns gefunkt, obwohl Eva über 20 Jahre jünger ist als ich." Das schreibe ich für Leo auf. Das darf jeder wissen. Dass Bea im Café dabei war und sofort unsere gegenseitige Anziehung gespürt hat, lasse ich weg. Das wirft nur Fragen auf – nach Eifersucht, nach Konkurrenz, nach dem Zustand unserer Ehe. Das geht niemanden was an. Auch dass Eva bei uns zuhause ein- und ausgegangen ist, lasse ich unerwähnt. „Wir haben uns dann regelmäßig getroffen." ist der nächste Satz. Und dann noch: „Bei ihrer Familie war ich nie. Ihren Vater habe ich nie kennen gelernt."

Das muss reichen. Zu mehr komme ich auch nicht, weil das Licht ausklackt.

In der Nacht reißen mich Schreie aus dem Schlaf. Sie scheinen aus einer Zelle auf der anderen Seite des Blocks zu kommen. Entweder ein Anfall oder es wird einer von hinten ... Ich schiebe den Gedanken weg. Dann ist es auch wieder still.

Nur – ich bin jetzt hellwach und setze mich auf. Eva kommt mir in den Sinn. Hat sie eigentlich bei ihrer Ermordung geschrien? Ich denke nach. Nein, ich habe sie eigentlich nie schreien gehört. Sie war eine eher stille Frau, die erst, wenn sie zu einem Menschen Vertrauen gefasst hatte, langsam aus sich heraus ging. Ja, sie war im ersten Kontakt eher leise und scheu. Zwar war sie hübsch, aber doch irgendwie auch unauffällig. Mit bloßem Auge wäre sie uns gar nicht aufgefallen.

Im Grunde verdanken wir dem neuen Zoom-Objektiv von Beas Spiegelreflexkamera ihre Bekanntschaft. Anfang Oktober des letzten Jahres probierten wir es aus.

Das warme Herbstwetter hatte Bea und mich auf eine kleine Sonntagswanderung ins Siegtal gelockt. Schon früh am Morgen hatten wir unser Auto in Bödingen abgestellt und vor dem Gottesdienst die Klosterkirche besichtigt, in der es eine Statue von Maria mit einem kleinen Körper auf dem Schoß gibt. Der kleine Mensch ist aber nicht das Jesuskind, sondern der vom Kreuz abgenommene Jesus in Babygröße. Diese merkwürdige Zusammenstellung hat wohl schon im Mittelalter die Menschen irritiert. Wundergeschichten wurden fabuliert und Bödingen wurde ein bedeutender Wallfahrtsort. Bea und ich hielten es in der Kirche aber nicht lange aus. Wir wanderten lieber durch einen wunderbar herbstlich gefärbten Wald den Berg hinunter nach Oberaul und von dort weiter Richtung Sieg immer auf die Türme der Burgruine Blankenberg zu.

Kurz vor dem kleinen Dörfchen Auel fällt mir auf der Straße am hinteren Ufer der Sieg ein Radfahrer auf. Ich weiß, dass diese Straße sehr schmal ist. Auf der einen Seite ragen die Felsen von Blankenberg senkrecht hoch, auf der anderen Seite ist die Sieg. Zweiräder können bei Gegenverkehr nicht überholt werden. Aber jetzt, am Sonntagmorgen, ist die Straße autoleer. Nur dieser Radfahrer schwankt dort langsam wie besoffen entlang. Mal ist er in der Mitte der Straße, mal am Rand. Immer wieder sieht es so aus, als würde er gleich von der Straße den Abhang zur Sieg hinunter kippen, aber immer wieder bekommt er in letzter Sekunde die Kurve.

Auch Bea wird darauf aufmerksam und nimmt schließlich die Szene mit der Kamera ins Visier. Sie zoomt heran und sagt überrascht: „Das ist ja eine alte Frau! Dass die sich das noch traut!"

Jetzt taucht ein dunkles Auto auf – ein Toyota oder Peugeot. Ich kann es nicht erkennen; viele Autos sehen ja fast gleich aus. Zügig nähert es sich und setzt an, die Radfahrerin zu überholen.

„Das geht nicht gut!", schreit Bea und drückt auf den Auslöser der Kamera, und dann wieder, und dann wieder und wieder – ein Foto nach dem anderen.

Auf der Straße geht alles entsetzlich schnell. Ich sehe nur noch, wie das Fahrrad von der Straße schießt – den Abhang hinunter – und die alte Frau kopfüber in den Fluss stürzt. Ich springe auf. Bea aber fotografiert mechanisch weiter.

Das dunkle Auto kommt jetzt mit einer Vollbremsung zum Stehen. Eine Person hüpft heraus, läuft an den Straßenrand und sieht hinunter zur Sieg. Dann rennt sie wieder zum Auto, springt hinein und braust davon.

Bea lässt die Kamera sinken. „Die haut ab!", empört sie sich. „Die Fahrerin haut ab! Das ist Fahrerflucht! Ruf mit dem Handy die Polizei!"

Während sie die Kamera verstaut, krame ich in meinen Taschen. Als ich endlich das Handy habe und den Notruf wählen will, hastet ein korpulenter Mann in einem grauen Anzug heran. „Haben Sie auch den Unfall gesehen?", ruft er schon von weitem. „Da hinten! Dieses Auto, das den Radfahrer von der Straße gescheucht hat ...? Ich habe schon Polizei und Krankenwagen gerufen ... Da liegt einer in der Sieg!" Ohne Antwort abzuwarten, hetzt er weiter.

Jetzt sehe ich in der Ferne, wie zwei Männer auf das Flussbett zu rennen. Sie waten durch das Wasser und ziehen den Körper der alten Frau ans Ufer.

„Gut, dass die so nah waren!", sagt Bea und holt die Kamera wieder hervor, um alles zu beobachten. Erleichtert gehe ich ein paar Meter weiter. Schon bald sind Sirenen von Krankenwagen und Polizei zu hören. Bea beschreibt mir mit Blick durch das Zoom-Objektiv, wie der Notarzt die leblose Frau am Boden untersucht. Dann wird die Alte auf eine Trage geschnallt und mit dem Krankenwagen abtransportiert. Ein Polizist steht mit den durchnässten Männern zusammen und notiert sich etwas, ein anderer schaut sich das Fahrrad an. Gerade als sie wieder ins Auto steigen wollen, erreicht der Mann im grauen Anzug das Siegufer und schreit wild gestikulierend den Polizeibeamten über das Wasser etwas zu.

Bea und ich schauen uns die Fotos an, die sie geschossen hat. Wir vergrößern Bildausschnitte und sehen das erschrockene Gesicht der Autofahrerin, wir sehen das Nummernschild ihres Autos. Es ist ein Bonner Kennzeichen. „Damit ist sie wohl zu ermitteln, sage ich. „Das sind ja wohl Beweise. Gehen wir direkt zur Polizei?"

„Nein!", meint Bea nach kurzer Überlegung. „Die Fahrerin sieht doch ganz sympathisch aus. Geben wir ihr erst mal Gelegenheit, sich selbst bei der Polizei zu melden. Sie ist wohl in einem Schockzustand abgehauen."

Als die Siegtalstraße von allen verlassen ist, deutet nur das Fahrrad noch auf den Unfall am Abhang hin. Und auch wir brechen auf und setzen unsere Herbstwanderung fort – froh, ein gutes Zoom-Objektiv zu haben.

In den Tagen danach ist der Unfall Thema in allen Medien. Ich erinnere mich noch an eine Schlagzeile: „Oma im Koma!"

Die Empörung überall ist groß. Wie kann man nur eine Oma von der Straße drängen und dann Fahrerflucht begehen! Das kann ja nur ein brutaler, herzloser Rowdy gewesen sein! Jedenfalls meint das der füllige Mann im grauen Anzug, der jedem Reporter so etwas in die Feder diktiert. Die Polizei gibt zu, im Dunkeln zu tappen, und bittet um sachdienliche Hinweise.

Wir haben inzwischen Beas Fotoserie auf einen USB-Stick gezogen und schauen uns immer wieder die Bilderserie auf Beas Laptop an. Wir können es kaum glauben, aber das Auto hat das Fahrrad nicht ein einziges Mal berührt. Die alte Frau ist einfach so den Abhang heruntergestürzt. „Sie hat sich höchstens erschreckt", meint Bea, „und dadurch vielleicht die Kurve nicht mehr gekriegt. Wir können quasi die Unschuld der Fahrerin beweisen."

„Bleibt die Fahrerflucht und die unterlassene Hilfeleistung", wende ich ein.

„Ich frage mich, warum sie sich nicht stellt."

„Ach", erwidere ich. „Das ging alles so schnell. Sie weiß vermutlich gar nicht genau, was passiert ist."

Schweigend schauen wir uns nochmals die Fotos an. Schließlich frage ich Bea: „Sollen wir mit den Bildern zur Polizei?"

„Nein, wir warten noch."

Am nächsten Tag ist die Oma tot. Die öffentliche Empörung erreicht neue Höhen. Bea sitzt am Computer und schaut sich immer wieder das Gesicht der Fahrerin an. „Was denkst du?", fragt sie. „Wird sie sich jetzt melden?" Ich zucke mit den Schultern. „Sie sieht so sympathisch aus", fährt Bea fort und schaut mich plötzlich groß an. „Würde sie dir gefallen?"

Ich begreife nicht. „Als Frau!", schiebt Bea nach. „Gefällt sie dir vom Typ her, ich meine als Frau?" Ich bin schwer von Begriff, aber Bea lässt nicht locker. Sie zeigt auf den Bildschirm mit dem Foto. Zum ersten Mal sehe ich die Fahrerin als weibliches Wesen. Sie ist hübsch, scheint eine gute Figur zu haben. Ich lächle und nicke.

Bea lacht: „Mir gefällt sie auch." Ein errötender Schauer läuft über ihr Gesicht.

Zur Beerdigung der alten Frau in Blankenberg kommen Hunderte. Wer Rang und Namen hat im Ort, lässt sich sehen. Der Trauerzug wird zu einem Protestmarsch gegen eine Gesellschaft, die immer rücksichtsloser mit alten Menschen umgeht. Reden werden gehalten über die Diskriminierung im Alter. Am übernächsten Tag ist das Thema in den Medien durch und verschwunden. Und auch ich wende mich wieder dem Alltag zu und denke kaum noch daran ... bis, ja bis einige Tage später Bea mir lächelnd einen Zettel unter die Nase hält. „Ich habe ihren Namen", sagt sie.

„Wessen Namen?"

„Ja, den Namen der Fahrerin", triumphiert Bea. „Name und Adresse! – Über das Nummernschild ...! Ich habe so meine Beziehungen im Rathaus ..."

Ich lese auf dem Zettel „Eva Bonge".

„Was willst du mit dem Namen? Willst du sie doch noch anzeigen? – Oder, oder willst du sie etwa erpressen?"

Bea lacht schelmisch: „Wer weiß? – Ich will sie erst mal kennen lernen. Ich werde ein Foto von ihr beim Unfall ausdrucken und ihr in den Briefkasten werfen – mit meiner Handy-Nummer hinten drauf. Mal sehen, wie sie reagiert.“

„Stopp mal!“, sage ich und baue mich vor ihr auf. „Jetzt will ich es aber genau wissen: Was hast du eigentlich vor?“

Bea zögert, nimmt mich dann aber an die Hand und wir setzen uns an den Küchentisch, einander genau gegenüber und schauen uns in die Augen, wie wir es häufig machen, wenn es Wichtiges in unserer Beziehung zu bereden gibt.

Bea beginnt geheimnisvoll zu lächeln. Wenn ich sie jetzt drängen würde, käme kein Wort mehr über ihre Lippen. Also warte ich geduldig, bis sie endlich anfängt: „Weißt du, Martin, wir sind jetzt schon so viele Jahre zusammen und da ist viel Gewohnheit und Routine ... Und das finde ich ja auch schön, weil alles so vertraut ist ...“ Bea stockt. Sie scheint mit den Worten zu kämpfen, dann aber platzt es aus ihr heraus: „Ich will aber auch mal was Neues erleben, was Spannendes! Zusammen mit dir! Ich will nicht warten, bis wir uns auf die Nerven gehen ... Ich will Abenteuer erleben – auch sexuelle! Ich denke schon länger darüber nach, habe aber bisher noch keinen Ansatz gefunden. Jetzt sehe ich eine Chance bei dieser Unfallfrau. Wenn wir es geschickt anstellen und je nachdem, was sie für ein Typ ist, haben wir sie quasi in der Hand.“

Ungläubig schaue ich Bea an: „Du willst diese Frau erpressen?“ „Ja ... eher nein!“, unterbricht mich Bea. „Ich will sie zu nichts zwingen. Aber ich will irgendwie Einfluss auf sie bekommen."

„Wozu?" – „Ich weiß es selbst nicht. Ich will Grenzen überschreiten, Ungewöhnliches tun."

Ich staune: „So verwegen habe ich dich lange nicht erlebt."

„Ich mich auch nicht", stimmt Bea zu. „Aber es fühlt sich spannend an. Allein schon die Phantasien beleben mich."

Dann schaut sie mich forschend an: „Und du? Machst du mit?"

Ich zögere: „Willst du etwa deine Lust auf Frauen neu beleben und ich bin dann das dritte Rad am Fahrrad?"

„Nein, du sollst natürlich mitmischen ..."

„Ach, ich sehe schon deine Eifersucht", wende ich ein.

Bea schweigt. Schließlich sagt sie: „Wir können uns doch aufeinander verlassen, oder?"

Ich nicke. „Zur Sicherheit", ergänzt Bea, „sollten wir uns versprechen, dass wir das Experiment abbrechen, wenn einer zu große Probleme bekommt. Einverstanden?"

Ich stimme zu.

Wir schauen uns lächelnd an und ein warmes Gefühl der Verbundenheit überschwemmt mich. Als hätten wir es abgesprochen, stehen wir beide gleichzeitig auf. Wir küssen uns – erst zaghaft, dann immer leidenschaftlicher. Bea drängt sich an mich und schnell wandert meine Hand unter ihre Bluse.

◇◇◇

Noch am gleichen Abend hocken wir vor dem Laptop und gehen die Unfallbilder durch. Wir kommen uns vor wie ein verschwörerisches Paar, das einen großen Coup plant. Eine merkwürdige innere Aufregung ergreift uns. Immer wieder vergrößern wir das Gesicht von Eva Bonge und spüren dabei eine unbestimmte Vorfreude. Das Foto unserer Wahl zeigt sie in ihrem Auto am Ende des Überholmanövers, während die alte Radfahrerin schon auf den Abgrund zusteuert. Bea druckt es aus und steckt das Bild mit ihrer Handy-Nummer in einen Umschlag. Ich schreibe in Druckbuchstaben „Eva Bonge" darauf. Arm in Arm spazieren wir durch die Nacht, die mit ihrer Dunkelheit unser geheimes Tun zudeckt. Ab und zu bleiben wir stehen und küssen uns. Wir haben jetzt ein gemeinsames Projekt und fühlen uns neu verbunden. Und so stört es uns nicht, dass wir fast eine Stunde brauchen, bis wir in der Römerstraße vor dem Haus stehen, in dem Eva Bonge wohnt. Es ist ein unauffälliges Mehrfamilienhaus, in dem nur noch wenige Fenster erleuchtet sind. Bea findet schnell den richtigen Briefkasten und mit dem Einwurf des Bildes starten wir unser Abenteuer.

Am nächsten Tag zieht eine gewisse Anspannung in unsere Wohnung. Jedes Mal, wenn Beas Handy mit nervigem Nostalgie-Sound klingelt, stockt uns der Atem. Bea meldet sich immer erst mit einem fragenden „Ja? Wer da?"

Aber Eva Bonge ist nicht unter den Anrufern. „Vielleicht hat sie sich aus Angst vor Erpressung der Polizei gestellt", spekuliere ich. Wir forsten am nächsten Morgen die Zeitungen durch, finden aber keinen Hinweis.

Erst am zweiten Abend meldet sich Eva. Bea gibt mir nach ihrem fragenden „Ja?" ein Zeichen und stellt den Lautsprecher ihres Handys an. „Was wollen Sie? Geld? Wie viel?", hören wir eine zittrige Stimme fragen.

„Nein", antwortet Bea in beruhigendem Ton. „Ich möchte Sie kennen lernen."

Verdutztes Schweigen, dann: „Wie? ... eh? Kennen lernen?"

„Ja, ich möchte Sie treffen. Kennen Sie das »Café Kleinigkeit«"?

„Meinen Sie das Café an der Oper?"

„Ja genau. Haben Sie morgen oder übermorgen Zeit?"

Pause, dann: „Ja ... eh ... Morgen könnte ich so um 17 Uhr."

„Ausgezeichnet", antwortet Bea.

„Aber woran erkenne ich Sie?"

„Ich werde Sie erkennen. Also morgen 17 Uhr." Bea drückt das Gespräch weg. Sie strahlt und wir fallen uns freudig in die Arme.

Bea kommt am anderen Tag mit dem Vorschlag, allein ins Café zu gehen, um Eva nicht direkt mit Überzahl in die Defensive zu drängen. Außerdem könne ein Gespräch von Frau zu Frau die Situation vielleicht schneller entspannen. Mir passt das nicht und wir einigen uns darauf, dass ich vor dem Café im Auto warte und dazu komme, wenn Bea mir ein Zeichen gibt.

Am Nachmittag wächst die Spannung immer mehr und wir fahren viel zu früh los. Zufällig finde ich dem Café schräg gegenüber einen guten Parkplatz. Bea will nicht im Auto warten, sondern im Café durch die Platzwahl einen strategischen Vorteil gewinnen. Sie setzt sich an einen Tisch, den ich durchs Fenster sehen kann. Dann beginnt das Warten. Mir gehen alle möglichen Dinge durch den Kopf. Was, wenn Eva sich doch noch gestellt und gleich mit der Polizei hier auftaucht? Was, wenn sie sich auf nichts einlässt?

Plötzlich sehe ich sie kommen. Sie ist kleiner als erwartet und wirkt mit ihrer hoch gesteckten Frisur in ihrem fast schon sommerlichen Kleid sehr feminin. Ihr Gang wird zögerlicher und vor dem Café bleibt sie erst mal stehen. Hoffentlich macht sie jetzt nicht kehrt! Dann scheint sie sich ein Herz zu nehmen und geht hinein. Durchs Fenster sehe ich Bea aufstehen. Eva tritt an ihren Tisch und Bea gibt ihr lächelnd die Hand. Leider setzt sich Eva so, dass ich nur ihren Rücken sehen kann. Die Kellnerin kommt und nimmt die Bestellung auf. Bea scheint das Gespräch zu eröffnen. Jetzt fällt mir auf, dass sie mir gar nicht gesagt hat, wie sie anfangen will. Ich sehe sie reden und lächeln und reden und zuhören. Die Kellnerin bringt die Getränke und schon bald sieht es von außen so aus, als plauderten dort zwei Freundinnen. Zum einen bin ich erleichtert, zum anderen frage ich mich, ob ich jetzt nicht störe, wenn ich noch dazu komme. Aber da wendet sich Bea in meine Richtung und schaut mich durch das Fenster direkt an. Wie ein Roboter, der eingeschaltet wird, verlasse ich das Auto, gehe ins Café und trete an den Tisch der beiden Frauen. Bea zieht mich an ihre Seite: „Das ist Martin, mein Mann." Eva erhebt sich überrascht. Misstrauisch und ängstlich schaut sie mich an. Zögernd gibt sie mir die Hand, eine kleine Hand, zart und kühl. Oder ist meine groß und heiß? Wir schauen uns in die Augen und ich glaube in ihren einen Hoffnungsfunken aufglimmen zu sehen. Ein Strom von Zuneigung und Vertrauen fährt in mich hinein. Ein Bedürfnis, zu besitzen und zu beschützen, verbreitet sich in mir. Wir stehen und schauen und keiner sagt etwas und die Welt scheint den Atem anzuhalten. Bea holt uns in die Gegenwart zurück, indem sie uns bittet, Platz zu nehmen. Aber ich kann meine Augen kaum von Eva abwenden und auch sie schaut mich immer wieder unsicher – nein, ungläubig – an. Ich fühle mich so vertraut mit ihr.

Bea übernimmt das Gesprächsmanagement, berichtet, dass sie schon versichert habe, dass Eva von uns nichts zu befürchten habe, wir sie aber kennenlernen wollen. Ich kann ihr aber nicht recht folgen. Eva scheint das auch alles nicht zu begreifen und so schalte ich mich ein: „Wir haben uns halt gefragt, warum so eine sympathische Person nach so einem Unfall einfach abhaut." Eva wird rot. „Ich war in Panik", sagt sie mit leiser Stimme. „Es sah alles so furchtbar aus. Ich dachte, die

Radfahrerin ist tot ... Und dann wollte ich nur noch weg."

„Und warum haben Sie sich nicht später bei der Polizei gemeldet?", hake ich nach.

„Ich hatte Angst, dass mir das sehr schadet, weil ..." Eva windet sich: „... weil, weil – ich arbeite in der Finanzverwaltung und stehe nach langem hin und her kurz vor der Verbeamtung und ... das wollte ich nicht gefährden, zumal die Frau dann doch tot war. Wem nützt es dann noch, wenn ich mich stelle?"

Ich nicke verständnisvoll, sehe dann aber Beas triumphalen Blick. Ich kenne diesen Blick. Sie fühlt sich im Vorteil und genießt es, Macht zu haben.

„Wir werden es für uns behalten", sagt sie. „Aber es wäre schön, wenn du uns dafür etwas von deiner Zeit schenkst."

Eva scheint nicht bemerkt zu haben, dass Bea auf das „Du" umgeschaltet hat. Sie scheint gar nichts zu verstehen, schaut ganz unsicher, aber ich erwidere ihren fragenden Blick mit einem beruhigendem Lächeln.

„Kannst du kochen?", geht jetzt Bea in die Offensive. Eva nickt. „Dann lade uns doch mal zum Essen in deine Wohnung ein. Wie wäre es jetzt am Wochenende?"

Eva ist irritiert, blockt dann aber ab: „Nein, das will ich nicht. Das ist meine Privatsphäre." Eine spannungsvolle Stille breitet sich aus. Bea beugt sich langsam vor und packt Eva hart am Arm: „Genau! Da wollen wir rein."

Eva windet sich aus dem Griff: „Wozu? Was soll das?", presst sie hervor.

„Wir wollen unseren Spaß haben", zischt Bea diabolisch. Eva schaut mich verwirrt und fragend an, aber ich lächle nur beruhigend. Schließlich kramt sie resignierend ihren Kalender aus der Handtasche: „Sonntagabend hätte ich Zeit." „Gut", sagt Bea erleichtert. „Ich bringe den Nachtisch mit."

Wie angekündigt erscheint Leo am anderen Tag. Er liest die wenigen Sätze, die ich zum Kennenlernen von Eva aufs Blatt geschrieben habe und wird ganz missmutig. „Du hast also Eva ganz zufällig im Herbst letzten Jahres in diesem Café kennen gelernt und eine klassische Affäre mit ihr begonnen?"

Ich lache: „Wann oder durch was wird denn eine Affäre klassisch?", frage ich zurück. „Ja, wenn trotz einer Geliebten die Ehe weitergeführt wird", antwortet Leo.

„So gesehen ...", hebe ich belustigt an, aber Leo unterbricht mich: „Hat deine Frau etwas geahnt?" „Sie wusste sogar Bescheid", gebe ich zu. Leo staunt: „Und sie hatte nichts dagegen?" „Bea ist tolerant und offen für Experimente. Frag sie selbst!" Leo zieht die Augenbrauen hoch: „Sie war nicht eifersüchtig?" Ich schüttle den Kopf. „Habt ihr euch auseinander gelebt oder seid ihr euch gleichgültig?" „Nein", betone ich: „Wir führen eine gute Ehe. – Mensch Leo, hast du nie über den Tellerrand deiner kleinbürgerlichen Spießerwelt hinaus geschaut?" Leo schaut skeptisch: „Kann es nicht sein, dass Bea ihre Eifersucht vor dir versteckt und nun ihre Konkurrentin aus dem Weg geräumt hat?"

„Nein, das ist Quatsch!", entgegne ich entschieden. Aber ein unwohles Gefühle breitet sich in mir aus, doch mehr von unserer Dreier-Beziehung offenbaren zu müssen.

Zum Glück lässt Leo von diesem Thema ab. Ihn beschäftigt noch etwas anderes: „Die Polizei will deine Wohnung und dein Atelier durchsuchen. Muss ich mit Überraschungen rechnen? Können die etwas Belastendes finden?" Ich werde wütend: „Konntest du das nicht verhindern?" Leo zieht den Kopf ein. „Ich hasse es, wenn jemand in meinen Sachen wühlt. – Kannst du wenigstens dabei sein und aufpassen?" Leo nickt: „Aber finden die etwas?" „Ich war's doch nicht!", brülle ich. „Und deswegen können die auch nichts finden." Beim Gedanken an den Stick mit den Unfallbildern wird mir doch etwas mulmig. Hoffentlich hat Bea ihn verschwinden lassen!

Bea hat eine Schüssel Mousse au Chocolat in der Hand, ich eine Flasche Sekt, als wir am Sonntagabend erwartungsvoll an Evas Tür klingeln. In der Art, wie Eva die Tür öffnet und uns ganz sachlich begrüßt, merken wir sofort, dass wir nicht willkommen sind. Sie hat sich selbst mit einer alten Jeans und einer hochgeschlossenen Bluse geradezu unscheinbar gekleidet. „Zeigst du uns deine Wohnung?", fragt Bea unverdrossen. „Wenn es sein muss", ist Evas Antwort und wir sehen im Schnelldurchgang die Diele, den großen Wohnraum mit Schreibtischecke, das kleine Schlafzimmer, das fast ganz von einem großen Bett ausgefüllt wird, das Bad und die große Küche an. Ich komme mir vor wie in einem skandinavischen Möbelhaus. Auf dem Küchentisch sind drei Gedecke lieblos verteilt und zwei Untersetzer scheinen auf die heißen Töpfe zu warten, in denen es auf dem Herd vor sich hin köchelt. Ich schwenke die Sektflasche: „Hast du drei Gläser?" Mürrisch holt Eva drei Spitzkelche, während ich den Korken knallen lasse. „Auf was trinken wir?", frage ich beim Einschenken. Eva schweigt. Es entsteht eine peinliche Stille. Wie eine Erlösung erscheint da das Telefonklingeln aus dem Wohnraum. Eva verlässt erleichtert die Küche.

Ich schaue Bea fragend an, aber sie gibt mir Zeichen zu schweigen. Wir horchen und schnappen Wortfetzen des Telefonats auf: „Du sollst mich in Ruhe lassen ... – Ich will nicht mehr ... Nein! ... – Ich habe Besuch ... Auf keinen Fall ..." Dann Schweigen. Kurz darauf kehrt Eva in die Küche zurück. Sie wirkt verstört. Ihr Gesicht ist gerötet. Ihre Augen flackern unruhig hin und her. Bea drückt ihr ein Sektglas in die Hand: „Auf einen schönen Abend", prostet sie Eva zu und stößt dann auch mit mir an. Wir trinken einen Schluck. „Auf dass wir uns kennen lernen!", ergänze ich, aber Eva entzieht sich meinem Blick.

Sie stellt ihr Glas ab, setzt die Töpfe auf den Tisch und öffnet die Deckel. Sie hat einfach Kartoffeln gekocht und ein Glas Rotkohl warm gemacht. Dazu gibt es Frikadellen vom Metzger aus dem Kühlschrank. Sie will uns wohl schnell abspeisen und los werden. So hatten wir uns das eigentlich nicht vorgestellt, aber wir sagen nichts dazu. Es ist schwierig genug, überhaupt ein Gespräch beim Essen in Gang zu bringen. Bea verlegt sich darauf, durch indiskrete Fragen etwas aus Eva herauszukitzeln. Aber viel mehr, als dass sie hier in der Wohnung alleine lebt, erfahren wir nicht. „Ich habe halt kein Glück mit Männern. Ich suche mir immer die falschen", erklärt sie zur Begründung und damit ist ihre Offenheit auch schon am Ende. So wird uns selbst dieses karge Mahl unendlich lang.

Fast erleichtert, endlich etwas tun zu können, räumen wir gemeinsam Teller und Töpfe ab und Bea stellt ihre Schüssel Mousse au Chocolat auf den Tisch. Eva holt Schälchen und einen großen Löffel. Bea aber schiebt die Schälchen beiseite: „Wisst ihr, wie Mousse au Chocolat am besten schmeckt?", fragt sie geheimnisvoll. Eva und ich schauen sie neugierig an. „Wenn man sie von einem nackten Busen ableckt!"

Eva reißt entsetzt die Augen auf und auch mir wird ganz mulmig. Was hat sich Bea da Peinliches ausgedacht? Aber sie lässt keine Zeit zum Denken. Mit einer schwungvollen Bewegung zieht sie sich ihr T-Shirt über den Kopf. Mit einem gezielten Griff in den Rücken öffnet sie ihren BH und lässt ihre vollen Brüste frei. Für einen Moment bin ich wie gelähmt, doch dann siegt meine Begeisterung. Bea steht auf, nimmt einen Löffel voll Mousse au Chocolat und schmiert sie sich auf den linken Busen. „Eine Seite für Martin." Einen zweiten Löffel schmiert sie auf die rechte Brust. „Eine Seite für Eva."

Sie legt den Löffel in die Schüssel und winkt uns heran: „Kommt her, ihr Leckermäulchen!"

Ich lasse mir das nicht zwei Mal sagen, gehe um den Tisch herum und beginne genüsslich die Mousse au Chocolat von Beas linker Brust abzulecken. Eva aber bleibt wie erstarrt am Tisch sitzen. Bea lockt sie freundlich: „Komm, probiere wenigstens mal!" Auch ich ermuntere sie: „Komm! Es ist ein Spiel! Es ist ein Spaß! Es tut nicht weh." Doch Eva bleibt stur. Wir gehen auf sie zu. Ich packe sie mit einer Hand am Nacken und drücke ihren Kopf vor Beas Busen. Wird sie jetzt schreien? Nein. Zögernd beginnt sie an der Creme zu naschen. „Geht doch!", lobt Bea. Ich mache es auf meiner Seite vor und werde dabei immer genüsslicher. Bea scheint einen Wonneschauer nach dem anderen zu fühlen. Plötzlich drückt sie mit ihren Händen unsere Köpfe gegen die Weichheit ihres Busens – mit dem Ergebnis, dass unsere Gesichter ganz braun verschmiert sind. Als wir uns so gegenseitig sehen, können wir uns das Lachen nicht verkneifen. Und endlich lockert sich die Stimmung. Langsam lecken wir Beas Brust ganz sauber.

„So!", sagt Bea schließlich. „Jetzt möchte auch ich Nachtisch." Mit einem Schlag ist es beklemmend still. Ganz ruhig beginnt Bea Evas Bluse aufzuknöpfen. Sie schaut dabei Eva fest und bestimmend in die nun wieder aufgerissenen Augen. Ich bin bereit Evas Hände festzuhalten, aber es ist nicht nötig. Eva steht da – wie paralysiert. Ich helfe die Bluse auszuziehen und öffne ihren BH. Zwei gut geformte Brüste kommen zum Vorschein. „Whoau!", entführt es mir begeistert. Eva scheint bewegungsunfähig, aber Bea hat schon wieder einen vollen Löffel mit der Mousse au Chocolat in der Hand: „Eine Seite für Martin, eine für Bea." Und wir beide beginnen an Evas Brüsten zu schlecken, zu lutschen und zu saugen. Nach und nach weicht Evas Erstarrung auf und sie lässt es nicht nur mit sich geschehen, sie scheint auch etwas Gefallen an dem Spiel zu finden. Als ihre Brüste sauber geschleckt sind, lassen wir uns satt auf die Stühle fallen. Bea nimmt sich den Sekt und trinkt direkt aus der Flasche. „Ihr seht sehr würdevoll aus mit euren beschmierten Gesichtern", kichert sie. Eva springt auf, nimmt Bluse und BH und verschwindet im Bad. Bea und ich grinsen uns zufrieden an.

Als Eva gar nicht mehr zurückkommt, gehe ich ihr nach. Sie sitzt angezogen auf dem Badewannenrand und starrt vor sich hin. „Geht es dir nicht gut?", frage ich vorsichtig. Sie schaut mich traurig an: „Doch, doch, aber ich weiß nicht, in was für einen Film ich hier geraten bin. Es ist alles so unwirklich." „War es schlimm für dich?", will ich wissen. Sie schüttelt den Kopf: „Nein, nein – das ist es ja, was ich auch nicht verstehe. Es war lustig und ..." Sie hält inne. „Und was?", hake ich nach. „Ach nichts ...", weicht sie aus.

Eine Welle von Zuneigung steigt in mir auf. Ich möchte sie gern in den Arm nehmen, aber Bea kommt herein und will sich auch waschen. Eva gibt uns Handtücher und geht hinaus.

Kurz darauf verabschieden wir uns: „Wir möchten das nächste Wochenende mit dir verbringen, im Windecker Ländchen, ein bisschen wandern ... Hast du Zeit?" Eva nickt mechanisch.

„OK, wir holen dich am Freitag um 15 Uhr ab."

An der Tür kann ich mich dann aber doch nicht mehr bremsen: Ich umarme Eva ganz zärtlich und zu meiner Überraschung lässt sie es geschehen. Bea geht nach mir noch einen Schritt weiter und küsst Eva frech auf den Mund. Dann stürmen wir das Treppenhaus hinunter.

„Ist dir etwas in der Wohnung aufgefallen?", fragt mich Bea zuhause. „Was meinst du?" „Auf ihrem Kalender am Telefon waren kaum Termine eingetragen. Außer Fotos von ihren Eltern hat sie keine anderen aufgehängt – von Freundinnen oder so. Vielleicht ist Eva oft einsam?" „Durchaus möglich", stimme ich zu. „Aber da war auch dieses merkwürdige Telefongespräch ...?" Bea nickt. Später legt sie nach: „Hast du noch etwas bemerkt?" Ich zucke mit den Schultern. „Eva steht auf dich. Wie sie dich anschaut ...!" „Das beruht auf Gegenseitigkeit", antworte ich und schaue Bea offen ins Gesicht. Sie sieht mich kritisch an: „Solange ich nicht zu kurz komme, ist das nur gut."

Ich gehe langsam auf sie zu: „Und – was ist dir aufgefallen?" Bea macht ein ratloses Gesicht. Ich ziehe sie an mich: „Dein Spielchen hat mich höllisch geil gemacht. Jetzt bist du dran!" Bea strahlt und zum zweiten Mal an diesem Abend streift sie ihr T-Shirt über den Kopf.

◇◇◇

Für das Wochenende entwickeln Bea und ich gemeinsam ein Konzept. Ich bestehe darauf, denn ihre Aktion mit der Mousse au Chocolat hat mich doch überrascht.

Am Freitagmorgen kaufen wir Lebensmittel fürs ganze Wochenende ein, holen von unseren Freunden den Schlüssel ihres Ferienhauses ab und fahren dann zu Eva. Die steht schon mit einem Trolli vorm Haus. Sie begrüßt uns zurückhaltend und ich verstaue ihr Gepäck im Auto. Bea will fahren und so lasse ich die Frauen nach vorn und setze mich auf die Rückbank. Schnell geht es hinaus aus der Stadt Richtung Osten. Der Weg zu Ferienhaus ist uns vertraut. Schon oft haben Bea und ich hier mit unseren Freunden schöne Tage verlebt. Hinter Hennef nehmen wir die Straße an der Sieg entlang, auch wenn sie kurvig ist und sich die Strecke ewig hinzieht. So kommen wir auch an der Stelle vorbei, an der die alte Frau mit dem Fahrrad in die Sieg gestürzt ist. Jemand hat ein kleines Holzkreuz mit Blumen aufgestellt. Bea fährt ganz langsam und ich sehe, wie sich Eva in ihrem Sitz verkrampft und sich augenscheinlich unwohl fühlt. Geschickte Strategie von Bea.

Schließlich kommen wir nach Schladern. Das Ferienhaus liegt am Dorfrand und einige Wanderwege führen ganz in der Nähe vorbei. Nach unserer Ankunft schleppen wir zunächst die mitgebrachten Sachen ins Haus. Um das schöne Wetter direkt zu nutzen, gehen wir dann erst mal auf einen längeren Spaziergang. Unterwegs plaudern wir von unseren Erlebnissen der vergangenen Tage. Eva ist wortkarg, aber merklich interessiert, etwas über uns zu erfahren. Bea bleibt vorsichtig, erzählt nichts von ihrem Lehrerjob am Gymnasium, sondern irgendwelche Hausfrauengeschichten. Ich scheue mich dagegen nicht, meine Künstlerexistenz zu erwähnen.

Mit Beginn der Dämmerung sind wir zurück am Ferienhaus. Es ist inzwischen kühl geworden und so entzünde ich im großen Wohnraum ein Feuer im Kaminofen. Bea hat sich vorgenommen, einen mediterranen Gemüsetopf zu kochen und Eva und ich helfen beim Schnibbeln. Zu dritt ist bei dieser Arbeit schnell eine Flasche Wein geleert. Die Stimmung steigt und wir beginnen, miteinander herumzualbern. Und so wird das Essen eine spaßige Angelegenheit. Nach dem Abwasch landen wir alle drei vorm Kaminofen. Wir räumen den Boden davor frei und ich schleppe aus den Betten im Obergeschoss Matratzen herunter. Wir bauen – wie Bea sagt – eine große Spielwiese und holen dafür noch Kissen und Bettzeug. Ich schalte die Deckenlampe aus, so dass nur noch der flackernde Schein des Feuers den Raum erhellt. Mit Weingläsern in der Hand lungern wir auf den Matratzen und starren versonnen durch die Glastür des Ofens in die Glut. Eva liegt auf dem Rücken, den Oberkörper durch ein Kissen etwas aufgerichtet. Wie zufällig nehmen Bea und ich sie in die Mitte. Irgendwann beginne ich mit meinem rechten Zeigefinger über Evas Oberschenkel zu fahren, Richtung Knie. Unwillkürlich spannt sie das Bein an. Ich drehe einen Kreis um ihre Kniescheibe und ziehe dann mit dem Finger eine Linie bis nach unten zum Fuß. Als ich sanft über ihre Ferse streiche, kann sich Eva nicht mehr beherrschen und zuckt so heftig, dass mir fast der Wein aus dem Glas in der linken schwappt. Sorgfältig stelle ich mein Weinglas an die Seite. „Du bist ja kitzelig", stelle ich fest. „Ja sehr!", lacht sie verlegen. Ich nehme ihr das Weinglas aus der Hand und stelle es auch an einen sicheren Platz. Auch Bea macht nun ihre Hände frei und wir beide beginnen, Eva mit zarten Berührungen zu reizen. Die versucht, es erst auszuhalten, kann aber schon bald nicht mehr und will uns abschütteln. Im Nu ist eine Kissenschlacht im Gange. Wir tollen zu dritt auf den Matratzen herum. Eva hat natürlich gegen Bea und mich keine Chance. Immer wieder gerät sie zuunterst, immer wieder wird sie von uns festgehalten. Aber irgendwann kitzeln wir sie nicht mehr. Als ich auf ihrem Bauch sitze und Bea ihr die Hände überm Kopf festhält, beuge ich mich hinunter zu ihrem Gesicht und küsse sie einfach auf den Mund. Eva gibt jeden Widerstand auf und ich spüre eine aufkommende Antwort ihrer Lippen.

„Lass mir was über!", lacht Bea ungeduldig und schiebt mich beiseite. Nun küssen sich die beiden Frauen – zärtlich und hingebungsvoll. Dann bin ich wieder dran. Plötzlich ist Bea oben herum nackt und streicht mit ihren Brüsten sanft über Evas Gesicht. Die beginnt tief zu schluchzen, Tränen steigen in ihre Augen. „Was ist mit dir?", frage ich vorsichtig. Eva beginnt hemmungslos zu weinen. Wir nehmen sie liebevoll von links und rechts und wiegen sie zwischen uns. Eine schöne Stille breitet sich aus. Langsam brennt das Holz im Ofen herunter. Wir kuscheln zu dritt aneinander und nach und nach dämmern wir weg. In der Nacht wache ich einmal auf. Ich liege auf meiner rechten Seite. Hinter mir klemmt Eva und hält mich fest umschlungen; Eva wird von Bea gehalten – drei Löffelchen auf einer großen Spielwiese. Ich bin glücklich.

Am nächsten Morgen reißt mich Bea aus dem Schlaf. Sie ist ganz aufgeregt, denn Eva ist weg. „Ich habe schon im ganzen Haus gesucht ... Ich kann es nicht verstehen ...“ Schlaftrunken – wie ich bin – begreife ich nur sehr langsam.

„Das hätte ich nicht gedacht“, sage ich enttäuscht. „Für mich gab es gestern keinen Hinweis, dass sie so was tut.“

„Das kommt von dieser Schmusenummer“, giftet Bea jetzt ärgerlich. „Da hat sie wohl geglaubt, sie könnte das mit uns machen. Wir hätten sie härter rannehmen müssen.“ Ich schüttle den Kopf: „Das glaube ich nicht, aber ich kann es mir auch nicht erklären.“

Ratlos duschen wir erst mal. Als wir angezogen sind und das Frühstück machen wollen, schneit plötzlich Eva herein. Sie war im Dorf und hat frische Brötchen geholt. Bestens gelaunt umarmt sie uns herzlich und drückt Bea und mir einen dicken Kuss auf den Mund. Überschwänglich erzählt sie, wie gut sie geschlafen habe und dass sie früh aufgewacht sei und uns nicht wecken wollte ... Sie merkt gar nicht, dass wir Schwierigkeiten haben, von unserer Enttäuschung wieder umzuschalten.

Aber schließlich lächeln Bea und ich uns doch erleichtert an.

Eva ist irgendwie verändert. Bei ihr scheint so etwas wie ein Knoten geplatzt zu sein. Sie öffnet sich, sie traut uns. Und als wir später auf eine längere Wanderung gehen, kommt es zu sehr persönlichen Gesprächen. Eva erzählt uns, dass bei ihr in letzter Zeit einiges schief gelaufen sei. Sie habe sich von ihrem Freund getrennt, weil er sie geschlagen habe. Dann dieser Unfall mit der alten Frau und unser Foto ... Sie beschreibt, welche Ängste sie deswegen durchlebt hat, wie sie überhaupt nicht einschätzen konnte, was auf sie zukam, der Schock durch Beas Mousse au Chocolat-Aktion, dass sie einer Frau am Busen lecken sollte – so intim sei sie noch nie mit einer Frau gewesen –, dann der nächste Schock, sich eingestehen zu müssen, dass sie es schön fand, dass sie überhaupt alles schön findet, was wir zusammen machen ...

Bea hält den Überschwang bald nicht mehr aus: „Stopp, stopp, Eva! Nun sieh mal alles nicht nur rosig! Wir sind brutale Erpresser und haben dich in der Hand." Eva lacht und fällt ihr um den Hals: „Ich fühle mich so wohl dabei!" Dann wechselt sie zu mir und schon spüre ich kurz ihre fordernde Zunge in meinem Mund.

„Dann können wir ja noch eine Schippe drauflegen", flüstert mir Bea beim Weiterlaufen diabolisch zu.

Bald darauf erreichen wir das Kulturzentrum in der alten Kabelmetallfabrik und setzen uns in der offenen Halle ins Elmores. Wir trinken Kaffee, schauen dabei schweigend auf den kleinen Siegwasserfall und ich wundere mich, mit welcher Wucht dieser sonst meist stille Fluss zwischen die Felsen stürzt.

Am Abend zeigt uns Eva, dass sie nicht nur Rotkohl warm machen, sondern auch aus dem, was von unserem Einkauf übrig geblieben ist, ein köstliches Gericht zaubern kann. Ich assistiere ihr dabei, während Bea den Kaminofen in Schwung bringt. Neben der Musikanlage finden wir Oldie-CDs und grölen ungehemmt die alten Songs mit. Nach dem Essen räkeln wir uns wieder auf unserer Spielwiese und schauen dem Feuer zu. Die Strahlungswärme ist heute größer als gestern und als sich Eva einen Pullover auszieht, stößt Bea sie mit dem Fuß an: „Mach weiter! Ich will dich ganz nackt sehen."

Eva, die schon einiges an Rotwein intus hat, steht auf und beginnt mit lasziven Bewegungen eine Art Striptease. Bea und ich feuern sie dabei an, bis sie schließlich splitternackt vor uns steht. Mir fallen fast die Augen aus dem Kopf. Eva ist so jung; ihr Körper so weiblich und an den richtigen Stellen rund. Ich bin völlig aus dem Häuschen. „Mein Gott, bist du schön", stöhne ich. Auch Bea ist begeistert. Kurz sehe ich aber auch Neid und Traurigkeit in ihren Blicken. Und da wird auch mir schmerzhaft klar, dass wir über 20 Jahre älter sind als Eva und unsere Körper schon dem Verfall entgegen eilen.

Umso wichtiger, alle Freuden mitzunehmen!

Ich rapple mich auf und ziehe auch Bea mit hoch. Wir umarmen Eva und streicheln sie zärtlich. „Weißt du, was gar nicht geht?", flüstert auf einmal Bea zu Eva: „Der Urwald zwischen deinen Beinen. Man sieht ja gar nichts. Komm ins Bad! Ich werde dich frisieren." Unschlüssig geht Eva mit. Schon bald höre ich das Summen eines Rasierers, höre kleine spitze Schreie, Lachen und Töne, die ich nicht zuordnen kann. Ich liege auf der Matratze, trinke Rotwein und stelle mir vor, wie Bea Eva bearbeitet. Ich freue mich auf das, was da kommen mag. Aber es dauert lange. Fast dämmere ich in der Wärme weg. Als die Frauen endlich zurück kommen, sind ihre Gesichter gerötet. Bea dirigiert Eva so, dass sie breitbeinig über meinem Gesicht steht. Ich stiere nach oben und mir stockt der Atem. Langsam hebe ich meinen Oberkörper ... In meinen Ohren beginnt es zu rasseln, dann ein Klopfen, die Zellentür schwingt auf und der dicke Wärter steht im Rahmen. „Scheiße!", brülle ich. Ausgerechnet jetzt, wo ich an den schönsten Abend des Wochenendes denke und wieder diese Geilheit spüre, werde ich gestört. „Muss du mich aus meinen Gedanken reißen?", fahre ich den Wärter an, aber der bleibt ruhig: „Du darfst jetzt zur Beschäftigung", sagt er so verächtlich, dass klar ist, was er davon hält.

„Wer bestimmt das?", schreie ich ihn an.

„Gollmann hat das angeordnet", bekomme ich in gleicher Lautstärke zurück. „Andere freuen sich über so eine Abwechslung."

Mürrisch folge ich ihm durch die Gänge.
Wir betreten einen riesigen Raum mit großen
Fenstern auf der einen Seite und hohen Mate-
rialregalen an der gegenüber liegenden. In der
Mitte bilden viele zusammen geschobene Tische eine riesige Arbeitsfläche. Verteilt daran
sitzen sechs Männer und basteln oder malen
irgendetwas. Ich erkenne den kleinen Alten
aus dem Hof und winke ihm zu. Er schaut misstrauisch zurück. Ein junger Mann geht herum
und scheint die Männer mit Material zu ver-
sorgen. Er kommt auf mich zu und begrüßt
mich freundlich: „Sie sind also Herr Rinke?"

„Das ist der Frauenliebhaber", spottet der
dicke Wärter und verlässt den Raum. Der junge Mann beachtet ihn nicht. „Ich bin Andreas", sagt er. „Ich bin hier für die Beschäftigung
zuständig. Wir duzen uns hier alle. Weißt du
schon, was du machen willst?"

Ich zucke mit den Schultern und lasse mich
erst mal auf einen Stuhl fallen.

„Möchtest du flechten, malen oder was mit
Perlen machen?"

Ich schüttle den Kopf: „Ich brauche was
zum Draufschlagen."

Kurz stutzt Andreas, dann fragt er freundlich: „Wie wär's mit Ton?" Ich nicke.

Er schleppt einen Quader feinen weißen
Ton heran und lässt ihn vor mir auf den Tisch
knallen. „Drahtschlingen zum Abschneiden
darf es hier nicht geben. Du musst dir was
abknibbeln."

Ich entferne die Folie und beginne, mit meinen warmen Fingern in den Ton einzudringen.
Ich brauche nicht zu bohren. Der Ton öffnet
sich wie von selbst. Immer tiefer und breiter

wird der Spalt und ich löse nach und nach einen dicken Brocken ab. Eva kommt mir wieder in den Sinn, wie sie nackt über mir steht. Ich beginne, aus dem Ton ihren Unterleib zu formen, ihren schönen Bauch, ihre runden Pobacken, ihre Oberschenkel. Es wird ein Torso, ein trauriges Reststück einer nackten Figur. Ich forme das frisierte Haardreieck auf ihrem Hügel, darunter das Geschlecht – viel zu groß, als sei es dick geschwollen. Ich muss schlucken, denn diese wunderbare geile Nacht in Schladern tritt mir wieder plastisch vor Augen.

Plötzlich kichert es hinter mir. Der kleine Alte starrt auf mein Werk und grinst: „Sex, Sex, Sex, dich haben die Frauen verhext!", kräht er und beginnt um die Tische zu laufen. „Sex, Sex, Sex, dich haben die Frauen verhext!" Die anderen Männer kommen, um zu sehen, was ich geformt habe. Einige reißen begeistert, andere entsetzt die Augen auf. Andreas scheint fassungslos, als er den Torso sieht. „Das bedeutet also »Frauenliebhaber«", murmelt er. Einer der Männer will der Ton-Eva zwischen die Beine greifen. Ich wehre seine Hand ab und beuge mich schützend über den Torso. Zwei der Männer wollen mich wegziehen, aber ich presse mich immer stärker auf die Tonfigur, liege schließlich schwer mit dem ganzen Oberkörper auf ihr. Andreas schickt die Männer auf ihre Plätze. Als ich mich wieder aufsetze, sehe ich, dass Eva jetzt völlig platt gedrückt ist. Ein Schmerz durchfährt mich. Ich springe auf und wütend schlage ich mit voller Wucht meine Faust in die Figur. Ich schlage und schreie und schlage, bis sie nur noch ein Klumpen Ton ist. Die anderen Männer sind vor Schrecken erstarrt. Ich aber falle auf den Stuhl zurück. Durch Tränen verschwommen sehe ich, wie zwei Wärter in den Raum stürzen und mich packen wollen. Ich erwarte einen Schlag, aber Andreas stoppt sie.

Kurze Zeit später liege ich wieder in meiner Zelle und starre die Decke an. Meine Erregung ist wieder abgeklungen. Nur im Kopf rattert es noch. Habe ich den Torso durch meine Faustschläge zerstört oder war er schon kaputt, weil ich mich schützend auf ihn gelegt habe, um ihn vor den geilen Fingern der Männer zu bewahren? Ich weiß es nicht. Eine Sehnsucht nach Eva breitet sich in mir aus.

Die habe ich auch direkt nach dem Wochenende in Schladern empfunden. Bea und ich haben Eva an dem Sonntagnachmittag mit ihrem Trolli vor ihrer Haustüre abgesetzt. Es hat in Strömen geregnet und so gab es keinen langen Abschied. Bea hatte mich vorher eingeschworen, keinen neuen Termin mit Eva zu verabreden. „Sie wird von selbst auf uns zukommen", meinte sie. Und zu Eva hat sie beim Aussteigen gesagt: „Wir halten unser Versprechen. Jetzt haben wir am Wochenende unseren Spaß mit dir gehabt, jetzt werden wir die Unfallbilder vernichten. Du brauchst keine Angst mehr haben." Eva stand da im Regen – wie ein begossener Pudel. Wir sind schnell weggefahren, aber schon am Abend war eine seltsame Leere zwischen Bea und mir. Wir waren zu zweit nicht mehr vollständig. Abends im Bett fragte ich Bea: „Fehlt sie dir auch?" Bea nickte und sagte: „Keine Sorge! Sie wird sich melden. Sie hat ja meine Handy-Nummer."

Schon am nächsten Abend war es so weit. Wir wollten gerade ins Bett, als Beas Handy vibrierte. Eva war dran und offenbar aufgelöst, denn Bea sprach beruhigend auf sie ein und gab ihr unsere Adresse. Keine halbe Stunde später klingelte es an unserer Türe. Ich öffnete und sah eine unsichere Eva mit angstvollen Augen da stehen. Ich nahm sie in die Arme und sie begann sofort zu schluchzen und zu weinen. „Ich hatte so eine Angst, dass ihr wieder verschwindet aus meinem Leben, dass ihr mich alleine lasst", presste sie hervor. Bea kam hinzu: „Was willst du denn schon heute und dazu noch so spät?" Eva fiel ihr um den Hals: „Ich habe es nicht ausgehalten – so ohne euch. Kann ich nicht bei euch schlafen?" Ich grinste. Wenig später kam Eva in unser großes Bett. Wir nahmen sie in unsere Mitte und streichelten sie sanft. Irgendwann hörte ich Bea fragen: „Was sollen wir nur mit dir anfangen?" Aber Eva war schon zufrieden eingeschlafen.

Am nächsten Tag gibt es wieder ein Polizeiverhör. Leo kommt vorher in meine Zelle. Ich gebe ihm die Hand und spüre gleich, dass er irgendwie anders ist, distanzierter.

„Was ist dir denn über die Leber gelaufen?", will ich direkt wissen. Leo sieht mich kritisch an: „Ich war mit der Polizei in deinem Atelier – bei der Durchsuchung", antwortet er nach kurzem Zögern.

„Und?", dränge ich.

„Warum hast du mich nicht gewarnt?", fragt Leo.

„Wie – gewarnt? Wovor?" Meine Gedanken beginnen zu rasen und durchkämmen mein Atelier nach Belastendem. Aber ich finde nichts.

„Deine Bilder!", stöhnt Leo.

„Was ist mit meinen Bildern?"

„Die sind ja furchtbar!", schreit er heraus. „Die strotzen nur so von Blut und Gewalt. Und einige sehen so aus wie die Fotos, die die SpuSi von Evas Leiche gemacht hat."

Ich begreife. Langsam lasse ich mich auf die Pritsche sinken.

„Dein Galerist war auch da, dieser Stroth. Der hat ziemlich genervt. Der wollte, dass deine Bilder wie rohe Eier behandelt werden. Woher wusste der überhaupt von der Durchsuchung?" Ich zucke mit den Achseln.

„Er hat gesagt, dass du schon seit Jahren so malst. – Stammen die Löcher in manchen Leinwänden wirklich von Messerstichen?" Ich nicke. Ein beklemmendes Schweigen breitet sich aus.

„Und? Was war noch?", frage ich nach einiger Zeit.

„Reicht das nicht?", giftet Leo. „Die Polizei hat einige Leinwände fotografiert – so als Beleg, dass du deine Gewaltphantasien erst gemalt und dann an Eva in die Tat umgesetzt hast."

Ich sacke zusammen. „Die haben mich also quasi schon verurteilt."

Leo nickt. „Sie werden auch deine Wohnung durchsuchen."

„Aber davon ist doch dann auch meine Frau betroffen und sie ist ja im Augenblick nicht da." „Beweissicherung geht vor."

Wieder wird es still. Ich beginne zu frieren.

Leo beendet schließlich die Sprachlosigkeit: „Komm! Die Polizei wartet schon. Sag beim Verhör am besten gar nichts. Lass mich mal machen!"

Er klopft an die Tür und der dicke Wärter lässt uns raus. Ich folge den beiden gedankenversunken durch die endlosen Gänge. Am liebsten würde ich jetzt fliehen, ganz einfach weg sein. Aber dafür gibt es keine Chance.

Im Verhörraum wartet auf uns Kommissar Müller und eine Beamtin, die sich mit »Frau Czirpischewsky« vorstellt. Sie ist vielleicht Anfang 30 und recht attraktiv mit ihren rötlichen Haaren. Ich kann kaum den Blick von ihr wenden. Die beiden haben auf dem Tisch, an den wir uns setzen, ein Aufnahmegerät mit Mikrophon gestellt und einige Fotos ausgebreitet. Müller beginnt ohne Umschweife: „Herr Rinke, wir haben ihr Atelier durchsucht und einige Bilder von Ihnen gefunden, auf denen Sie malerisch die Ermordung von Eva Bonge vorweggenommen haben."

„Stopp! Einspruch!", meldet sich sofort Leo. „Sie haben Bilder gefunden, die an die Leiche und den Tatort erinnern. Mehr nicht!"

„Oh doch!", erregt sich nun Müller. „Wie ein Architekt ein Haus zunächst zeichnet und dann erst baut, so hat Herr Rinke sein Verbrechen schon im Vorhinein gemalt. Schauen Sie sich hier – und nun wird sein Ton süffisant – die »Gemälde« an und vergleichen Sie sie mit den Fotos vom Tatort."

Frau Czirpischewsky schiebt die Fotos näher an Leo heran. Ihre Gesichtshaut ist leicht gerötet. Ihr scheint warm zu sein. Vielleicht zieht sie ja diese scheußliche Uniformjacke aus. Sie blickt mich plötzlich an, scheint zu spüren, dass ich sie anstarre. Ich halte ihrem Blicke stand, lächle sogar. Abrupt wendet sie den Kopf ab. Habe ich richtig gesehen, dass sie rot geworden ist?

„Mag ja sein, dass es da Ähnlichkeiten gibt", entgegnet Leo. „Aber was heißt das schon?"

„Das liegt doch wohl auf der Hand", meint Frau Czirpischewsky und schaut Leo fest an. Dann wandert ihr Blick zu mir. Ich lächle wieder und bemerke plötzlich ein unsicheres Flackern in ihren Augen. Schnell schaut sie weg.

„Moment", sagt Leo und schiebt die Fotos von sich. „Kann es sein, dass Sie gar nicht ergebnisoffen ermitteln, sondern alles nur zum Nachteil meines Mandanten interpretieren? Sie scheinen nur Beweise für seine Schuld zu suchen."

„Aber der Sachverhalt ist doch wohl auch klar!", platzt nun Müller heraus.

Meine Augen scheinen am Gesicht der Beamtin festzuheften. Ihre Augen, ihre Ohrläppchen, ihre Lippen ... Ich weide sie intensiv ab. Czirpischewsky scheint es zu spüren. Ihr wird heiß. Und dann tut sie mir den Gefallen, den ich mir gewünscht habe: Sie zieht ihre Uniformjacke aus. Ich jubele innerlich. Zum Vorschein kommt eine Bluse, die sich mächtig über den großen Busen spannt. Ich schaue nicht, ich glotze. Sie merkt sofort, was sie gemacht hat, wird nun wirklich knallrot im Gesicht und verschränkt sofort ihre Arme vor der Brust. Ich grinse und wie aus weiter Ferne höre ich Leo argumentieren: „Für wie dumm halten Sie eigentlich meinen Mandanten? Sie unterstellen ihm, erst ein Verbrechen zu malen, die Bilder dann offen hinzustellen und daraufhin das Verbrechen zu begehen. Warum sollte er sich selber so belasten?"

„Weil er psychisch krank ist!", giftet Czirpischewsky mit einer Heftigkeit, die alle aufschreckt. Sie wagt es jetzt aber nicht, mich anzuschauen.

Leo bleibt gelassen: „Sind Sie schon mal auf die Idee gekommen, dass jemand anderes, der aber Herrn Rinkes Bilder kennt, den Mord in dieser Art begangen hat, damit mein Mandant in Verdacht gerät? Was ist, wenn Lobbyisten oder Geheimdienste am Werk sind, die etwas mit Rüstungsgeschäften zu tun haben und sich an General Bonge rächen wollten?"

Czirpischewsky und Müller schauen sich verblüfft an. Leo nutzt ihr Schweigen mit vernichtender Gewissheit im Ton: „Sie können Ihre Theorie von dem vorher gemalten Mord vergessen. Schauen Sie doch auch mal auf die Datierung der Gemälde. Die Bilder sind alt.

Zum Zeitpunkt der Entstehung kannte mein Mandant Frau Bonge noch gar nicht."

Erstaunt lässt Czirpischewsky ihre Arme fallen. Ich freue mich. Sie spürt mit Sicherheit, wo mein Blick jetzt festklebt, aber es scheint ihr nun egal zu sein.

„Vielleicht ermitteln Sie auch mal in solche Richtungen, Herr Kommissar", höre ich Leo selbstsicher. „Wenn Sie an uns noch Fragen haben ...?"

Müller schüttelt wie benommen den Kopf.

„Dann können wir ja gehen." Leo gibt mir ein Zeichen aufzubrechen. Ohne Frau Czirpischewsky aus den Augen zu lassen, stehe ich auf, gehe um den Tisch und reiche ihr die Hand. Gut erzogen gibt sie mir die ihre. Sie ist weich und schwitzig. Ich versuche einen liebevollen Händedruck, der die Beamtin dazu bringt, mir wieder und diesmal völlig verwirrt in die Augen zu schauen. Aber Leo drängelt. Ich löse mich und gehe zur Tür.

„Aber die Fingerabdrücke am Messer! Die stammen einzig und allein von Herrn Rinke", triumphiert plötzlich Müller, offensichtlich froh, dass ihm noch was eingefallen ist.

In die sich ausbreitende Stille hinein, setze ich an, etwas zu fragen. Aber Leo macht eine ärgerliche Handbewegung und bedeutet mir zu schweigen. Ich gehorche und wir gehen. Leo scheint zufrieden, aber ich ärgere mich, dass ich meine Frage nicht gestellt habe.

Für den Nachmittag hat sich Besuch ange-
meldet. Ich bin enttäuscht, dass es nicht Bea
ist. Stroth, mein Galerist, wartet im Besucher-
raum auf mich. Er trägt wieder seine alberne
buntbestickte Kopfbedeckung, die an einen
umgestülpten verbeulten Kochtopf erinnert.
Wer etwas mit Kunst zu tun hat, scheint das
nach außen wenigstens durch eine kleine Be-
sonderheit demonstrieren zu müssen. Schon
gut, dass nicht alle mit Fellweste und offener
Hose herumlaufen. Als er mich sieht, springt
er sofort auf und überschüttet mich mit einem
Redeschwall. Er ist eben letztendlich nur ein
Verkäufer und wie viele von denen ein Schwät-
zer. Empört erzählt er, wie rabiat die Polizei
mein Atelier auf den Kopf gestellt hat. Er habe
aber Beschädigungen verhindern können.

Nachdem ich ihn dafür gelobt habe, kommt
er auf den eigentlichen Grund seines Besu-
ches. Die Nachfrage nach meinen Werken sei
seit meiner Verhaftung sprunghaft angestie-
gen und er stehe jetzt blank da. Er brauche
dringend Nachschub und habe ja auch schon
gesehen, dass reichlich Bilder im Atelier gela-
gert seien. Er kommt mir vor wie eine Hyäne,
die Blut geleckt hat. Ich zögere. Alter Ärger
steigt in mir hoch. „Mein Anwalt findet bestimmt schnell einen anderen Galeristen, der
mir bessere Bedingungen einräumt als du",
sage ich schließlich.

Stroth wird erst bleich, läuft dann aber
puterrot an. „OK, du musst mich verstehen",
japst er: „Du warst bisher mit deinen Sudelbil-
dern ein ganz hohes Risiko für mich. Ich hatte
Angst um den Ruf meiner Galerie. Aber das

Risiko hat sich jetzt verändert und da biete ich dir natürlich einen besseren Vertrag an."

„Stroth, du bist ein Schleimbeutel", antworte ich verächtlich. „Aber meinetwegen ... Nur – ich habe jetzt keine Lust, hier mit dir zu schachern. Ich werde meinen Anwalt beauftragen, mit dir neue Bedingungen auszuhandeln. Dann kannst du dich in meinem Atelier bedienen." Der Galerist wirkt erleichtert und nickt zufrieden.

„Was sind denn die Sammler inzwischen bereit, für eins meiner Bilder zu zahlen?"

Stroth windet sich ein bisschen, als sollte er ein Betriebsgeheimnis verraten. „Nun ja, seit deiner Verhaftung bewegen wir uns im fünfstelligen Bereich. Obwohl – die höchste Summe hat schon vor einigen Tagen so'n General für ein Bild geboten."

„Wie bitte? Was für ein General?", frage ich plötzlich hellwach.

„Ich weiß nicht, ob er wirklich ein General ist. Aber er kam mit einem anderen Mann, der ihn immer mit »Herr General« ansprach. Jedenfalls hat mich das sehr gewundert, weil ... der fand das Bild beim ersten Besuch ziemlich gruselig, hat es dann aber direkt am anderen Tag doch gekauft."

„Kam er beim Kauf alleine?"

„Ja – da bin ich mir sicher. Der hat sich so unsicher verhalten, als kaufe er zum ersten Mal in einer Galerie. Ich glaube, das ist kein Sammler. Der hat übrigens bar bezahlt."

„Gab es auch andere ungewöhnliche Käufer oder Besucher in der Galerie, die sich merkwürdig verhalten haben?"

„Also, jetzt sei nicht beleidigt, aber jeder, der deine Bilder kauft, ist irgendwie ungewöhnlich. Für mich auffällig war, dass viele mit ihren Handys Fotos gemacht haben."

„Also könnte Leo Recht haben", murmele ich vor mich hin.

„Wie bitte?", fragt Stroth.

„Schon gut! Ich habe nur laut gedacht."

Auf dem Rückweg in die Zelle bestehe ich darauf, mit meinem Anwalt zu telefonieren. Leo kommt erst nach längerem Klingeln an den Apparat und fühlt sich ohrenscheinlich gestört. Vielleicht war er gerade mit einer Frau ... Ich schiebe den Gedanken weg und berichte ihm vom Stroth, von den Handy-Fotos und dem General und er ist plötzlich ganz präsent. „Ich habe übrigens mal im Internet recherchiert", sagt er. „Da findet man inzwischen auch jede Menge Fotos von deinen Bildern. Da kann sich also jeder was abgucken."

Mir macht das ein komisches Gefühl. Da haben also Leute meine Bilder fotografiert und ins Internet gestellt ... Warum macht das einer? Während ich nachdenke, redet Leo die ganze Zeit weiter. Ich höre dann nur noch, dass ich mein Verhältnis zu Eva und den Grund des Hotelbesuches näher erklären soll. Dann legt er unerwartet auf.

Zurück in der Zelle werfe ich mich aufs Bett und schaue durch das offene Fenster in den fast klaren Himmel. Die Luft ist schon angenehm warm. Nur wenige Wölkchen ziehen von Gitterstab zu Gitterstab. Die Eisenstangen, die meine Freiheit begrenzen, scheinen auch eine unsichtbare Macht auf die Wölkchen auszuüben, denn keine sieht nach dem Passieren eines Stabes noch genauso aus wie vorher. Wie machen die Gitterstäbe das? Werden sie auch mich verändern? Man macht sich ja oft nicht klar, was alles Wirkung entfaltet.

Evas Erscheinen in unserer Wohnung jedenfalls brachte große Veränderungen – von Anfang an. Bea musste am nächsten Morgen früh aufstehen und zur Schule. Sie schlich sich aus dem Schlafzimmer, aber – wie immer – nahm ich es im Halbschlaf irgendwie wahr und spürte plötzlich, wie Eva an mich heranrobbte. Wie ein Schutz suchendes Tier schmiegte sie sich an meine Seite. Das machte mich hellwach. Ein zärtliches Gefühl stieg in mir auf. Ich nahm Eva in den Arm und im Nu war sie wieder eingeschlafen. Jedenfalls atmete sie tief und gleichmäßig. War das ein Zeichen von Vertrauen zu mir? War das Hingabe?

Liebevoll beobachtete, ja bewachte ich ihren Schlaf und fühlte mich dabei stark und auch merkwürdig angezogen. Als Eva erwachte, kuschelte sie sich noch fester an mich und sah zu mir hoch. Was war das für ein Blick? Ich begann, ihr Gesicht mit Küssen zu bedecken und spürte plötzlich ihre große Ergebenheit. Ja, sie gab sich mir hin. Ich konnte sie mir nehmen und, als wir uns liebten, fühlte ich, dass alles stimmig war. Erschöpft schliefen wir beide danach ein und wurden erst wieder von Bea geweckt, als sie von der Schule zurück kam. Bea durchschaute natürlich sofort, was geschehen war, hakte es aber mit einem „Oh, da habe ich wohl was verpasst.", für sich ab.

Von da an kam Eva ständig zu uns.

Den anderen Hausbewohnern dürfte das aufgefallen sein. Die Polizei bräuchte sie nur befragen und sie würde erfahren, dass Eva bei uns ein- und ausgegangen ist. Manche Nachbarn könnten sicherlich sogar den Eindruck bekommen haben, Eva sei bei uns eingezogen.

Und in der Tat: Eva kam oft nach der Arbeit und blieb über Nacht. Das lässt sich nicht verheimlichen. Das muss ich für Leo aufschreiben. Ich nehme ein neues Blatt und schreibe: „Bea und ich haben uns mit Eva angefreundet. Sie hat uns oft besucht und manchmal übernachtete sie auch bei uns."

Was dabei in unserer Wohnung geschah, geht Leo nichts an und würde bei einer Schilderung auch nur ungläubiges Kopfschütteln hervorrufen.

In den ersten Wochen verbrachten wir einen großen Teil der gemeinsamen Zeit zusammen im Bett. Nicht nur zu zweit, nein auch zu dritt lebten wir unsere erotischen Phantasien aus und Eva schien die Lust ganz neu für sich zu entdecken. Auch sonst wollte sie immer öfter mit uns zusammen sein. Ständig machte sie Vorschläge, was wir zusammen tun könnten, regte an, gemeinsam zu kochen, tanzen zu gehen, kannte das aktuelle Kinoprogramm, besorgte Theaterkarten ...

Und wenn wir sie nach einer solchen Unternehmung vor ihrer Wohnung absetzen wollten, glaubte ich kurz Angst in ihren Augen aufblitzen zu sehen. Sie bettelte uns dann geradezu an, sie mit uns nach Hause zu nehmen: Nach so einem Vortrag wolle sie noch mit uns diskutieren, nach so einem Film könne sie nicht alleine schlafen, außerdem sei sie doch so gerne mit uns zusammen ...

Einmal standen wir spät in der Nacht vor ihrem Haus und in ihrer Wohnung brannte Licht. Eva wurde kreidebleich und schwor Stein und Bein, es nicht angelassen zu haben, es müssten Einbrecher sein. So begleiteten wir sie hinein, aber es gab keinen Hinweis auf Eindringlinge. Eva aber zitterte wie Espenlaub und so nahmen wir sie dann doch wieder mit zu uns.

Dann kam der Tag, an dem sie sich blutüberströmt in unsere Wohnung schleppte. Sie hatte Platzwunden am Kopf und Hämatome an Armen und Beinen. Bea und ich waren geschockt. „Was ist passiert? Bist du überfallen worden?" Eva konnte nur heulend nicken.

Bea fotografierte den zerschundenen Körper – so quasi als Beweis. Danach verarzteten und trösteten wir sie. Stockend erzählte Eva, dass ihr Exfreund Sven sie immer noch belästige, obwohl es doch schon Monate her sei, dass sie mit ihm Schluss gemacht habe. „Vorhin hat er mir im Treppenhaus aufgelauert. Als ich meine Wohnungstür aufschloss, ist er plötzlich von oben heruntergestürmt und hat mich in die Wohnung gestoßen. Er hat mich geschlagen und versucht, zu vergewaltigen. Zum Glück hat eine Nachbarin den Lärm gehört und an die Tür geklopft. Da konnte ich mich losreißen und wegrennen."

„Du musst zur Polizei gehen und Anzeige erstatten", sagte ich. „Und was machen die dann?", höhnte Bea. „Nein, der Kerl braucht eine Lektion, damit der nie wieder mit einer Frau so umgeht. Gib mir seine Adresse. Das ist ein Fall für die Frauenselbsthilfe."

Am nächsten Abend chauffierte ich Bea und zwei karateerfahrene Frauen zu Sven Steger. Der wohnte im dritten Stock eines Mietshauses im Stadtteil Tannenbusch. Schweigend mit steigender Spannung begleitete ich die Frauen bis zur Haustür, die wider Erwarten durch einfachen Druck zu öffnen war. Ich sollte unten bleiben und ihnen den Rücken frei halten. Im Hausflur setzten sich die Frauen Perücken und große Sonnenbrillen auf. Dann schlichen sie die Treppen hoch. Oben hörte ich sie klingeln. Eine Tür wurde geöffnet, dann dumpfe Geräusche, ein Ächzen, dann fiel eine Tür ins Schloss. Stille.

„Hoffentlich übertreiben die nicht", dachte ich und versuchte mir vorzustellen, was die drei mit dem Mann anstellten. Ich setzte mich auf eine Stufe und wartete eine gefühlte Ewigkeit. Endlich öffnete sich oben wieder die Tür und ich hörte die Frauen herunter kommen. Jeweils zu zweit verließen wir mit etwas Abstand das Haus in verschiedenen Richtungen. Zurück im Auto löste sich die Anspannung und die drei jubelten über ihren Erfolg: „Wir haben ihm erst mit ein paar Tritten die Eier blau gefärbt, ... ihm dann einen Knebel verpasst und ihm die Sackhaare mit dem Feuerzeug entfernt", prahlte eine der Frauen. „Habt ihr an der Wand die Reichskriegsflagge gesehen?", fragte Bea. „Das ist bestimmt ein Neo-Nazi."

„Dann hat er es doppelt verdient."

„Ich habe ihm am Schluss gedroht", ergänzte Bea. „»Wenn du dich noch einmal in Evas Nähe wagst, kommen wir wieder!«" Und mit verstellter Stimme dröhnte die dritte: „Und dann kastrieren wir dich!"

Die Frauen lachten vor Vergnügen, aber mir verkrampfte sich kurz der Unterleib.

„Hey, davon sollte ich eigentlich Leo berichten", fällt mir ein. „Natürlich nicht von der Strafaktion, aber von Sven." Ich lese noch mal, was ich geschrieben habe und ergänze es: „Bea und ich haben uns mit Eva angefreundet. Sie hat uns oft besucht und manchmal übernachtete sie auch bei uns. Eva hatte vor kurzem mit ihrem Freund Sven Steger Schluss gemacht. Der aber akzeptierte das nicht, sondern stellte ihr nach. Er bedrohte sie sogar und wurde auch mal handgreiflich."

In den Wochen danach ließen wir Eva bei uns wohnen, ja wir lebten quasi in einer Wohngemeinschaft. Ich versuchte ihr zu entlocken, wie ihre Beziehung mit diesem Sven ausgesehen hatte, aber Eva wich immer aus. Viel lieber stürzte sie sich in die Hausarbeit. Da versuchte sie, alles besonders gründlich zu machen, uns zu gefallen, ja sie begann sogar, uns zu bedienen.

Anfangs amüsierte uns dieses Verhalten, dann aber begann Bea, es gezielt auszunutzen. Zunächst bat sie Eva ganz freundlich, ob sie nicht einmal für uns einkaufen oder kochen oder spülen könne. Als sie sah, dass Eva alles mit Hingabe erledigte, verlangte Bea es zunehmend von ihr. Ihr Ton wurde dabei rauer und nach und nach behandelte sie Eva wie ein Dienstmädchen.

Ich protestierte energisch dagegen, aber Eva fiel mir um den Hals und stoppte mich: „Martin, ich mache es gerne. Ich genieße es so, bei euch zu sein."

Bea lachte laut auf: „Eva, hast du eine Sklavenseele?"

Darüber schreibe ich natürlich nichts und so wundert es mich nicht, dass Leo vor Wut im Gesicht rot anläuft, als er sieht, dass ich ihm nur wenige Sätze zu Eva aufgeschrieben habe. Schon erwarte ich die Explosion, als er plötzlich inne hält: „Sven Steger? – Eva hatte einen Freund, von dem sie sich getrennt hat?"

Ich nicke.

„Und der hat sie bedroht?"

„Ja, er ist sogar einmal über sie hergefallen und hat sie geschlagen."

„Gibt es dafür Zeugen?"

„Ja, eine Nachbarin hat das mitbekommen und Schlimmeres verhindert. Eva hat dann bei uns Zuflucht gesucht und Bea hat ihre Prellungen und Blutergüsse fotografiert."

„Kennst du die Nachbarin?" – „Nein."

„Hat Eva daraufhin Sven Steger angezeigt?"
Ich schüttle den Kopf.

„Gibt es die Fotos noch?"

„Wahrscheinlich hat Bea sie noch auf ihrem Apparat oder auf ihrem Laptop."

Leo stöhnt: „Tja, das ist natürlich blöd, dass wir Bea nicht erreichen können. Aber du musst das zu Protokoll geben. Ich werde Kommissar Müller anrufen."

Leo will aufbrechen, stoppt sich aber dann abrupt: „Warum rückst du nicht damit heraus, warum du mit Eva in diesem Hotel warst?"

Ich winde mich innerlich: Was soll ich ihm jetzt sagen? Was versteht er? Ich druckse herum: „Na gut ...", fange ich an. „Ich bin geflohen. Ich weiß nicht, ob du das verstehst. Beas Mutter hatte für dieses Wochenende ihren Besuch angekündigt. Sie mag mich nicht. Wir gehen uns aus dem Weg. Sie hat Bea immer kritisiert, dass sie sich mit einem »Hungerkünstler« eingelassen hat. Ja »Hungerkünstler« nennt sie mich. Da kannst du sicher nachvollziehen, warum ich jedes Mal verschwinde, wenn sie kommt."

„Und wieso hast du Eva mitgenommen?"

Ich beginne zu schwitzen: „Weil ... weil ...", stammle ich. „Weil ... Eva hat sich gewünscht, mal mit mir ganz allein zu sein."

Leo zieht die Augenbrauen hoch: „Also ich fasse jetzt mal zusammen: Ihr beide habt Eva kennen gelernt. Du fühlst dich zu ihr hingezogen und beginnst eine Affäre mit ihr. Das Wochenende, an dem Beas Mutter kommt, nutzt du, um mit Eva allein wandern zu gehen, wobei ihr in Thomasberg in diesem Forum-Hotel Siebengebirge übernachtet."

Ich nicke gequält: „Wie du das sagst, hört sich das ziemlich spießig an."

„Wusste Bea, dass Eva mit dir gefahren ist?"

„Ich weiß nicht. Wir haben vorher – glaube ich – keine Zeit gehabt, darüber zu sprechen. Auch nicht, wohin ich fahre."

„Aber Bea war nachts in dem Hotel ..."

Ich unterbreche schnell: „Ja, dann muss ich ja doch darüber geredet haben."

„Ach ja?", spottet Leo. „Ich vergaß. Bei euch gibt es ja keine Eifersucht. – Aber was ist mit Sven Steger? Konnte der wissen, dass Eva mit dir in diesem Hotel war?"

„Keine Ahnung, Leo."

Kommissar Müller gibt sich gelangweilt, als Leo von dem General berichtet, der ein Bild in der Galerie von mir gekauft hat.

„Sonst noch was?", fragt er nur genervt.

Leo ist empört: „Wie? – Wollen Sie da gar nicht recherchieren?" Aber Müller verdreht nur die Augen.

Ich setze an, um von Sven Steger zu berichten, doch Leo packt mich am Arm und sagt: „Komm Martin, hat keinen Zweck. Von diesem Kommissar können wir keine gründlichen Ermittlungen erwarten." Müller grinst nur.

Leo schiebt mich zum Ausgang, aber ich reiße mich los:

„Ich hätte da noch eine ganz ganz andere Frage", setze ich an. „Komm lass, Martin!", will Leo mich stoppen.

„Nein!", widerspreche ich. „Ich will es jetzt wissen."

Ich beuge mich zum Kommissar vor und schaue ihm direkt in die Augen: „An was ist Eva gestorben? Was ist die offizielle Todesursache?"

Müller schaut mich irritiert, ja völlig entgeistert an, als sei ich nun absolut irrsinnig, dass ich so eine Frage stelle. Dann brüllt er los: „An was wohl? An den vielen Messerstichen natürlich! Was meinen Sie denn? Dafür bräuchte man gar keinen Obduktionsbericht."

Ich springe auf und brülle zurück: „Was steht im Bericht der Gerichtsmedizin?"

Wütend beginnt Müller in seinen Akten zu blättern. Schließlich wird er fündig und schiebt nicht mir, sondern Leo einige Blätter zu. „Hier der Obduktionsbericht. Den kennen Sie doch!" „Genau – du kennst ihn", sage ich zu Leo und ziehe die Papiere zu mir herüber. Leo nickt, aber die Art, wie er nickt, verrät eine gewisse Unsicherheit.

Ich beginne den Bericht zu lesen, bin aber so aufgeregt, dass ich kaum ein Wort von den Fachchinesisch verstehe. Bilder von Eva schieben sich immer wieder vor mein inneres Auge. Wie sie so daliegt ... Und das Messer ... Die Einstiche ... Das Blut ..., dass wohl langsam gesickert ist ... Die Lache, die riesig groß und rot ... Das Messer in meiner Hand ... Mir flimmert vor den Augen. Ich kann nicht mehr lesen. Alles verschwimmt ... Worte, Worte, endlose Sätze. Mediziner-Wichtigtuerei. Bürokratendeutsch. Gar nichts verstehe ich. Ich werde müde zu lesen. Wozu auch lesen? Der Kommissar hat bestimmt recht. Phrasen, Fremdwörter, Begriffe, nur noch Begriffe … Fraktur des Dens axis … Was soll das denn heißen? Stichwunden post mortem …

Ich stutze: „Stichwunden post mortem?"

Ich lese noch mal laut: „Stichwunden post mortem"

Ich starre Leo an: „Stichwunden post mortem – Fraktur des Dens axis – Genickbruch!"

Leo steht vor Überraschung der Mund offen. Ich lasse die Blätter auf den Tisch fallen und packe Leo am Kragen und schreie ihn an: „Du kennst doch den Bericht! Warum hast du mir nicht gesagt »Stichwunden post mortem«? Ich schüttle Leo.

Schon springen zwei Beamte herbei und reißen mich von ihm weg. Sie verdrehen mir die Arme, bis ich vor Schmerzen schreie. Dann schleifen sie mich in meine Zelle zurück und werfen mich wie einen Tierkadaver weg. Ich lande auf der Pritsche, springe aber – wie zum Beweis, dass ich noch lebe – sofort wieder hoch und trete mit voller Wucht gegen die Tür, die sich gerade hinter den Beamten schließt.

„Genickbruch! Genickbruch!", schreie ich. „Stichwunden post mortem! Wisst ihr, was das heißt, ihr armseligen Büttel? Eva ist nicht erstochen worden. Fraktur des Dens axis, Genickbruch!" Ich rutsche an der Tür herunter auf den Boden und rede mit mir selber: „Genickbruch! – Wie kann man sich das Genick brechen?" Vor meinen Augen entstehen verschiedene Szenarien. Ist Eva aus großer Höhe irgendwo herabgestürzt oder hat ihr jemand den Hals umgedreht?

Langsam krieche ich wieder zum Bett zurück, lege meinen Kopf auf die Matratze und starre vor mich hin.

Irgendwann schwingt die Tür auf und Leo steht mit einem Beamten im Rahmen. Offensichtlich traut er sich nicht herein. „Entschuldige, Martin! Deine Wut ist berechtigt. Es ist unverzeihlich, dass ich den Obduktionsbericht nicht richtig gelesen habe", sagt er schließlich zerknirscht. „Aber die vielen Fotos, die Nahaufnahmen von den Stichwunden und dem Blut ... Alle haben ganz selbstverständlich angenommen, dass das die Todesursache ist.

Auch der Kommissar hat es nicht für nötig gehalten, den Obduktionsbericht zu Ende zu lesen." Ich reagiere nicht und Leo redet einfach weiter: „Dass die Messerstiche nicht die Todesursache sind, verändert natürlich alles. Deine Fingerabdrücke am Messer haben jetzt viel weniger Gewicht. Damit können sie dir bestenfalls Leichenschändung vorwerfen." Leo stockt. Anscheinend hofft er, dass ich etwas sage. Aber ich bleibe schweigsam. „Jedenfalls gibt es keinen Grund, dich länger in Haft zu halten. Ich werde beim Haftrichter die nochmalige Prüfung der Haftgründe und deine Entlassung beantragen." Unbeweglich bleibe ich liegen. Es entsteht eine spannungsgeladene Stille. Mir ist, als sauge ich alle Töne aus der Zelle. Abrupt wendet sich Leo schließlich um und geht grußlos. Die Tür kracht ins Schloss.

Mit Verzögerung kommt das Gesagte endlich bei mir an. Vielleicht werde ich in Kürze entlassen. Ich bin überrascht von dieser Aussicht. Was dann? Auf einmal erscheint mir meine Zelle wie eine Höhle, in der ich Schutz genossen habe. Was wartet draußen auf mich? Werden Reporter über mich herfallen? Werden mich Freunde und Bekannte sich mir gegenüber misstrauisch oder sogar ablehnend verhalten? Schließlich ist für sie meine Unschuld ja noch nicht bewiesen. Werde ich überwacht werden? Kann ich überhaupt auch nur einen Schritt unbeobachtet tun? Wie soll ich mich verhalten? Soll ich – wie im Krimi schon oft gesehen – selber nach dem Täter suchen? »Martin Rinke als Privatdetektiv«.

Ich sehe mich schon zur Tatort-Erkennungsmelodie hinter einem Verdächtigen her rennen, über Zäune und Mauern springen und dann mit einem gekonnten Schuss in den Fuß den Täter zur Aufgabe zwingen.

Oder soll ich gelassen darauf vertrauen, dass die Polizei den Mörder schon finden wird? Schließlich ist die Aufklärungsquote bei Mord ziemlich hoch. Aber traue ich das diesem Kommissar Müller zu? Der sucht doch nur Beweise gegen mich. Und ist es vorstellbar, dass Frau Czirpischewsky sich mit ihrem riesigen Busen an einer Verfolgungsjagd beteiligt? Oder ist der Busen in Wirklichkeit gar nicht so groß? Geht da die Phantasie mit mir durch? Mir schwirrt der Kopf und so verwundert es mich nicht, dass ich in dieser Nacht nicht so einfach in den Schlaf finde.

◊◊◊

Als ich am Morgen aufwache, fühle ich mich wie gerädert und schnell breitet sich ein Spannungsgefühl in meinem Bauchraum aus. Was wird heute geschehen? Werde ich entlassen? Unruhig gehe ich in meiner Zelle auf und ab. Die Frühschicht scheint keine Ahnung zu haben. Alles ist wie immer.

Gegen Nachmittag wird meine innere Spannung zu groß. Ich verlange, meinen Anwalt anrufen zu dürfen. Zu meiner Verwunderung wird mir das ohne Weiteres gestattet.

Leo behauptet, er hätte mich auch heute noch anrufen wollen, und kommt dann schnell zur Sache:

Polizei und Staatsanwaltschaft sähen keinen Grund, mich aus der U-Haft zu entlassen. Ich sei weiterhin ihr Hauptverdächtiger. Wenn Eva nicht durch Messerstiche umgekommen sei, sondern durch Genickbruch, so stehe halt ich in Verdacht, ihr vor den Messerstichen das Genick gebrochen zu haben.

Ich schnappe nach Luft. Dann brülle ich in den Hörer: „Wie soll ich das denn gemacht haben? Und wieso habe ich dann – angeblich Stunden später – noch mal mit dem Messer auf Evas Leiche eingestochen? Was hat das für einen Sinn?"

Leo lässt mein Geschrei verklingen und schweigt zunächst. Dann bemerkt er ganz trocken: „Sie halten dich für abnormal, für einen psychisch gestörten Künstler, der in Wahnzuständen unberechenbare und verrückte Sachen macht."

Ich sacke innerlich zusammen.

Nach einer Weile fügt Leo hinzu: „Um das zu beweisen, drängen sie jetzt auf ein psychologisches Gutachten. Das heißt, du wirst vielleicht schon morgen untersucht und getestet."

„Oh nein! Wie soll ich damit umgehen?"

Leo schweigt erst wieder. Dann höre ich: „Zeig ihnen, dass du normal bist."

Ich lache auf: „Was ist denn normal?"

Keine Antwort, nur zähflüssige Stille quillt aus dem Hörer.

Ich sehe Leo vor mir, wie er ratlos dasteht oder höchstens mit den Achseln zuckt. Er ist wohl überfordert. Irgendwann lege ich auf. Wie konnte ich nur annehmen, dass Leo der richtige Anwalt für mich ist?

Am nächsten Vormittag werde ich zu Gollmann geführt. Er schiebt mir einen umfangreichen Fragebogen über den Schreibtisch. Ich schaue mir einige Seiten an und schiebe ihm den Papierstapel kommentarlos zurück.

Gollmann reagiert genervt: „Herr Rinke, Sie müssen schon mit mir zusammenarbeiten. Wie soll ich denn sonst ein Gutachten über Sie erstellen?"

„Gehen Sie einfach davon aus, dass ich normal bin", antworte ich.

„Darum allein geht es nicht. Bei Ihnen gibt es eine Reihe von Auffälligkeiten und die muss ich bewerten."

„Auffälligkeiten? Was meinen Sie damit?"

„Ihre Bilder zum Beispiel."

„Das ist Kunst!", entgegne ich.

„Bilder können Spiegel der Seele sein."

„Bla, bla! Kunst kann vieles sein."

„Spiegelt sich nicht da auch Ihr Verhältnis zu Frauen?"

Ich verdrehe die Augen: „Ist Küchenpsychologie nicht unter Ihrer Würde?"

Der Psychologe beugt sich vor: „Herr Rinke, Sie sind ein geiler Bock! Stimmt's?"

Oh, Gollmann will mich provozieren.

„Und wenn es so wäre? – Ist das strafbar?"

„Wenn eine Frau nicht so will wie Sie ...?"

„Dann will sie eben nicht!"

„Und Sie massakrieren sie dann durch Malen? – Aus Ihren Bildern schreit doch die Gewalt."

Ich grinse ihn an: „Halten Sie auch Krimi-Autoren für Mörder?"

Gollmann lehnt sich missmutig zurück. Er scheint zu überlegen, wie er mit mir weiter verfahren soll. Ich nutze die Lücke, um auf ihn einzureden: „Ich bin normal, Herr Gollmann. Genau wie Sie und die meisten hier im Land nehme ich es hin, dass die Reichen immer reicher und die Armen immer ärmer werden. Ich bin normal und nehme es hin, dass unsere Regierung mit menschenverachtenden Diktatoren Geschäfte macht und sie militärisch aufrüstet. Ich bin normal und nehme es hin, dass tausende Flüchtlinge aus Afrika im Mittelmeer ertrinken. Ich ..."

„Hören Sie auf!", unterbricht mich Gollmann und fixiert mich plötzlich scharf. „Haben Sie Interesse an Menschen? Sind Sie kontaktfreudig? Die Polizei hat herausgefunden, dass Sie kaum im Internet unterwegs sind. Sie sind nicht bei *Facebook*, vermeiden *Google*, benutzen nicht *WhatsApp*, twittern nicht ..."

Erstaunt bleibt mir der Mund offen.

„Ich will mich halt nicht von amerikanischen Großkonzernen ausspionieren und überwachen lassen", antworte ich schließlich.

„Haben Sie etwas zu verbergen, Herr Rinke?"

Ich lache: „Wer nichts zu verbergen hat, hat keine Individualität. Wer sich ausspionieren lässt, wird berechenbar, wird lenkbar. Menschen ohne Geheimnisse können nicht mehr überraschen. Sie sind langweilig."

Der Psychologe lehnt sich zurück: „Sie halten sich wohl für etwas Besseres?"

„Nein, nein, Herr Gollmann. Ich will nur nicht zum digitalen Herdenvieh gehören."

„Also doch was Besseres!"

„Wenn schon das Bestehen auf Würde etwas Besonderes ist ..."

Gollmann scheint ratlos.

Langsam stehe ich auf: „Ich gehe jetzt besser, sonst entlocken Sie mir noch alle meine Geheimnisse und dann stehe ich nackt da."

Kurz nach Umschluss werde ich noch mal aus der Zelle geholt und zum Telefon geführt. Leo ist dran: „Du kommst frei!", brüllt er mir ins Ohr. „Du kommst frei! Schon morgen!"

„Wieso das jetzt?", frage ich ungläubig.

Leo beruhigt sich: „Du bist nicht mehr der Hauptverdächtige."

Ich begreife nichts, aber dann berichtet er: „Die Nachbarin, die mitbekommen hat, dass

Eva überfallen wurde, hat sich an die Presse gewandt, weil ihre Aussage von der Polizei nicht ernst genommen wurde. Ein Journalist hat daraufhin herausgefunden, dass Eva einige Zeit mit Sven Steger zusammen war, von dem es wiederum ein Foto im Internet gibt. Die Nachbarin hat ihn darauf erkannt. Die Polizei hat dieses Foto auch dem Hotelpersonal gezeigt. Und stell dir vor: Auch dort wurde er wiedererkannt. Sven Steger war in der Mordnacht auch im Forum Siebengebirge."

Ich bin verblüfft: „Woher wusste er …?"

„Egal! – Kommissar Müller hat inzwischen herausgefunden, dass Steger eine Latte von Vorstrafen hat … Körperverletzung, Unterschlagungen und so. Die Polizei ist sofort zu seiner Wohnung hin und hat ihn auch angetroffen. Angesprochen auf die Hotelübernachtung ist Steger dann wohl ausgerastet, hat einen Polizisten niedergeschlagen und ist abgehauen. Es gab eine Verfolgungsjagd, aber er ist entkommen."

Ich bin sprachlos.

„Verstehst du? Du bist nicht mehr der Hauptverdächtige. Steger hat im Gegensatz zu dir ein starkes Motiv für den Mord."

Ich nicke, ohne daran zu denken, dass Leo mich nicht sehen kann.

„Du kriegst zwar ein paar Auflagen, aber ich kann dich morgen abholen. Ist das nicht toll?"

„Danke Leo, du bist ein toller Anwalt."

◊◊◊

Die letzte Nacht in der Zelle – hoffentlich die letzte Nacht. So ganz traue ich dem Braten noch nicht. Dass Sven Steger Evas Mörder sein soll, erschreckt mich. Warum hat er nicht mich als vermeintlichen Nebenbuhler umgebracht, wenn Eifersucht das Motiv war? Als ich nach Stunden in den Schlaf finde, träume ich, dass mich ein eifersüchtiger Mann verfolgt. Ich laufe weg, renne durch die halbe Stadt. Am Rand der Rheinaue hat sich ein Zirkus breit gemacht. Zwischen Wagen und Zelten versuche ich mich zu verstecken, aber die Tiere verraten mich, brüllen und wiehern, wenn ich vorbei husche. Der Mann kommt immer näher. Ich fliehe in das große Zelt. In der Manege stehen große Farbeimer. Ich schleudere die Farben mit dicken Pinseln auf den Mann. Sie klatschen ihm ins Gesicht und verwandeln es in eine gruselige Fratze, aber er lässt sich davon nicht aufhalten. Das Publikum ist aufgesprungen und brüllt. Fast hat er mich. Da stürmen die Karatekämpferinnen von der Frauenselbsthilfe mit einem riesigen Eierschneider heran. Der Mann bremst und ich kann durch die Zuschauerreihen entkommen.

Außer Atem wache ich auf. Nur nicht wieder einschlafen, nicht weiterträumen. Raus aus dem Bett, hinstellen! Ich mache Dehnübungen wie nach dem Joggen, beobachte, wie ganz langsam erstes Licht durch die Fenstergitter herein kriecht. Als es hell genug ist, räume ich zusammen, was ich mitnehmen will. Stundenlang gehe ich in der Zelle auf und ab – wie der Bär im Zirkuswagen. Die Wärter scheinen Bescheid zu wissen, sagen aber nichts. Der Tag zieht sich endlos langsam dahin. Erst gegen Abend holen sie mich. Ich tapse durch den Käfiggang, bekomme meine Privatsachen zurück und darf mich umziehen, um in die Manege hinauszutreten.

Die letzte Tür öffnet sich. Laue Dämmerung umfängt mich. Der Himmel fühlt sich kaum einen Meter vorm Gefängnisportal viel freier an. Hinter einem schäbigen Golf kommt Leo grinsend hervor: „Taxi gefällig?", fragt er gut gelaunt. Schon schiebt er mich zu dem alten Wagen, dessen Farbe ich bei diesem Restlicht kaum bestimmen kann. Wir steigen ein und Leo braust sofort los.

„Wohin so schnell?", frage ich überrascht.

„Erst mal nur weg von hier, falls doch ein Paparazzi von deiner Entlassung Wind bekommen hat."

„Ich will aber nach Hause."

„OK", entgegnet Leo zögerlich und schaut in Rück- und Seitenspiegel. „Ich glaube, jetzt ist das kein Problem. Aber spätestens morgen wird es eins. Am Nachmittag gibt die Staatsanwaltschaft eine Pressemitteilung heraus, dass du erst mal entlassen bist. Dann wird deine Wohnung bestimmt von Pressefuzzis belagert. Du solltest besser abtauchen."

„Aber ich habe doch die Auflage, mich jeden Tag bei der Polizei zu melden."

„Ich weiß, Du musst schon in der Nähe bleiben." Unruhig schaut Leo immer wieder in den Rückspiegel. Plötzlich reißt er das Lenkrad herum und schießt rechts in eine kleine Nebenstraße. Nach kaum 100 Metern stoppt er den Golf abrupt und starrt in den Außenspiegel: „Der Wagen hinter uns ist auch abgebogen." Ich drehe mich um und sehe zwei Scheinwerfer eines gerade haltenden Autos.

„Das kann Zufall sein", beruhige ich mehr mich als Leo.

„Gut, das können wir ja testen." Schon fährt Leo an und biegt an der nächsten Kreuzung noch mal rechts ab. Nach hinten gewandt sehe ich, wie uns die Scheinwerfer folgen.

Nächste Straße wieder rechts und wieder folgt uns das fremde Auto. Nun gibt es keinen Zweifel mehr.

Nach Umrundung des Wohnblocks schert Leo wieder auf die Hauptstraße ein und braust zügig Richtung Innenstadt. Den Verfolger hält er im Rückspiegel immer wieder im Auge. Da wechselt vor uns eine Ampel auf Rot und Leo muss halten. Das uns folgende Auto kommt immer näher und knapp vor unserer Heckklappe zum Stehen. Es ist ein schwarzer 5er-BMW und irgendwie erwarte ich, dass jetzt jemand aussteigt und auf uns zu rennt. Ich kenne diese Situation. Woher eigentlich? Ein Mann mit riesigem Schraubenschlüssel steigt aus und rennt auf mein Auto zu. Ich will weg, aber die Ampel zeigt Rot. Er kommt näher und mit ausholenden Bewegungen schlägt er den Schraubenschlüssel immer wieder auf mein Auto. Erst aufs Dach, dann splittern die Scheiben. Panisch trete ich aufs Gaspedal, überfahre Rot, schieße in den Querverkehr und erwarte den Aufprall ...

Aber nichts dergleichen passiert. Der BMW-Fahrer rührt sich nicht. Ich kann ihn nur schemenhaft sehen, er scheint unbeweglich.

Soll ich vielleicht hin?

Leo scheint meine Gedanken zu lesen und hält mich am Arm fest: „Den werden wir schon los! – Ich fahre in die Tiefgarage am Friedensplatz. Da habe ich eine Dauerkarte, muss also vor der Ausfahrt nicht erst zum Automaten bezahlen. Das gibt uns Vorsprung." Leo findet sich wohl sehr schlau, während vor meinem inneren Auge der BMW die Schranke mit Vollgas durchbricht. Aber ich sage nichts.

Als die Ampel auf Grün wechselt, zuckelt Leo ganz gemütlich Richtung Oxfordstraße. Schon weit davor sehen wir die Anzeige: Friedensplatzgarage 271 Plätze frei. Um diese Zeit ist dort also nichts los.

Leo lenkt seinen Golf in die Zufahrt zur Tiefgarage. Der BMW hinter uns hält kurz an. Der Fahrer scheint zu zögern, folgt uns dann aber doch. Leo öffnet mit seiner Plastikkarte die Schranke. Kaum ist er durch, braust er schon los – über die Rampen der hinteren Ausfahrt zu. Ein ausparkender Astra versperrt uns fast den Weg, aber der Golf flutscht gerade noch an ihm vorbei, während der BMW keine Chance dazu hat.

Leo stößt einen Freudenschrei aus. Schnell ist die Ausfahrtschranke hoch und wir rasen aus dem Parkhaus heraus, schlagen im Straßengewirr ein paar Haken und jubeln, den Verfolger abgeschüttelt zu haben.

Nur – wohin jetzt?

„Bring mich nach Hause", verlange ich von Leo. „Ich brauche Kleidung zum Wechseln und noch ein paar andere Sachen. Morgen früh werde ich dann woanders hin gehen."

„OK", sagt Leo nachdenklich. „Ein vernünftiger Mensch würde zwar in dieser Situation gerade nicht nach Hause fahren. Aber vielleicht ist das deshalb gar nicht so schlecht."

Ich schaue ihn erstaunt an. Was hat er für ein Bild von mir? Egal! Ich nenne ihm meine Adresse. Dabei müsste er sie kennen, wie mir dann einfällt. Schweigend fahren wir durch die Nacht.

Als wir in Beuel in die Johannesstraße einbiegen, deutet Leo auf das Handschuhfach: „Ich habe dir ein Handy besorgt und meine Nummer eingespeichert ..., damit wir in Kontakt bleiben."

Ich hole es samt Verpackung heraus. Es ist ein Billigteil, aber ausreichend. „Danke", sage ich und stecke es ein.

Beuel ist um diese Zeit zur Ruhe gekommen. Nichts ist auffällig und so hält Leo nur kurz an, um mich herauszulassen.

Der Briefkasten im Hausflur quillt über. Ich lasse ihn. Die Wohnungstür ist unversehrt. Gab es doch keine Durchsuchung? Drinnen überfällt mich kalter, abgestandener Mief. Alles liegt durcheinander, die Schränke sind geöffnet. Also doch! Ich mache nur in den Zimmern zum Hof Licht und öffne erst mal einige Fenster. Das Chaos wirkt so verlassen und desolat. Bea war wohl nach der Durchsuchung nicht mehr hier. Muss sie nicht arbeiten? Nein, es sind Osterferien. Ich sollte Kontakt mit ihr aufnehmen. Im Telefon ist ihre Handy-Nummer gespeichert, aber vielleicht wird es ja abgehört. Ich tippe ihre Nummer in das Handy, das Leo mir gegeben hat. Sofort meldet sich die Sprachbox. Ich sage nur: „Ich bin raus. Melde dich mal!"

Ich stecke das Handy wieder ein und spüre auf einmal Hunger. Ich öffne den Kühlschrank: Gähnende Leere. Nur eine Flasche Bier lacht mich an. Oh Mann! Wie lange habe ich keinen Alkohol mehr getrunken! Ich öffne sie und trinke direkt aus der Flasche. Im Gefrierfach finde ich zu meinem Glück eine Pizza, die ich freudig in den Backofen schiebe. Dann gehe ich in mein Zimmer und finde den Computer nicht an seinem Platz, sondern in einer Ecke. Wurde er untersucht und zurück gebracht? Ich schließe ihn wieder an und fahre ihn hoch. Als er beginnt, über 100 E-Mails herunterzuladen, fühle ich eine Abwehr in mir. Das ist mir zu viel. Ich lasse herunterladen, wechsle aber währenddessen schnell ins Internet auf die Seiten der großen Zeitungen und Journale. Verrückt, welche Nichtigkeiten da wieder bis ins Unendliche aufgeblasen werden! Der Zwang, ständig etwas Neues und Sensationelles zu schreiben, treibt wieder exotische Blüten.

Ach, ich könnte eigentlich mal mein Konto kontrollieren und schauen, wie weit es ins Minus gerutscht ist. Als ich die Zugangsdaten eingegeben habe, haut es mich fast vom Stuhl: Mein Konto steht im Plus, und zwar mit einer hohen sechsstelligen Summe. Ich schaue mir die Umsätze an und entdecke zahlreiche Überweisungen der Galerie Stroth. Whoau! So viele meiner Bilder sind noch nie verkauft worden. Für einen Moment werde ich von Glücksgefühlen und Stolz überschwemmt. Ungläubig staune ich, bis erste Pizzadüfte mich an meinen Hunger erinnern. Ich logge mich aus und gehe wieder in die Küche. Während ich zufrieden Pizza und Bier genieße, frage ich mich, was ich mit so viel Geld anfange. So eine Herausforderung kannte ich bisher nicht.

Mit der Sättigung kommt dann langsam die Müdigkeit. Ich fahre den Computer runter, schalte die Lampen aus und gehe ins Badezimmer. Es kommt mir wie purer Luxus vor, mich hier wieder bettfertig machen zu können. Als ich im Schlafzimmer in das große Bett steige, packt mich dann doch die große Wehmut. Ich fühle mich einsam und verloren. Hier auf dieser Spielwiese haben Bea, Eva und ich viel Zärtlichkeit, Liebe und Spaß miteinander erlebt. Und jetzt liege ich hier alleine! Warum nur hat Bea schon nach wenigen Monaten das Interesse an Eva verloren? Warum ist Eva jetzt tot?

Bald werden mir die Augen schwer. Ich lösche das Licht und die Finsternis übermannt mich, ja sie dringt richtig in mich ein. Alles ist so dunkel, so dunkel ... Die Wohnung, das Zimmer, mein Leben ... so dunkel ...

Als ich aufwache, liege ich nicht in der Zelle. Ach ja!

Ein pelziger Belag wächst auf meiner Zunge. Ist das Schimmel? Meine Spucke schmeckt bitter. Der Morgen graut mir schon. Meine Gefühlslage sackt ab. Anscheinend verbreitet sich in mir ein Depressivum. Ich stelle mir vor, ein Pulver wurde in mein Blut gerührt und aufgelöst. Jetzt verteilt sich das angerührte Blut im Körper. Wo es ankommt, stürzt die Stimmung in den Keller. Ich mag nicht aufstehen. Ist eh alles egal. Ich tue mir leid und suhle mich in schlechten Gefühlen. Ist das mein wahres Ich? Habe ich gerade den totalen Durchblick?

Ich döse wieder weg, bis meine Blase sich meldet. Sie macht Druck. Will ich mich unter Druck setzen lassen? Nein! Ich bleibe liegen, bis ich es dann doch nicht mehr aushalte.

Mit einem Satz bin ich aus dem Bett und dann ganz schnell im Bad. Mit dem Urinstrahl scheint das Depressivum abzufließen.

Mit Zahnpasta und Bürste schrubbe ich meine Zunge. Ich dusche und ziehe mir frische Sachen an. Nun fühle ich mich schon besser.

Die Wohnung zieht mich dann wieder runter. So früh am Morgen wirkt sie noch trostloser. Die frauenlose Leere bedrückt mich. Ich packe eine große Tasche mit Klamotten und anderem Kram, schließe die Wohnung ab und verlasse das Haus.

Draußen ist noch ruhig. Erst ganz langsam kommt der Berufsverkehr in Gang. Ich gehe Richtung Beueler Bahnhof. Dem gegenüber gibt es ein Stehcafé, das schon sehr früh auf hat. Dort schlürfe ich erst mal eine Tasse Kaffee. Dabei beobachte ich die Bedienung hinter der Theke, die sich phlegmatisch, ja geradezu in Zeitlupe bewegt und dabei doch eine Art herbe Sinnlichkeit ausdünstet. Ich sehe die Linien, mit denen ich sie zeichnen könnte. Diese Verkäuferin war mir schon früher einmal aufgefallen und ich hatte überlegt, ob ich sie bitte, mir Modell zu stehen. Damals hatte ich es gelassen und ich lasse es auch heute.

Mein Geld reicht dann noch für ein belegtes Brötchen. Für mehr müsste ich zur Bank und mir etwas von meinem neuen Reichtum holen. Ziellos streife ich den Bahnhofsvorplatz entlang und biege in die Obere Wilhelmstraße ein. Mit quietschenden Stahlrädern folgt mir eine Straßenbahn um die Ecke. Ihre Scheiben sind von innen beschlagen. Sie ist vollbesetzt mit Menschen, von denen viele auf ihre Smartphones schauen. Sie rattert an mir vorbei und schon ist es wieder ruhig. Ich schreite kräftig aus. Die kühle Frühlingsluft tut mir gut und mein Kopf wird immer klarer.

Plötzlich springt mich etwas Rotes von der Seite aus an. Reflexartig weiche ich einen Schritt Richtung Fahrbahn aus, schaue dann aber genau hin und bin völlig überrascht. In einem Schaufenster hängt „Blutsturz", ein großes Gemälde von mir. Es ist ein Rausch in Rottönen – eigentlich abstrakt, aber mit etwas Phantasie kann man im unteren Bereich einen sich windenden weiblichen Körper hineinsehen. Ich bin perplex, bis ich realisiere, dass ich vor der Galerie Stroth stehe. Das kommt davon, wenn man nicht auf den Weg achtet. Natürlich ist die Galerie so früh noch geschlossen. Ich trete an das Schaufenster heran und sehe auf dem Bild unten einen kleinen Punkt. Es ist also schon verkauft oder zumindest reserviert. Drinnen an den Wänden hängen weitere Bilder von mir. An der Eingangstüre klebt ein Plakat: „Vernissage – Martin Rinke." Moment mal! Das war ja letzten Samstag. Warum hat mir Stroh nichts gesagt? Ich lese weiter: „Der Künstler ist natürlich nicht anwesend." Dahinter folgt ein augenzwinkernder Smiley. Dieser Stroh! Ganz schön geschickt! Ich sollte ihn loben.

Stroh wohnt über der Galerie und mich juckt es, ihn aus dem Bett zu klingeln. Ich gehe zum Seiteneingang des Hauses und schelle Sturm, bis ich eine verärgerte Stimme in der Sprechanlage höre. Als Antwort schreie ich hinein: „Der Künstler ist jetzt anwesend!"

Dann schlendere ich langsam davon. Ich bin keine 50 Meter gegangen, da kommt Stroh hinter mir her – im Bademantel und buntbesticktem Topf auf dem Kopf. Ist er angewachsen? Geht der mit Hütchen sogar ins Bett?

„Ich wusste ja gar nicht! ... Ich wusste ja gar nicht!", keucht er. Er nimmt mich am Arm und zieht mich wieder zum Haus zurück und in seine Wohnung hinein. Dort umarmt er mich und überschüttet mich mit Fragen. Ich höre nicht zu, sage auch kein Wort und schaue mich stattdessen in der Wohnung um, in der ich bislang nie gewesen war. Es sieht alles eher leer und sehr stylisch aus. Einzelne – wahrscheinlich teure – Designermöbel wirken auf mich kühl und abweisend, jedenfalls nicht gemütlich. Nichts deutet darauf hin, dass Stroh eine Frau oder Familie hat. Weil er nicht aufhört, auf mich einzureden, unterbreche ich ihn: „Ich habe einen Wachmann als Geisel genommen und bin ausgebrochen. Du musst mich verstecken."

Stroth wird bleich und sinkt geschockt aufs Sofa. Er traut mir so etwas also tatsächlich zu. Ich lasse ihn kurz in dem Glauben und schlage ihm dann auf die Schulter: „Quatsch Alter! Ich bin regulär entlassen. Ein anderer ist jetzt noch verdächtiger als ich."

Stroth atmet auf.

„Wie war die Vernissage letzten Samstag?", lenke ich vom Thema ab. Ein breites Grinsen überzieht sein Gesicht. „So voll hatte ich es noch nie in der Galerie", jubelt er. „Und stell dir vor, ich habe fast alles verkauft, was ich in deinem Atelier gefunden habe. Ich brauche dringend Nachschub. Wie sieht es aus? Kannst du direkt wieder arbeiten?"

Ich zucke mit den Achseln, aber Stroth lässt nicht locker: „Man muss das Eisen schmieden, solange es heiß ist. Ich besorge dir Leinwände und Farben ... Ich versorge dich komplett."

Noch bevor ich antworten kann, geht die Tür zur rechten auf und eine junge Frau in einem halb durchsichtigen Unterrock kommt heraus. Ihre mittellangen schwarzen Haare sind zerzaust, als komme sie gerade aus dem Bett. Ich schätze sie auf Mitte zwanzig.

Sollte der alte Sack von Stroth so eine attraktive Freundin haben?

Wie eine Schlafwandlerin durchquert sie das Zimmer und verschwindet in den Flur und von dort wohl ins Bad. Ich staune ihr hinterher.

„Das ist Cora – meine Lieblingshostess. Sie hat mich gestern Abend auf einen Empfang begleitet. Ich habe dann noch ein paar Spezialleistungen hinzugebucht." Stroth grinst mich bedeutungsvoll an.

„Ach Entschuldigung!", wird er plötzlich ernst. „Daran hätte ich ja denken können! Du kommst ja gerade aus dem Knast und hast sicher sexuellen Notstand ... Wenn du willst ...? Du kannst direkt hier im Gästezimmer ... Sie ist bestimmt dazu bereit ... Ich bezahle auch ..."

Ich starre Stroth fassungslos an, aber schon ruft er laut: „Cora! Kannst du meinem Gast mal eben einen blasen? Er hat es ganz nötig."

Ich bin vor Überraschung sprachlos.

„Das kostet aber extra!", schallt es aus dem Bad zurück.

„Ist mir klar!", antwortet Stroth.

Noch bevor ich ein „Aber ..." einwenden kann, kommt Cora, nimmt mich an die Hand und zieht mich in ein Nebenzimmer. Ich bin wie paralysiert, schaue staunend zu, wie sie sich vor mich kniet, mir die Hosen herunterzieht und ihr Werk beginnt.

Kann das denn sein? Ist das hier eine Dienstleistung wie Haare-Schneiden oder Fußpflege?

„He Cora! Kannst du meinem Gast mal eben die Haare schneiden?" „Na klar, mach ich sofort!"

Gibt es da keinen Unterschied? Ist das für Frauen wie Cora alles das gleiche?

Und was ist mit mir? Wieso regt sich da was bei mir? Liegt das an Coras Geschicklichkeit? Geilt mich die perverse Situation auf oder bin ich wirklich so ausgehungert?

Coras Professionalität macht es mir immer schwerer, darüber nachzudenken. Mein Gehirn läuft leer. Ich gebe alle Kontrolle ab.

Später will Stroth mich zu meinem Atelier fahren, aber ich lehne ab, verabrede mich aber mit ihm für den Nachmittag dort.

Mich treibt der Hunger erst mal in die Stadt. Neben der Film-Bühne betrete ich den Vorraum einer Bank. Der blöde Geldautomat dort spuckt mir 200 € in nur vier Scheinen aus. Soll ich mit einem 50-Euro-Schein den nächsten Kaffee bezahlen? Am Beuler Rathaus vorbei geht's zum Konrad-Adenauer-Platz. An die großen Neubauten dort habe ich mich noch immer nicht gewöhnt. Ihre schwarzgrau-weiß gescheckten Fassaden verstärken die Unruhe dieses Verkehrsknotenpunktes. Ich setze mich in Lubigs Bäckereicafé und bestelle mir ein Standardfrühstück. Die ersten Rentner sind schon da und überfallen hinzukommende Altersgenossen mit ausführlichen Berichten über ihre nächtlichen Schmerzen und ihre Schlaflosigkeit. Das morgendliche Abjammern scheint hier Ritual zu sein. Jetzt in den Ferien fehlen die Schulkinder, die sich Gebäck als Schulbrotersatz kaufen. Dafür nutzen einige Handwerker das Café, um ihre Tagesplanung zu besprechen. Als es mir zu trubelig wird, zahle ich. Der große Schein ist hier kein Problem.

Draußen nehme ich Anlauf, den Rhein zu überqueren. Obwohl ich weiß, dass es auf der Kennedy-Brücke sehr windig sein kann, bin ich auch jetzt wieder überrascht, wie heftig er mir um die Ohren braust. Ich mag gar nicht stehen bleiben und das schöne Panorama genießen. Vom Suttner-Platz aus gehe ich in die Fußgängerzone. Die ersten Geschäfte haben schon geöffnet und auch das Obst auf den

Ständen am Markt ist schon hoch gestapelt. Zum Glück schreien die Händler noch nicht die Kunden herbei.

Gemütlich schlendere ich durch die Geschäftsstraßen und streife auch durch das eine oder andere Kaufhaus. Rolltreppe fahren – wie in der Kindheit im Ruhrgebiet. Als ich vielleicht 10 Jahre alt war, bin ich mit meinem Freund Gerd ohne Wissen der Eltern öfters ins Zentrum gelaufen und stundenlang Rolltreppe gefahren – immer ganz rauf und ganz runter. Auch jetzt streife ich durch alle Etagen und Abteilungen bis mich der Überdruss packt. Wer soll das alles kaufen? Die Warenfülle erschlägt mich. Ich fühle mich überfüttert und doch wird mir immer Neues aufgedrängt. Kaufen, kaufen, kaufen!

Mir steigt Kotze hoch. Ich will sie im Mund halten, aber die Gerüche in der Parfümerieabteilung bringen mich zur Strecke. Mit einem Schwall erbreche ich mich auf einer gläsernen Vitrine.

Das grell geschminkte Gesicht einer Kosmetikverkäuferin knallt wutverzerrt in mein Blickfeld. Ihre schrillen Worte sind völlig unverständlich. Ich will sie zum Schweigen bringen, will ihr den Mund zu halten, aber sie reißt sich los und stürzt davon. Andere Kunden sind aufmerksam geworden. Ich muss hier weg. Verfolgt von giftigen Blicken verlasse ich fluchtartig den Kaufhof. Ich stürze mich auf die Steinschnecke an der Ecke vor Sinn-Leffers, aber ihre Wasserrinne ist trocken. Ja ist denn noch Winter? So eile ich weiter Richtung Kaiserplatz. Von weitem schon sehe ich drei Fontänen kräftig sprudeln. Ich bin erleichtert. Im Brunnen dort schwappt das Wasser wild auf und ab und ich schöpfe mit den Händen etwas, um mir den Mund auszuspülen. Aber die Brühe hat einen ekeligen Beigeschmack, als sei sie schon mehrfach durch Toiletten gespült worden. Bah! Das ist nicht besser als meine Kotze. Schnell reiße ich mir von einem Strauch ein paar Blätter ab und kaue sie. Jetzt ist es auszuhalten.

Langsam schlendere ich über die Hofgartenwiese. Früher, als Bonn noch Hauptstadt war, endeten hier viele Demonstrationen und Sternmärsche. Die Protestierenden kamen aus dem ganzen Land. Auch ich war ein paar Mal dabei. Bei einer Demo habe ich Sarah kennen gelernt. Die kam aus Frankfurt und war Aktivistin in Sachen Hochschulreform. „Unter den Talaren Muff von 1000 Jahren", haben wir skandiert. Ich habe sie noch einige Male in Frankfurt besucht, aber außer Spaß am Sex fanden wir keine großen Gemeinsamkeiten.

Die Forderung nach Hochschulreformen wurde erfüllt, aber ganz anders als gewünscht. Durch Verschulung der Studiengänge stehen Studenten heute wohl enorm unter Druck. Kaum einer hat noch Zeit, sich zu engagieren oder aufzubegehren. Jeder ist nur froh, wenn er es schafft. Und dann wird gefeiert. In Bonn ziehen sich im Sommer die Uni-Absolventen sogar wieder selber Talare an und werfen hier vor dem Schloss vor Erleichterung Hüte in die Luft. Wie sich die Zeiten ändern.

Ich überquere die Adenauer-Allee und gehe seitlich am Alten Zoll vorbei an den Rhein hinunter. Auf der Promenade lasse ich mich auf eine Bank fallen und atme erst mal durch.

Hier unten ist es nicht so windig wie auf der Brücke. Ich liebe es, auf den Rhein zu schauen. Den großen Strom so gemächlich dahinfließen zu sehen, beruhigt mich. Langsam läuft mein Kopf wieder leer.

Die Ausflugsschiffe sind noch unbelebt, liegen wie tot an Stahlseilen. Auf den Pontons drängeln sich einige Möwen – schon komisch hier im Binnenland.

Eine Frau mit einem kleinen dicken Mädchen kommt. Oh Mann! So jung und schon so fett! Das Kind hat wohl immer alles brav geschluckt. Armes Pummelchen! Sie beginnt, ein paar Tauben mit Brotstückchen zu füttern. Die Ratten der Luft zanken sich um jeden Brocken. Spatzen kommen hinzu und mischen mit – dann auch noch die Möwen mit aggressivem Geschrei. Pummelchen strahlt über ihre roten Bäckchen. Alle Vögel lieben sie. Wenigstens die! In der Schule wird sie vielleicht „Miss Piggy" oder sogar „Fettkloß" genannt.

Mein neues Handy meldet sich mit einem nervig-synthetischen Klingelton. „Bea!", hoffe ich, aber es ist Leo, der sich erkundigt, wie meine erste Nacht in Freiheit war. „Gut, gut!" Ich erzähle nichts von Stroth, erwähne aber, dass ich auf dem Weg zu meinem Atelier bin. „Keine gute Idee!", meint Leo mit Hinweis auf die kommende Verlautbarung der Staatsanwaltschaft. Ich lasse mich trotzdem nicht abhalten und trödle unter der Kennedy-Brücke her den Rhein abwärts. An der maroden Beethoven-Halle wende ich mich Richtung Altstadt.

◊◊◊

Wenig später stehe ich in der Wolfstraße vor dem Laden, in dem sich mein Atelier befindet. Das große Schaufenster ist leer und folienblind. Kein neugieriger Blick kann etwas erhaschen. Als ich die Türe öffne, schlägt mir sofort der vertraute Geruch von Farbe, Muff und Schweiß in die Nase – vielleicht ein bisschen abgestandener als sonst. Der ehemalige Verkaufsraum ist so leer wie ich ihn zuletzt bei der Anmietung vor Jahrzehnten gesehen habe. Stroth hat beim Ausräumen ganze Arbeit geleistet. Nur in einer Ecke stehen Staffeleien, 2 Stühle und der Rollwagen mit Farben, Pinsel und Material.

Die Hinterräume mit Koch- und Schlafgelegenheiten sind noch so eng möbliert wie zu Zeiten, als ich mit Bea hier gehaust habe. Nur ist jetzt alles so ordentlich aufgeräumt, wie es nie war. Allerdings ist das komplette Bettzeug verschwunden. Dabei wollte ich doch vielleicht hier übernachten. In einem Deckenregal finde ich dann aber einen alten Schlafsack. Als ich ihn herunter hole, muss ich schlucken. Es ist mein allererster eigener Schlafsack, der mich als Jugendlicher auf meine frühen Reisen begleitet hat. Er war schon dabei, als ich mich mit gerade mal 16 Jahren in den Ferien mit meinem Freund Bernd per Autostopp in den Süden aufmachte.

Damals konnte man noch gut und erfolgreich trampen und so gelangten wir zügig nach Italien, konkret nach Brindisi, von wo aus wir mit dem Schiff nach Patras übersetzten. Nach einem Athen-Abstecher wollten wir mit Fähren von Insel zu Insel hüpfen. Das klappte auch eine Zeitlang, aber dann ging uns langsam das Geld aus. Zum Glück hatte ich meinen Zeichenblock dabei und konnte mit schnellen Portraits von Einheimischen und Touristen einige Drachmen verdienen. Hungern mussten wir jedenfalls nicht. Nur eine Unterkunft konnten wir uns nicht leisten. Das war aber auch nicht nötig. Es war warm und trocken und am Strand gab es abends immer irgendwo ein Feuer, um das Jugendliche aus den verschiedensten Ländern herum saßen und Spaß miteinander hatten. Zu später Stunde fand sich dann – meist in einer abgelegenen Bucht – ein ruhiges Schlafplätzchen.

Wenn ich dann in meinem Schlafsack im Sand lag und nach oben schaute, sah ich einen so ungeheuer prächtigen Sternenhimmel, wie ich ihn zuvor noch nie gesehen hatte. Ich war davon so begeistert und fasziniert, dass ich den Himmel nicht wie ein Bild betrachtete, sondern mich geradezu in die unendlichen Weiten des Weltalls hinein sah. Ich vergaß alles um mich herum und mir war, als schwebte ich mit der Erde im Rücken durch die unendlichen Sternenräume. Ehrfurcht überkam mich. Ich fühlte mich eins mit dem Kosmos, war Teil eines großen Ganzen, zwar sternenstaubklein, aber doch mit der Erde in der unbegreiflichen Unendlichkeit geborgen. In mir breitete sich ein Gefühl der Ruhe und Gelassenheit aus und ich lebte glücklich in den Tag hinein.

Die letzten Tage verbrachten wir auf Mykonos. Dort setzte sich am zweiten Abend ein hübsches Mädchen in einem etwas zu großen Trainingsanzug an unser nächtliches Strandfeuer. Sie hieß Dagmar, war aus Österreich und wohnte mit ihren Eltern in einem kleinen Hotel am Ende der Bucht. Ich schätzte, sie war etwas jünger als ich. Als ich sie am anderen Tag in ihrem knappen Bikini sah, fielen mir fast die Augen aus dem Kopf. Dagmar war schon unglaublich weiblich und üppig entwickelt. Alle Jungen, ja sogar alle Männer gafften sie an und offensichtlich war sie sich ihrer Wirkung sehr wohl bewusst. Ich suchte ihre Nähe und meine Phantasie machte Bocksprünge.

„Bei der haben wir keine Chance", meinte Bernd. „Die ist eine Nummer zu groß für uns." Und in der Tat flirtete sie mit den älteren und hatte es schon raus, wie frau mit Männern spielen kann. Uns sah sie gar nicht. Wir waren Luft für sie.

Ich gewann dann doch ihre Aufmerksamkeit, indem ich begann, sie zu zeichnen. Das gefiel ihr. Sie fühlte sich geschmeichelt. Es wurde ein gutes Portrait und sie wollte es unbedingt haben.

„Was krieg ich dafür?", fragte ich.

„Natürlich nichts", antwortete sie mir lachend, riss mir das Blatt aus der Hand und rannte davon. Sofort stürmte ich ihr nach und im Nu war ein spaßiges Katz- und Mausspiel im Gange. Schließlich erwischte ich sie hinter einem Felsen, warf sie auf den Rücken und hockte mich auf sie. Sie strampelte wild mit Armen und Beinen. Dabei rissen plötzlich die Bänder ihres Bikinioberteils und sie lag barbusig unter mir. Ihre Schrecksekunde nutzte ich sofort aus und drückte ihre Arme fest auf den Boden. Dann küsste ich sie einfach – zuerst auf den Mund und dann auf jede Brustwarze.

Empört bäumte sie sich wie ein bockendes Wildpferd auf und warf mich ab. „Schweinepiefke!", zischte sie, packte ihr Oberteil und stapfte wütend davon. Das durch die Rangelei zerknitterte Blatt mit dem Portrait ließ sie zurück.

„Soll ich dir heute Abend die Sterne zeigen?", rief ich ihr nach. Aber sie zeigte mir nur den Mittelfinger. Ich strich das Portrait wieder ein bisschen glatt und spürte meiner Erregung nach. Es hatte mich angemacht, Dagmar auf den Boden zu drücken, festzuhalten und einfach zu küssen. Und das hatte nicht nur mit ihren Reizen zu tun, sondern – und jetzt beunruhigten mich zwiespältige Gefühle – mit Machtausübung. Ich erschrak. Durfte das sein? Ich erzählte Bernd davon, aber der sah mich nur verständnislos an. „Frauen wollen das so", meinte er.

Auf der Rückreise verließ uns dann das Tramperglück. In Norditalien kamen wir zu zweit nicht weiter und Bernd entschied sich, ein Stück mit dem Zug zu fahren. Ich wollte weiter trampen. Alleine kam ich dann zwar schnell über die Alpen, aber auf der Nordseite schlug das Wetter um. Dunkle Wolken mit überaus ergiebigem Regen verfinsterten den Tag. Durch ein Missverständnis gelangte ich nicht zu einer großen Raststätte, sondern der Autofahrer setzte mich vorher an einer einsamen Autobahnausfahrt ab. Der Regen hatte zwar gerade eine Pause eingelegt, aber in den nächsten Stunden kamen dort nur sehr wenige Autos vorbei und niemand wollte mich mitnehmen. Mit der Dämmerung kam der nächste Regen. Da ich keine Unterstellmöglichkeit hatte, zog ich mich schnell bis auf die Unterhose aus und verstaute meine trockene Kleidung in einer für solche Fälle im Rucksack mitgeführten Plastiktüte.

Mir war klar, dass ich fast nackt nun keine Chance hatte, von jemandem mitgenommen zu werden. So packte ich meinen Rucksack und machte mich der Landstraße entlang auf den Weg zum nächsten Dorf, um mir dort – vielleicht in einer Scheune – einen Schlafplatz zu suchen. Und ich wähnte mich im Glück, als ich direkt am Dorfrand einen Bauernhof mit offenem Geräteschuppen fand. Hinter dem riesigen Rad eines Treckers fand ich genug Platz, um meinen Schlafsack auszubreiten. Ich zog mir die regennasse Unterhose aus und kramte ein Handtuch aus meinem Rucksack, um mich abzutrocknen.

Da klickte es hinter mir. Erschrocken fuhr ich herum und sah einen Gewehrlauf auf mich gerichtet.

„Hände hoch!", schrie eine Frau mit schriller Stimme. „Rauskommen!" In panischer Angst hob ich die Hände – peinlich berührt angesichts meiner Nacktheit.

„Ich kann alles erklären", rief ich. „Alles harmlos!" Aber die Frau schrie wieder: „Rauskommen!" „Darf ich mir etwas anziehen?", fragte ich vorsichtig.

„Nichts da! Alles fallen lassen und raus!"

Ich gehorchte und schob mich mit erhobenen Händen am Trecker vorbei nach draußen. Die Frau folgte mit ein paar Metern Abstand mit vorgehaltener Waffe. In trat in den Regen hinaus in den Hof.

„Stehen bleiben!", schrie sie, als ich die Mitte des Platzes erreicht hatte. „Umdrehen!" Ich wandte mich um und machte dabei Anstalten, mit den Händen meine Blöße zu bedecken. „Die Hände bleiben oben!", herrschte mich die Frau an.

Da stand ich nun splitternackt mit erhobenen Händen im Regen vor einer Frau, die mit einem Gewehr auf mich zielte. Sie trug einen schmutzigen Arbeitsoverall und war eher zierlich, vielleicht zwischen 30 und 40 Jahren. Im Dämmerlicht konnte ich sie nicht so genau einschätzen. Aber ich bemerkte, dass sie zitterte. Ja, sie zitterte am ganzen Körper und ich wusste nicht, ob aus Angst oder aus Wut. Jedenfalls schien es mir sicherer, die Arme oben zu lassen und still zu stehen.

„Ich habe nur einen Schlafplatz gesucht", begann ich wieder. „Halt's Maul!", fuhr sie mich an. „Du meinst wohl, weil kein Mann auf dem Hof ist, kannst du hier die Frauen belästigen." Ich war sprachlos. Aber schon rief sie zum Wohnhaus hinüber: „Katja! Katja! Ich habe einen geschnappt!"

Zögerlich ging die Haustür auf und ein Mädchen trat heraus – vielleicht 8-10 Jahre alt. „Komm schau dir das Bürschchen an! Nur weil er ein Würstchen zwischen den Beinen hat, glaubt er wohl, sich alles erlauben zu können." Das Mädchen stierte ängstlich zu mir herüber, blieb aber an der Tür stehen. „Katja, ruf die Polizei an! 110! Sag, dass ich einen von denen geschnappt habe. Jetzt müssen sie mir glauben." Das Mädchen verschwand wieder hinter der Tür.

„Warum denn die Polizei?!", protestierte ich. „Das ist doch alles ein Irrtum!" Wütend legte die Frau das Gewehr an und zielte auf mich. „Noch ein Wort und ich knall dir die Eier weg!"

Also schwieg ich. Langsam kühlte der Regen meinen Körper aus und ich begann zu bibbern. Nach einer gefühlten Ewigkeit hörte ich von Ferne eine Polizeisirene näher kommen. Das blinkende Blaulicht stach mir in die Augen, als der Wagen auf den Hof raste. Zwei Beamte sprangen heraus und schienen verblüfft, eine nackte Gestalt vor sich zu sehen. „Jetzt müsst ihr mir glauben!", rief die Frau den Polizisten triumphierend zu. Die aber besahen mich von allen Seiten und lachten: „Mensch Ria! Was hast du dir denn da für ein Bürschchen eingefangen? Der bebt ja vor Angst."

„Das ist hier alles ein Irrtum", mischte ich mich ein und erzählte den Beamten, wie ich in diese Situation gekommen war.

Erst waren sie skeptisch, aber dann glaubten sie mir und lachten. Ich durfte in den Geräteschuppen gehen und mich anziehen. Für weitere Überprüfungen nahmen die beiden mich dann mit auf die Wache im Nachbarort. Später boten sie mir an, in einem Nebenraum auf einer Bank zu schlafen. „Du darfst das Ria nicht übel nehmen. Die hat einen Verfolgungswahn und ruft mindestens einmal in der Woche an. Die hat schlechte Erfahrungen mit Männern, hält uns alle für Triebtäter."

Das Handy vibriert in meiner Hosentasche. Ich hatte den nervigen Klingelton abgestellt. Es ist Bea. Endlich! Sie zwitschert direkt los. „Ich bin in England bei Melanie ... Ihre Freundinnen haben sie wegen deiner Verhaftung befragt und sie hat natürlich alles übers Internet mitbekommen. Wir haben uns gegenseitig unterstützt, Ruhe zu bewahren."

„Wie geht es ihr? Macht sie sich Sorgen, dass ich unter Verdacht stehe?"

„Sie war anfangs bestürzt, steht natürlich zu dir und ist sich sicher, dass deine Unschuld bewiesen wird. Viele Grüße übrigens von ihr."

„Grüße sie zurück! Sie soll sich keine Sorgen machen. – Und, was ist mit dir? Wann kommst du wieder?"

„Die Osterferien gehen ja jetzt zu Ende und danach werde ich wieder arbeiten. Ich versuche, für Samstag oder Sonntag einen Flug zu bekommen. Wirst du zuhause sein?"

„Eher nicht ... wegen der Paparazzi. Im Augenblick bin ich im Atelier."

„Da werden sie dich doch auch finden."

„Ja, aber mir fällt nichts Besseres ein."

„Soll ich auch dorthin kommen?"

„Oh ja! Wie in alten Zeiten."

Bea lacht.

„Übrigens will die Polizei von dir wissen, was du in der Tatnacht im Forum-Hotel Siebengebirge wolltest." Bea schweigt und plötzlich scheint alles Leben aus dem Gespräch verschwunden. Dann ein Klacken und die Verbindung ist abgebrochen.

„Hallo Bea! ... Hallo? ... Was ist?" Aufgelegt!

Ich wechsle in die Anruferliste des Handys und wähle die Nummer, von der sie mich gerade angerufen hat. Es tutet, aber sie geht nicht dran. Ich lasse weiter klingeln, dann klackt es und ich höre Besetztzeichen. Was hat das jetzt zu bedeuten?

Ich starre das Handy an. Plötzlich ist mir die Frau, mit der ich schon so lange zusammen lebe, ganz fremd. Nein, nicht *plötzlich*. Wenn ich ehrlich bin, ist mir Bea schon längere Zeit fremd geworden. Früher standen wir uns mal ganz nah. Da gab es zwischen uns so einen emotionalen Gleichklang. Aber jetzt? Was ist passiert? Haben uns die Frauenaffären und speziell die Geschichte mit Eva langsam verändert? Sicherlich war Bea überrascht, dass Eva sich so freudig unterordnete und ich nach und nach alle Skrupel verlor, sie zu beherrschen. Wurde Bea eifersüchtig? – Nein, sie doch nicht! Sie hat die ganze Geschichte doch immer weiter voran getrieben.

Gedankenversunken gehe ich wieder in den vorderen Raum, fühle mich aber dort sofort unbehaglich. Da ist doch was! Und tatsächlich, da steht jemand – aber nicht im Raum, sondern draußen vor dem Schaufenster. Durch die milchige Folie sehe ich, dass es von der Statur her ein Mann ist. Er schaut hinein, aber eigentlich kann er doch nichts sehen.

Langsam gehe ich auf die Scheibe zu. Ich hebe meine linke Hand und drücke mit der Handfläche die Folie gegen das Glas. Der Mann auf der anderen Seite zuckt zurück. Ich renne zur Tür, reiße sie auf und stürme auf den Bürgersteig. Aber der ist leer, da ist keiner. Ungläubig suche ich zwischen den parkenden Autos, aber ich finde niemanden. Sehe ich jetzt schon Gespenster? Beginne ich durchzudrehen?

Zurück im Atelier habe ich Puddingbeine. Mitten im Raum lasse ich mich auf den Boden sinken, lege mich auf den Rücken und strecke alle Viere von mir. Ich beruhige mich. So ähnlich sieht der Mann in Leonardos Zeichnung aus. Ist der nicht auch eingraviert in die Metallplatten, die die beiden Voyager-Sonden seit 1977 aus unserem Sonnensystem hinaustragen? Welch verrückte Idee, dass Außerirdische die Sonden eines Jahres einfangen könnten und so von uns Informationen erhalten. Auf so etwas können nur Wissenschaftsnerds kommen. Da wäre es wahrscheinlicher, dass ich ein ganz bestimmtes Sandkorn in der Sahara finde. Aber so sind wir Menschen. Wir glauben das Unmögliche und sind dabei noch ganz konventionell. Ist auf den Metallplatten nicht auch ein menschliches Paar eingeritzt? Natürlich ist der Mann größer dargestellt und tritt selbstbewusst mit erhobener Hand nach vorn, während ihm die kleinere Frau nur an die Seite gestellt ist. Würde man das auch heute noch so abbilden? Ich glaube, im Zuge der Emanzipation und der politischen Korrektheit werden heute Mann und Frau auf schematischen Bildern gleich groß dargestellt. Obwohl – im wirklichen Leben bevorzugen Frauen bei der Partnerwahl doch tatsächlich größere Männer. Ist das ein archaischer Reflex, um sich Schutz zu holen, oder wollen sie zum Mann aufschauen?

Eine Fliege surrt heran und landet auf meinem Kinn. Sie läuft die Wange hoch Richtung Auge. Wonneschauer lassen mich frösteln. Sie wendet sich am Ohr vorbei runter zum Hals. Ich genieße ihre Zärtlichkeit. Dann ein Luftstoß. Die Fliege hebt ab. Schade. Ist da die Tür gegangen? Ich halte inne. Schritte! Jemand stößt an meinen Fuß. Ich reiße die Augen auf. Stroth steht über mir. „Kleines Nickerchen?", fragt er.

„Nein, mir war schlecht."

Stroth schaut mich besorgt an: „Und? – Geht es jetzt besser?"

Ich nicke und lasse mir von ihm aufhelfen.

„Dein Rechtsanwalt hat mich angerufen", beginnt er. „Er findet es nicht gut, dass du hier im Atelier bist – wegen der Paparazzi und so. Er hat mich gefragt, ob ich dich nicht woanders unterbringen kann."

„Und? Kannst du?" Stroth nickt.

„Ich muss aber in der Nähe bleiben, weil ich mich täglich bei der Polizei melden muss."

„Kein Problem! Ich habe eine ganz zentrale Unterkunft für dich."

Stroth ist wieder einmal für Überraschungen gut. Erst karrt er mich nach Ramersdorf zum Polizeipräsidium, damit ich meine tägliche Meldung abhaken kann, dann fährt er mich ein kleines Stück den Rhein runter nach Limperich und biegt links in die Rhenusallee. Kurz bevor diese an der Rheinpromenade endet, hält er in einem Stichweg vor einer respektablen Villa – ich schätze aus den 60er oder 70er Jahren. Eine mannshohe Mauer verwehrt den Blick auf ein wohl riesiges Grundstück. Stroth hat einen Schlüssel für ein schmiedeeisernes Tor. Wir gehen seitlich an der Villa vorbei und kommen in einen parkähnlichen Garten, der von einer riesigen Hecke umschlossen ist. „Der Park endet hinten am Rad- und Spazierweg zwischen Beuel und der Rohmühle", erklärt Stroth. In einer Ecke des Gartens steht ein Häuschen, eine Art Pavillon mit viel Glas.

„Die Villa gehört einer Bankiersfamilie, immer schon gute Kunden bei mir. Aber der Mann ist vor zwei Jahren gestorben und seine Witwe wohnt jetzt allein hier. Die hat sich schon vor Jahrzehnten diesen Pavillon als Künstlerhaus in den Garten gesetzt, weil sie selber malt. Öfters waren hier auch schon andere Künstler zu Gast. Jetzt kannst du hier eine Zeitlang wohnen und arbeiten."

Stroth öffnet den Pavillon und lässt mir den Vortritt. Das Häuschen besteht aus einem großen durch viele bodentiefe Fenster lichtdurchfluteten Raum, einer kleinen Schlafkammer mit einem breiten Bett, einer winzigen Küche und einem Bad. Überall hängen Bilder mit floralen Motiven in verschiedenen Techniken – nicht gerade Kunst, sondern eher Wandschmuck aus einem Hobbymalkurs der Volkshochschule.

Stroth sieht meinen gequälten Gesichtsausdruck. „Bilder von der Dame des Hauses. Du wirst sie heute Abend kennen lernen."

„Muss das sein?", frage ich genervt.

Stroth schaut mich erstaunt an. „Ah, ich verstehe", sagt er nach einiger Zeit. „Dir juckt es schon in den Fingern. Du willst endlich ungestört arbeiten. Gut so! Ich fahre direkt los und besorge dir Material."

Sofort wendet er sich zum Gehen.

„Bring mir etwas zum Essen mit!", rufe ich ihm nach und schon ist er weg.

Nun ist es still. Ich gehe von Fenster zu Fenster und schaue hinaus in den Garten. Wie sauber und geleckt er doch ist. Akkurat stehen sie da, die Bäume und Büsche, viele in Form geschnitten, dazwischen blühende Stauden, englischer Rasen, kleine Wasserspiele ... Ich öffne die großen Glastüren und trete ein in diese künstliche und doch liebliche Parklandschaft. Draußen ist es auch ruhig. Nur leises Geplätscher und ab und zu Vogelgezwitscher. Dann nähert sich ein Wummern durch die Hecke. Ach ja, die Schiffe auf dem Rhein. Sonst scheint der Lärm der Stadt fern.

Ich schlendere langsam die Wege entlang und schaue mir jedes Beet, jeden Busch, jede Bank an. Hier hat wohl ein Gärtner jeden Tag Arbeit.

Die Villa sieht auch von hinten repräsentativ aus. Ich steige die Stufen zur riesigen Terrasse empor und setze mich auf einen der modernen Gartensessel. Von hier oben kann ich über die Hecke auf den Rhein sehen.

Dass heute noch die Besitzerin hier auftauchen wird, passt mir gar nicht. Frauen können auch manchmal stören, gerade wenn ich mit mir allein sein will oder meinen Phantasien nachgehe. Manche Frauen haben das Talent, allein durch ihre Anwesenheit Phantasien zu zerstören.

Am Himmel lässt jetzt ein Flugzeug einen immer breiter werdenden Kondensstreifen entstehen. Als kleiner Junge habe ich geglaubt, dass diese weißen Striche am Himmel die Schrift des heiligen Nikolaus sind, der gerade in sein goldenes Buch schreibt, was die Kinder auf der Erde so anstellen. Ich habe mich dann bemüht, mich besonders vorbildlich zu verhalten, weil ich am Nikolaustag keine Rute, sondern Süßigkeiten haben wollte. Als ich dann einmal ein etwas älteres Mädchen auf die Schrift vom Nikolaus am Himmel aufmerksam machte, lachte sie mich aus und klärte mich über Düsenjäger auf. Ich spürte sofort, dass sie recht hatte, aber ich war über die Zerstörung meiner Phantasie so erbost, dass ich heulte, sie zu Boden riss und in blinder Wut auf sie einschlug.

Ich muss eingeschlafen sein. Jedenfalls steht die Sonne schon tief, als ich ein Keuchen höre. Stroth schleppt Material durch den Garten zum Pavillon. Ihm folgt mit einer Plastiktüte in der Hand Leo. Wieso hat er ihn mitgebracht? Die beiden scheinen ja in intensivem Kontakt miteinander zu stehen. Ich verhalte mich still. Die Männer verschwinden im Pavillon, kommen aber nach kurzer Zeit mit suchenden Blicken wieder heraus. Leo entdeckt mich auf der Terrasse und hebt die Plastiktüte hoch. „Essen für dich!", schreit er.

Sofort meldet sich mein Hunger. Ich winke beide zu mir.

„Wir haben dir etwas vom China-Imbiss mitgebracht", sagt Leo und stellt eine Styropor-

Schachtel vor mich auf den Tisch. „Wir wussten nicht, was du magst, deswegen haben wir Nudeln geholt. Nudeln isst jeder."

Ich nicke und öffne die Schachtel. Ein Nudelgericht mit Gemüse und Hühnerfleisch. Leo fingert noch eine Plastikgabel aus der Tüte und so kann ich endlich anfangen, mein Loch im Magen zu füllen. Die beiden setzen sich zu mir an den Tisch und schauen mir dabei zu.

„Da bist du ja in einem richtigen kleinen Paradies gelandet", meint Leo. Ich nicke kauend.

„Fehlt nur noch ein schöner Rotwein", sagt Stroth und springt auf. „Ich habe noch ein paar Flaschen im Auto." Und schon ist er weg.

„Es gibt Neuigkeiten", beginnt Leo. „Die Polizei hat noch einmal Evas Nachbarin vernommen, die Sven Stegers Attacke auf Eva gestoppt hat. Sie hat von »rasender Eifersucht« dieses Mannes gesprochen. Das Motiv von Sven Steger wird also immer schlüssiger."

Ich sage nichts dazu, esse einfach weiter. Stroth kommt mit dem Rotwein und drei Plastikbechern. Wir stoßen auf meine Freilassung an.

„Die Presse wird jetzt Wirbel machen", frohlockt Stroth nach dem ersten Schluck. „Vielleicht sollte ich diese Aufmerksamkeit nutzen und ein Galerie-Fest für dich ankündigen. Diesmal könnte natürlich der Künstler anwesend sein und den Verkauf noch mal ankurbeln."

„Ich dachte, du hast kaum noch etwas von mir anzubieten", entgegne ich. Stroth nickt missmutig.

„Ich halte das für keine gute Idee", wendet Leo ein. „Kann sein, dass Martin in Gefahr ist. Gestern, als ich ihn vom Gefängnis abgeholt habe, hat uns ein schwarzer BMW verfolgt. Vielleicht war das Sven Steger, der möglicherweise auf Rache aus ist."

Stroth erbleicht.

„Vielleicht war das aber auch dieser Pressefuzzi, der Steger gefunden und damit gerechnet hat, dass ich raus komme.", entgegne ich, wobei mir gleichzeitig mulmig wird, weil mir die Gestalt vor meinem Atelierschaufenster einfällt. „Zur Sicherheit kann ich mich ja erst mal einige Zeit hier versteckt halten."

Leo und Stroth nicken besorgt.

Mir wird die Stimmung zu ernst. „Kommt, ich find's hier besser als im Knast, lasst uns noch mal anstoßen!"

Hinter uns öffnet sich eine große Terrassentür und eine vornehme Frau tritt aus der Villa: „Da komme ich ja gerade zurecht", sagt sie. „Ich sehe, Sie haben es sich schon bequem gemacht." Sie ist nicht gerade groß und mit ihren grauen Haaren wirkt sie sehr attraktiv. In ihrem klassisch geschnittenen blauen Etuikleid macht sie eine gute Figur und es ist schwer für mich, ihr Alter zu schätzen. Sie könnte 50 Jahre sein, vielleicht aber auch schon 60.

Stroth springt sofort auf und gibt ihr zur Begrüßung die Hand: „Schön, dass Sie schon da sind! Meine Herren, das ist Frau Schapper, die Besitzerin dieser schönen Villa. – Frau Schapper, das sind Herr Rinke und sein Rechtsanwalt Herr Lantermann ..."

Als ich ihr die Hand gebe, schaut sie mich herausfordernd an: „Sie sind also der sogenannte Sudelmörder ... Ich habe einiges über Sie gelesen."

Ärger kocht in mir hoch. Ich spüre, wie ich rot anlaufe, kann mich dann aber doch noch fassen: „Ich möchte mich bei Ihnen dafür bedanken, dass ich eine Zeit lang hier sein darf. Wenn Sie mich für einen Frauenmörder halten, dann ist die Einladung umso erstaunlicher und großzügiger."

„Oh, ich weiß nicht, für was ich Sie halten soll", entgegnet sie rasch. „Bisher habe ich nur Informationen aus Zeitungen und aus Ihren Bildern."

Stroth fährt dazwischen: „Du musst wissen, Frau Schapper hat zwei großformatige Arbeiten von dir erworben."

„Oh, dann sind Sie ja geradezu meine Wohltäterin", spotte ich. Leo stößt mich von hinten. Was hat er nur?

Frau Schapper lächelt: „Mildtätigkeit liegt mir fern. Ich verspreche mir eine – wie soll man sagen? – Bereicherung meines beschaulichen Lebens."

„Aha, eine wohlhabende Frau lädt einen mordverdächtigen Mann ein ... Brauchen Sie Nervenkitzel? Den kann ich Ihnen nicht bieten. Ich bin ganz langweilig."

„Das glaube ich nun nicht gerade", entgegnet sie. Es entsteht eine Pause, die immer länger wird und langsam peinlich. Stroth beendet sie endlich: „Herr Rinke will die Zeit hier nutzen und wieder anfangen zu arbeiten. Ich habe ihm schon Material für neue Bilder besorgt."

Frau Schapper zieht die Augenbrauen hoch: „Da könnte ich doch mal Zeuge sein, wie das Blut in Ihre Bilder kommt."

Fast platze ich los, aber wieder stößt mich Leo von hinten und ich verkneife mir eine Antwort.

Wir setzen uns und Leo lenkt das Gespräch auf den parkähnlichen Garten. Ich mag dem Smalltalk nicht folgen. In mir rumort es: Was will diese Frau mit mir? Was sollen diese Bemerkungen? Warum gewährt sie mir wirklich Unterschlupf? Reiche halten sich ja manchmal Künstler als Hofnarren ...

Nach kurzer Zeit verabschiedet sich Leo. Er hat noch einen Termin. Stroth verlässt mit ihm den Park und ich bleibe allein mit Frau Schapper zurück. Wir sitzen auf der Terrasse und schweigen. Irgendwann sage ich: „Ich will dann mal in den Pavillon und mich einrichten."

Frau Schapper nickt: „Wenn Sie etwas brauchen, rufen Sie kurz durch. Das Telefon ist auch ein Haustelefon."

Das mit dem »Einrichten« ist kein Witz. Ich habe zwar nur meine Tasche mit der Wechselwäsche dabei, aber ich muss mir meine neue Herberge erst mal vertraut machen. Wie manche Hunde sich ein paar Mal im Kreis drehen, bevor sie sich auf ihre Decke niederlassen, so schlendere ich durch den Pavillon und lasse die Räumlichkeiten von verschiedenen Punkten aus auf mich wirken. Der kleine Schlaf-raum hat etwas Höhlenartiges, vermittelt mir Gefühle von Geborgenheit und Schutz. Beim Übergang in den lichtdurchfluteten großen Raum kommt es mir so vor, als träte ich hinaus ins Scheinwerferlicht, auf eine Bühne. Ich ge-nieße es zunächst, fühle mich im Mittelpunkt. Doch dann beschleicht mich ein Unwohlsein. Ich spüre Blicke, fühle Augen auf meiner Haut. Langsam trete ich an das bodentiefe Fenster und suche den Garten ab. Aber da ist niemand. Ich beginne zu schwitzen und werde mir im-mer sicherer, dass mich jemand im Fokus hat. Mir wird klar, dass ich hier wie auf einem Präsentierteller stehe. Mein Blick wandert die Fassade der Villa entlang und bleibt an einem Fenster hängen. Da! Seitlich – halb hinter der Gardine eine Gestalt. Frau Schapper.

Langsam weiche ich zurück in den Raum, um mich ihren Blicken zu entziehen. Hinten gleite ich auf den Boden und lehne mich mit dem Rücken an die Wand zum Schlafraum. Hier kann man mich von der Villa aus nicht sehen. Mit ausgestreckten Beinen sitze ich da und stiere vor mich hin – bis mir auffällt, wie die Dämmerung langsam über Park und Pa-villon fällt. Die Farben verblassen, Umrisse verschwimmen und vieles wird einfach grau.

Da gab es Zeiten, in denen sich mit fort-schreitender Dämmerung auch mein Gemüt verdunkelte. Aber das ist lange her. Jetzt tau-che ich wohlig in das samtene Grau und die Zeit scheint still zu stehen.

Sie kommt erst wieder in Gang, als ich Schritte höre. Vom Park her kommen sie näher und verstummen vor dem Pavillon. Hat man mich gefunden? Mein Herz nimmt Fahrt auf. Ist es Sven Steger oder nur ein Pressefuzzi?

Die Außentür geht auf und Licht einer Taschenlampe leckt herein. Ich halte den Atem an.

„Herr Rinke? Sind Sie da?"

Es ist Frau Schapper. Ich atme auf.

Sie lässt den Lichtkegel der Lampe durch den Raum streifen und bleibt an meinen Füßen hängen.

„Was sitzen Sie hier im Dunkeln?"

„Ich liebe die Dämmerung."

„Die Dämmerung ist vorbei."

Frau Schapper stellt die Taschenlampe mit dem Strahl nach oben auf den Fußboden. Die Decke reflektiert den Kegel und taucht den Raum in ein schwaches diffuses Licht. Jetzt erst sehe ich, dass Frau Schapper einen Korb dabei hat. Ohne Rücksicht auf ihr schickes Kleid setzt sie sich neben mich auf den Boden und platziert den Korb zwischen uns.

„Ich habe ein bisschen Wein mitgebracht und Käse, falls Sie noch Hunger haben." Sie holt eine Karaffe mit Rotwein aus dem Korb und füllt zwei Gläser. Wir stoßen an und schon der erste Schluck begeistert mich. „Whoau! Kein Vergleich zu Stroths Wein."

Frau Schapper lächelt: „Wenn man schon Geld hat, sollte man sich auch was gönnen."

Ich schaue sie herausfordernd an: „Ist es Ihr Geld oder das Ihres Mannes?"

Ein mitleidiges Lächeln huscht über ihr Gesicht: „Mit solchen Fragen können Sie mich nicht provozieren."

Sie prostet mir zu und wir beide nehmen einen großen Schluck.

„Hier! Probieren Sie auch den Käse!" Frau Schapper hält mir eine Box mit Käsewürfeln unter die Nase. Ich schiebe mir einen in den Mund. Auch der Käse ist köstlich.

Als ich den Mund wieder leer habe, mache ich einen zweiten Angang: „Was haben Sie gemacht, bevor Sie Bankiersgattin wurden?"

„Ich habe studiert: Germanistik und Theaterwissenschaften. Ein bisschen habe ich davon geträumt, Schauspielerin zu werden."

„Und? – Blieb es ein Traum?"

„Ich habe einige kleinere Rollen gespielt, aber ein längeres Engagement hatte ich nie. So hatte ich dann nicht den Mut, meine finanzielle Existenz von der Schauspielerei abhängig zu machen."

Ich schaue sie spöttisch an: „Da war Ihnen die Ehe mit einem Bankier sicherer."

„Was wollen Sie mir unterstellen? Dass ich berechnend bin? Dass ich mich reich geheiratet habe? Geht es über Ihre Vorstellung, dass man sich auch in einen Menschen verlieben kann, der Geld hat? Glauben Sie im Ernst, ich bleibe 32 Jahre verheiratet, wenn nicht Liebe im Spiel ist?" Sie hat sich in Rage geredet und einen roten Kopf bekommen. Ich spüre, dass ich zu weit gegangen bin. „Entschuldigung!", beschwichtige ich. „Ich wollte nichts derartiges andeuten."

Betretenes Schweigen breitet sich aus.

„Ich wollte immer Kinder", beginnt sie wieder. Und ich habe dann auch vier bekommen und groß gezogen. Das war für mich eine große Erfüllung."

„Das kann ich verstehen. Ich habe zwar nur eine Tochter, aber sie aufwachsen zu sehen, war auch für mich ein großes Glück."

Wir trinken wieder.

„Wissen Sie, Theaterspielen hat mich all die Jahre meiner Ehe begleitet. Ich bin ein Fan von »heimlichem Theater«, also wenn andere gar nicht wissen, dass mein Verhalten gar nicht echt ist, sondern eine Aufführung. Das hat mir oft bei der Kindererziehung geholfen, weil ich so den Kindern ihr Verhalten spiegeln oder irgendetwas begreiflich machen konnte. Auch viele unserer Partys und Empfänge waren durchdachte Inszenierungen."

„Sie haben also das Theater von der Bühne in Ihr Leben geholt."

„Ich habe es versucht", sagt sie mit einem Anflug von Koketterie.

„Dann kann man also bei Ihnen nie sicher sein, ob es gerade Spiel oder Ernst ist?"

Sie lacht schelmisch. „Das Leben sollte spannend bleiben."

Ich stöhne auf: „Mein Leben ist mir in letzter Zeit zu spannend. Unter Mordverdacht zu geraten ... darauf hätte ich gut verzichten können."

„Das glaube ich Herr Rinke, aber sehen Sie auch die Vorteile: Ihr Fall ging durch alle Medien und hat Sie auch als Künstler bekannt gemacht. Das war Ihr Durchbruch."

„Ja, das stimmt! Aber nützt mir das? Wenn sich meine Unschuld nicht herausstellt, verbringe ich den Rest meines Lebens im Knast."

„Könnte sich auch Ihre Schuld herausstellen?"

Erst ungläubig, dann wütend starre ich Frau Schapper an. Die weicht meinem Blick nicht aus, beginnt aber langsam, alles wieder in den Korb zu packen, stützt sich an der Wand ab und erhebt sich. „Ich geh mal besser." Sie nimmt die Taschenlampe und lässt mich im Dunkeln zurück. An der Tür bleibt sie noch mal stehen, leuchtet sich ins Gesicht und fragt: „Würden Sie mich malen?"

Ich antworte nicht.

Am nächsten Morgen finde ich in der kleinen Küche ein Tablett mit einem Frühstück. Ich lasse mir Kaffee und Brötchen schmecken und schlendere dann hinaus in den Park. Die Luft ist feucht und frisch und macht mich richtig wach. Ein Fenster der Villa öffnet sich und Frau Schapper ruft mir betont gut gelaunt zu: „Guten Morgeeeeen!" Sie zieht dabei die letzte Silbe unglaublich lang. „Haben Sie gut geschlafeeeeen?"

Ich äffe ihren Tonfall nach: „Ja, sehr guuuut! Und danke für das Frühstüüüück."

Sie lacht. „Ist der Künstler heute geneigt, mich zu malen?"

Ich schüttle den Kopf: „Machen Sie ein Selfie von sich!"

„Nein, Fotos habe ich genug. Ich will ein gemaltes Bild."

„Also gut! Aber nur eine Zeichnung."

„Das ist prima!" Frau Schapper scheint sich riesig zu freuen. „Ich komme direkt." Sie schließt das Fenster und steht kurz darauf vor mir.

„Jetzt mal nicht so schnell", bremse ich sie. Ich muss erst schauen, was mir Stroth an Material besorgt hat.

Wenig später sitzt sie mir im Pavillon gegenüber und ich versuche, ihrem Ausdruck, ihrem Wesen mit Skizzenblock und Stift näher zu kommen. Beim genaueren Hinsehen entdecke ich eine schöne, warmherzige Frau. Während ich ihr ebenmäßiges Gesicht betrachte, um die entscheidenden Linien für ein Portrait zu finden, schaut sie mir unverwandt in die Augen. Das lenkt mich ab und irritiert mich. Ich bitte sie, die Augen kurzzeitig zu schließen. Das hilft und mir gelingt eine charaktervolle Zeichnung.

Frau Schapper ist begeistert und muss sich bremsen, mir nicht um den Hals zu fallen.

„Das auf Leinwand – in groß und in Farbe!"

Ich schüttle den Kopf: „Keine Zeit. Stroth braucht erst Nachschub für die Galerie."

Mit dem Bilder-Nachschub wird es dann aber erst mal nichts. Durch die Malpause im Knast finde ich einfach keinen kreativen Einstieg. So ziehe ich meine Laufschuhe an und trabe hinunter an den Rhein und dann immer stromaufwärts. Welch ein Privileg, direkt loslaufen zu können! Viele müssen erst mit dem Auto durch die halbe Stadt fahren, um hier im am Ufer joggen zu können.

In den ersten Minuten tue ich mich schwer. Ich fürchte, der Bewegungsmangel im Gefängnis fordert Tribut. Ich komme schnell ins Keuchen. Aber schon bald erinnert sich mein Körper wieder und Glücksgefühle treiben mich vorwärts. Meine Kondition ist noch da. Die Ebene reicht mir nach kurzer Zeit nicht mehr und so biege ich vom Ufer weg und jogge durch ein paar Straßen unter der Autobahn her und kämpfe mich den Ennert hoch. Um diese Zeit ist der Wald menschenleer. Selbst die nervigen Hundehalter, die ihre Tiere nicht unter Kontrolle haben, scheinen schon durch zu sein. Ich kenne hier die Wege im Naturpark Siebengebirge und habe meine Lieblingsrunde mit langen Steigungen, die mich ziemlich fordern.

Als ich in einen Hohlweg einbiege, sehe ich dann doch jemanden. Eine junge Frau joggt keine 100 Meter vor mir. Sie hat eine tolle Figur. Besonders ihr Po ist ein Hingucker. Über ihm wippt ein langer Pferdeschwanz lustig hin und her. Die Frau scheint sich zu quälen. Jedenfalls läuft sie langsamer als ich. Für mich ist das eine Herausforderung, sie einzuholen. Ich erhöhe mein Tempo und komme ihr langsam näher. Als ich auf einen morschen Zweig trete, fährt sie erschrocken herum. Sie läuft zwar weiter, aber ihre ganze Haltung wirkt nun verkrampft.

Was hat *die* denn für ein Problem? Sieht sie mich als Bedrohung? Definiert sie mich als Verfolger, als Jäger und sich selbst als Jagdwild? Hat sie etwa Angst vor Vergewaltigung? Mir wird unwohl. Stehe ich als Mann immer unter Generalverdacht? Was soll ich tun? Langsamer laufen, um sie zu beruhigen?

Ach Quatsch! Ich laufe meine Stammrunde und biege an der nächsten Weggabelung rechts ab.

Wieder dreht sich die Frau kurz um und ich sehe in ihrem Blick Unsicherheit, ja Angst. Der Abstand zwischen uns wird immer geringer. Dann kommt schon die Kreuzung und zu meiner Überraschung macht die Frau nun das Gleiche, was ich mir vorgenommen habe: Sie biegt rechts ab.

Was soll ich jetzt tun? Auf meine Lieblingsrunde verzichten und geradeaus weiterlaufen, um ihre Angst nicht zu vergrößern?

Quatsch! *Die* hat ein Problem und nicht ich. Also biege auch ich rechts ab und im gleichen Augenblick scheint die Frau zu erstarren. Sie bleibt schlagartig stehen. Ich habe sie fast erreicht, da dreht sie sich plötzlich um und schaut mir trotzig ins Gesicht.

Ich lächle und mit einem freundlichen „Hallo!" trabe ich an ihr vorbei.

Ein Zentnergewicht scheint hinter mir auf den Boden zu knallen. Und nicht nur die Frau ist wohl erleichtert, auch ich fühle mich wieder freier und nicht mehr unter Verdacht.

Scheiße! Was sind das für archaische Strukturen? Kommt das noch aus grauen Vorzeiten, wo eine einzelne Frau wirklich Freiwild für Männer war? Oder müssen auch heute noch Frauen immer auf der Hut vor Männern sein? Werde ich als Mann immer als Jäger und Täter gesehen?

Was wäre, wenn ich beim Joggen bemerke, dass hinter mir eine Frau immer näher kommt? Ich hätte keine Angst. Wenn sie mir sympathisch wäre, würde ich vielleicht sogar langsamer werden, sie ansprechen und auf gleicher Höhe ein Stück mit ihr joggen. Kann sich so etwas eine Frau nicht erlauben?

Ich laufe weiter und erinnere mich, mal gelesen zu haben, dass in Deutschland fast jeden Tag eine Frau von ihrem Ehemann oder Ex-Partner umgebracht wird. Deshalb nimmt die Polizei beim gewaltsamen Tod einer Frau erst immer die ihr nahe stehenden Männer genau unter die Lupe. So, wie sie auch mich unter Verdacht gestellt haben nach dem Tod von Eva. Sogleich fallen mir meine Meldeauflagen ein. Mürrisch ändere ich meine Laufstrecke, verlasse den Wald und jogge zum nahen Polizeirevier.

Zurück im Pavillon dusche ich ausgiebig. Danach mache ich mir einen Kaffee und lungere unschlüssig herum. Aus lauter Langeweile beginne ich meine Zeichnung der Schapper auf eine 2 Meter hohe Leinwand zu übertragen. Mit schnellen Pinselstrichen setze ich kräftige farbige Akzente. Das macht mir richtig Spaß. Ich gerate in einen Malrausch und nach und nach entsteht ein expressives Portrait.

Plötzlich platzt Frau Schapper in den Raum und stößt einen Freudenschrei aus. Ich erschrecke mich fast zu Tode. Ungeheure Wut kocht in mir hoch. „Raus hier!", schreie ich sie an. „Wie können Sie es wagen, mich so zu stören?!"

Mit verstörtem Gesicht flieht sie nach draußen. Aber meine Wut kommt jetzt erst richtig in Fahrt. Ich greife mir den größten Malspachtel und haue Unmengen von Rot in das Bild, kratze es wieder weg, ziehe es wieder drauf, dazwischen Schwarz, Gelb und immer wieder andere Rottöne. Ich tobe und kämpfe. Das Portrait gerät in den Hintergrund und ist am Ende zwischen Farbexplosionen kaum noch zu erahnen. Ich sinke nieder und bin völlig erschöpft.

Stunden später sehe ich Stroth mit einer Tasche durch den Garten kommen. In seinem Windschatten trippelt Frau Schapper. Erst leise, dann immer lauter klopft er an die Türe. Ich öffne und Stroth tritt forsch herein und begrüßt mich. Frau Schapper folgt vorsichtig, scheint angespannt und auf der Hut zu sein. Der Galerist sieht sofort das große Bild und strahlt begeistert, während sich bei Frau Schapper Enttäuschung im Gesicht abzeichnet. Ich gehe auf sie zu und glaube, kurz Angst in ihren Augen zu sehen. „Ich möchte mich bei Ihnen entschuldigen", sage ich. „Dass ich Sie angeschrien habe, war nicht in Ordnung."

Frau Schapper lächelt erleichtert: „Schon gut, ich hätte Sie nicht so erschrecken sollen."

„Tut mir leid. Wenn ich male, bin ich wie in einer anderen Welt ... Wenn dann plötzlich jemand kommt ..."

„Das ist verständlich", unterbricht sie mich. „Mein Verhalten war einfach unsensibel."

Ich gebe ihr die Hand: „Alles wieder gut?" Sie nickt.

Stroth hat sich inzwischen das Bild genauer angeschaut. „Ein richtiger Rinke", sagt er anerkennend. „Ich hätte nicht gedacht, dass du so schnell wieder drin bist."

„Frau Schapper hat mich auf Trab gebracht", erkläre ich und zwinkere ihr dabei zu. Sie bemüht sich zu lächeln, schafft es aber nicht. Ich bekomme das Gefühl, etwas wieder gut machen zu müssen.

„Darf ich Sie zum Essen einladen?"

Nach kurzem Zögern nickt sie.

„Du kannst nicht ausgehen!", mischt Stroth sich ein und holt Zeitungen aus seiner Tasche. „Nachdem gestern deine vorläufige Freilassung bekannt gegeben wurde, gab es heute in der Presse einen unglaublichen Aufschrei. Hier: »Vermutlicher Sudelmörder auf freiem Fuß!«, »Staatsanwaltschaft lässt verdächtigen Frauenmörder frei.« und, und, und ... Die Reporter sind wie Hyänen ausgeschwärmt, um dich zu finden. Meine Galerie wird belagert. Ich musste tricksen, um der Meute zu entkommen. Die haben noch mal Fotos von dir veröffentlicht, so dass du schnell erkannt werden kannst. Dein Anwalt wird von Reportern beschattet und traut sich nicht, hierher zu kommen."

Stroth drückt mir die Zeitungen in die Hand. Ich werfe einen kurzen Blick auf einige Artikel, aber ich mag sie nicht lesen. Mir ist, als hätte ich einen Schlag in den Magen bekommen.

„Dann bin ich in diesem Versteck quasi wieder wie eingesperrt."

Stroth nickt und fügt hinzu: „Das wird nur ein paar Tage dauern, dann ist das Thema wieder durch und die verlieren das Interesse."

„Wahrscheinlich hat er recht", fügt Frau Schapper hinzu. „Warten Sie ab und machen Sie es sich hier ein paar Tage gemütlich."

„Ja, und vielleicht kannst du die Zeit nutzen und noch etwas arbeiten", bringt Stroth seine Interessen wieder ins Spiel.

Ich nicke verdrossen. Die beiden anderen schauen sich fragend an.

„Wir können ja trotzdem heute Abend zusammen essen", fällt Frau Schapper ein. „Ich bestelle uns etwas von einem sehr guten Spanier."

„Wunderbar!", jubiliert Stroth erleichtert. „Ich übernehme die Kosten." Schon fingert er einen 100-Euro-Schein aus seinem Portemonnaie und drückt ihn Frau Schapper in die Hand. „Leider kann ich nicht dabei sein. Ich muss noch zu einer Veranstaltung." Und schon stürmt er durch den Garten davon.

Frau Schapper sieht ihm mit hochgezogenen Augenbrauen hinterher. Nach einer Weile sagt sie: „Ich bestelle das Essen für 19 Uhr. Kommen Sie einfach rüber – durch die Terrassentür."

Als sie weg ist, sacke ich in mich zusammen. Dunkle Wolken ziehen auf und verfinstern mein Gemüt. Wie lange muss ich mich wohl verstecken? Wird mein Leben wieder normal?

Ich betrachte das Bild, das ich heute gemalt habe, und finde keinen Zugang mehr. Ich stelle es an die Seite und hole mir eine neue große Leinwand. Ihr Weiß ist unerträglich.

Kurz nach 7 Uhr gehe ich zur Villa hinüber. Mehr als ein frisches Hemd hat mein Handgepäck für so ein Abendessen mit einer Frau nicht hergegeben. Die Terrassentür ist nur angelehnt und ich betrete einen riesigen Wohnraum, der beherrscht wird von großen fotorealistischen Bildern von Don Eddy und Franz Gertsch. Der Kamin und die vielen Sofas werden durch die Wucht der Malerei zu Nebensachen reduziert. Aus einem angrenzenden Raum höre ich Geschirrgeklapper. Frau Schapper ist dabei, einen Tisch einzudecken.

„Das Essen ist noch nicht da", begrüßt sie mich. „Aber wir können ja schon einmal mit einem Aperitif starten."

Sie reicht mir ein Glas mit einer bernsteinfarbenen Flüssigkeit und wir stoßen an. Ich nippe kurz und stelle das Glas schnell ab: „Nicht mein Geschmack."

„Schade", sagt sie. Als es schellt, leert sie ihr Glas in einem Zug und geht zur Haustür.

Während Frau Schapper die Lieferung in Empfang nimmt, schaue ich mir den Raum genauer an. Für ein Esszimmer ist er ziemlich groß. Die wenigen Möbel wirken teuer trotz ihres schlichten Designs. An den Wänden hängen drei Nagelbilder von Uecker. Wie Getreide im Wind sind die Nägel zu rhythmischen Strukturen eingeschlagen, die außerordentlich organisch wirken.

„Ich mag die Uecker-Reliefs nicht", bemerkt Frau Schapper, als sie mit dem Essen herein kommt. „Die Nägel sind so schwer sauber zu halten. Der ganze Dreck, der sich da niederschlägt ... Wir haben für den Staubsauger eine extra Düse angeschafft, aber meine Haushälterin verzweifelt manchmal beim Putzen."

„Dann hängen Sie die Bilder doch ab", schlage ich vor.

„Nein, mein Mann hat für sie geschwärmt und sie sind auch eine gute Wertanlage."

Sie stellt eine Pfanne mit zwei Griffen auf ein Gestell und wir setzen uns.

„Ich habe einfach Paella bestellt. Die ist bei diesem Spanier phantastisch. Ich hoffe, Sie mögen das."

Zu der Paella gibt es einen herrlich dunklen Rotwein, der mir schon bald die Zunge schwer macht. Frau Schapper schüttet beständig nach und wir plaudern über Kunst und über die Sammlung, die ihr Mann angefangen und sie jetzt erweitert hat. Trotz ihrer Erklärungsversuche begreife ich nicht, nach welchen Kriterien hier Kunstwerke angekauft werden. Ich sehe keine Linie, kein Thema, nichts Zusammenhängendes. Mir scheint, es geht nur um persönliches Gefallen und die Möglichkeit der Wertsteigerung.

Nach dem Essen will sie mir zeigen, wo meine Bilder, die sie bei Stroth gekauft hat, aufgehängt sind. Wir nehmen den Wein mit und sie führt mich in einen Raum, dessen Funktion mir nicht klar wird. Er wird dominiert von zwei riesigen Bildern aus meiner ersten Blutrausch-Serie. Ansonsten gibt es nur ein Sofa dort. Ich lasse mich darauf fallen und Frau Schapper schenkt mir wieder Wein nach. Ich

trinke und trinke, schließe die Augen und werde bald unglaublich müde. Langsam sinke ich
zur Seite, werde dann aber von Frau Schapper
wieder aufgerichtet. Plötzlich sitzt sie auf meinem Schoß und eine gierige Zunge quetscht
sich in meinen Mund. Ich kippe zur anderen
Seite und fühle auf einmal etwas Weiches auf
meinem Gesicht. Brüste legen sich auf meine
Augen. Mir wird dunkel.

Als ich aufwache, liege ich auf dem Bauch. Es
ist hart. Unter mir der Boden – rotverschmiert.
Da ist etwas in der rechten Hand: Ein Brotmes-
ser – die Klinge auch rot. Ich drehe den Kopf
und erstarre. Da liegt Frau Schapper – in einer
Blutlache. Entsetzt schreie ich – tonlos: „Oh
NEIN! NEIN! NEIN!"

Mein Herz beginnt zu rasen. Ein Zentnergewicht im Magen. Panik. Das darf doch nicht
wahr sein! Was ist passiert?

Sie liegt auf ihrem Gesicht. Ihr Oberkörper
ist nackt, das Kleid zur Hüfte gerollt. Überall Blut. Und ich das Messer in der Hand! Ich
schmeiße es weg und schreie: „NEIN! NEIN!"

Was habe ich getan? Was ist geschehen?

Ich versuche, mich aufzurichten, aber die
Hose hängt in den Kniekehlen, auch die Unterhose. Mein Geschlecht suppt im Blut. Ich
ziehe die Hosen hoch, rapple mich auf. Das
darf alles nicht wahr sein! Ich will aufwachen
aus diesem Alptraum, aber ich wache nicht
auf. Wieso hatte ich ein Messer in der Hand?
– Nein, nein, das ist alles nicht wahr!

Ich renne aus dem Zimmer, aus dem Haus – über die Terrasse in den Park, stürze auf dem Rasen, beiße ins Gras – immer wieder – und spucke und spucke. Keuchend robbe ich voran zum Pavillon.

Was soll ich jetzt tun? Habe ich Frau Schapper umgebracht? Habe ich Eva umgebracht? War ich es doch? Hatte ich psychische Aussetzer? Ich kann mir selbst nicht mehr trauen. Gehöre ich in die Klapse? – Ja, ich gehöre in die Klapse! Oder soll ich weglaufen? Packen und weglaufen? Aber dann werden sie mich jagen wie ein Tier, wie auf einer Treibjagd. Kommen immer näher, immer näher. Keiner wird glauben, dass ich es nicht war. Alles spricht gegen mich. Ich muss also abhauen! Aber wenn ich entkomme …? Wen bringe ich als nächstes um?

Gedankenstürme fegen durch mich durch. Ich krieche in den Pavillon zu meiner Tasche. Packen und abhauen! Das Handy von Leo. Soll ich ihn anrufen?

Ich drücke seine Nummer. Es läutet ein paar Mal. Dann seine Stimme. Ich keuche ins Handy: „Alles voll Blut. Ich hab's wieder getan. Hilf mir!"

Leo redet auf mich ein, aber ich verstehe nichts, schmeiße das Handy in die Tasche. Ich schleppe mich in den großen Raum. Da ist diese riesige Leinwand auf dem Ständer. So weiß, so weiß, so unerträglich weiß! Ich kann ihre Unschuld nicht ertragen. Dieses verlogene Weiß. Ich reiße sie auf den Boden und krieche darüber. Das Rot an mir zieht Spuren. Aber nicht genug. Ich robbe zu den Farbflaschen, bekomme das tiefdunkle Rot zu packen, schütte mir etwas ins Gesicht, verschmiere den ganzen Kopf. Dann zurück auf die Leinwand. Abdrücke der Hände, des Gesichts. Wie das Leichentuch von Jesus. Nein, es ist wie ein Kartoffeldruck von einem Kartoffelkopf. Ich lache. Ich bin ein Kartoffelkopf. Kartoffeln braun in braunschwarzer Erde. Schwarzbraun ist die Kartoffelnuss. Ich hole andere Farbflaschen und schmiere mit den Händen dunkle Farben um den roten Gesichtsabdruck. Dann fange ich an zu kratzen – mit den Fingernägeln lange Striemen in die Leinwand. Immer mehr und immer tiefer. Dicke Farbklumpen hängen an den Fingern. Ich schüttle sie immer wieder ab. Ich kratze und kratze und kratze ...

Plötzlich steht Leo neben mir, das nackte Entsetzen im Gesicht. Er packt mich, reißt mich hoch und schreit: „Was ist los? Warum siehst du so furchtbar aus? Bist du jetzt völlig durchgeknallt?"

Ich stiere ihn an: „Die Schapper! Die Schapper!", stammle ich.

„Was ist mit Frau Schapper?", will Leo wissen.

„Die Schapper! ... tot ... alles voll Blut."

Leo rüttelt ungestüm an meinen Schultern: „Wo ist sie? Was hast du gemacht?"

Ich stiere ihn an und sehe doch nur durch ihn hindurch. Energisch nimmt er mich am Arm und zieht mich hinter sich her – aus dem Pavillon heraus, durch den Park, über die Terrasse zur Villa. Aber die Terrassentüren sind alle zu. Leo schleift mich um das halbe Haus herum zum Vordereingang und klingelt. Nach einer Endlichkeit öffnet eine mir fremde Frau. Sie weicht furchtsam zurück, als sie mich sieht.

„Keine Angst, das ist Farbe", sagt Leo. „Wir müssen dringend Frau Schapper sprechen."

„Sie ist nicht da", sagt die Unbekannte. „Sie ist vor kurzem weggefahren."

„Nein!", schreie ich. „Sie ist tot! Sie liegt in dem kleinen Zimmer ..." Schon reiße ich mich von Leo los, schiebe die Frau beiseite und wanke in die Villa. Leo und die Frau folgen mir. Ich erinnere mich nicht, wo das Zimmer mit meinen Bildern ist. So öffne ich eine Tür nach der anderen, bis ich den Raum gefunden habe.

„Hier ist es!", schreie ich.

Aber auf dem Boden vor dem Sofa liegt niemand. Kein Blut ist zu sehen, kein Messer, keine Weinflasche. Alles ist gepflegt, sauber und unschuldig.

Die Schwäche kommt von ganz tief drinnen, erfasst wie eine Flut meinen ganzen Körper. Die Beine knicken weg. Ich schlage mit dem Kopf auf.

Wenn es eine Seele gäbe ..., ist sie immer gleich oder entwickelt sie sich und reift im Laufe des Lebens? Hat das Leben eines Menschen – also sein Denken, sein Handeln – Auswirkungen auf seine Seele? Wird sie beeinflusst vom Gehirn, ist also stoffgebunden?

Was ist bei Persönlichkeitsveränderungen? Hat ein hässlicher Charakter eine hässliche

Seele? Was ist, wenn der Mensch dement wird? Wird dann auch die Seele dement?

Wenn es einen Himmel gäbe ... In welchem Zustand käme die Seele dort hinein? So wie der Mensch zuletzt war?

Wenn ein Kind stirbt ... Wird die Kinderseele im Himmel erwachsen oder bleibt sie Kinderseele in alle Ewigkeit? Wird die Seele eines dementen Menschen im Himmel wieder gesund? Aber was heißt das? Wird sie wieder wie die Seele des 30- oder 40- oder 50-Jährigen? Wenn sie stoffgebunden ist, stirbt sie dann nicht mit dem Körper, mit dem Gehirn? Aber was kommt dann in den Himmel?

Da ist etwas.

Stimmen um mich herum. Sie flüstern. Ein Mann und eine Frau. Ich kann sie nicht verstehen. Vorsichtig blinzele ich. Da ist Leo. Ich liege in einem Bett.

„Der muss nur seinen Rausch ausschlafen", höre ich ihn.

„Der hat aber auch gesoffen!", sagt die Frauenstimme.

Welche Frau ist das denn?

Ich riskiere einen kurzen Blick. Schock! Schapper!

Nein, das kann nicht sein!

Oder doch?

Vielleicht gibt es ja diese Parallelwelten, über die ich als Jugendlicher in Science-Fiction-Romanen gelesen habe, also Welten, in denen wir alle noch einmal existieren, allerdings mit kleinen Abweichungen. Ich bin möglicherweise in ein anderes Universum gerutscht, in dem Frau Schapper noch lebt.

Was soll ich tun?

Mich dumm stellen? Mir alles erklären lassen?

Ja, ich kann so tun, als hätte ich einen Blackout gehabt. Hab ich ja auch.

Ich öffne vorsichtig die Augen. Ja, ich bin im Pavillon und da sitzt wirklich Frau Schapper an meinem Bett. Sie merkt, dass ich wach bin: „Herr Rinke! Da sind Sie ja wieder!"

Leo springt auf: „Martin! Gott sei Dank. Wie fühlst du dich?"

Ich versuche zu lächeln.

„War wohl ein bisschen zu viel Wein?", fragt Frau Schapper und grinst mich diabolisch an.

Ich nicke und versuche mich aufzurichten. In meinem Kopf beginnt es zu hämmern.

„Bleib liegen!", beeilt sich Leo zu sagen. „Ruh dich noch etwas aus!"

Ich sinke zurück in die Kissen und der Hammer im Kopf wird sanfter.

Frau Schapper grinst immer noch. Was hat die nur? Ein Verdacht keimt in mir auf. Sollte sie etwa ...? Nein, das wäre geradezu bösartig. Andererseits ...? Hat sie nicht davon erzählt, dass sie Theater ins Leben holt? War mein Erlebnis mit ihr eine inszenierte Theateraktion, auf die ich hereingefallen bin? Jedenfalls wäre das plausibler, als dass ich in einem Paralleluniversum gelandet bin. Es wäre allerdings infam. Eine bodenlose Frechheit. Ich weiß nicht, was ich glauben soll.

„Du hast mir einen ziemlichen Schrecken versetzt", meldet sich nun Leo. „Ich bekam echt Zweifel, ob ich mich in dir getäuscht habe. – Aber zum Glück ist ja nichts passiert."

216

„Ich weiß auch nicht …", hebe ich an, aber Leo winkt ab. „Schon gut, jeder hat mal zu viel gesoffen."

Frau Schapper grinst immer noch.

„Ich gehe dann mal", sagt Leo, bleibt aber an der Tür noch mal stehen. „Morgen kommt übrigens deine Frau aus England zurück. Sie hat sich bei mir gemeldet. Ich werde sie vom Flughafen abholen."

„Danke Leo." Ich spüre, wie sich in meiner Brust irgendetwas zuschnürt.

Leo schließt die Tür hinter sich. Ich fühle mich allein gelassen und Frau Schapper ausgeliefert. Sie sitzt weiter an meinem Bett und lächelt selbstzufrieden. Ich scheue mich, sie anzusehen, schließe einfach die Augen. Zähe Stille greift um sich und Spannung baut sich auf. Ich zucke zusammen, als meine linke Hand berührt wird, halte aber die Augen geschlossen. Frau Schappers Finger sind zartgliedrig und kühl. Sie drücken meine Hand, aber ich reagiere nicht. Irgendwann lässt sie los, steht auf und geht.

Meine Spannung weicht. Ich hebe die Bettdecke: Da ist keine blutverschmierte Kleidung. Ich habe meinen sauberen Schlafanzug an. Ich schaue in die Unterhose. Auch da alles sauber. Habe ich alles nur phantasiert oder bin ich gewaschen worden? Ich weiß nicht, was ich glauben soll. Dann fällt mein Blick auf meine Fingernägel: Farbspuren, Rot, Braun … Das Bild … Ich schlage die Decke zurück, stehe unsicher auf und wanke in den großen Raum. Dort – auf dem Boden – liegt die riesige Leinwand, über die ich gekrochen bin. Rot, Braun,

Schwarz … mit entsetzlichen Kratzspuren –
ein gewaltiges Bild.

Hellrot sickert das Blut aus meinen Pulsadern,
links mehr als rechts. So jedenfalls sieht es
aus. Ich will's der Schapper heimzahlen, Rache
nehmen für ihr „heimliches Theater". Beim
Aufwachen ist dieser Gedanke direkt da. Im
Zwielicht des Morgengrauens male ich mir
Schnittwunden auf die Unterarme vor die
Handwurzeln. Mit links auf dem rechten Arm
ist es schwieriger, aber es gelingt. Ich stelle
das Bild des gestrigen Tages mit den Kratzspuren an die Wand und lege eine große neue
Leinwand auf den Boden. Mit dem Rücken
schiebe ich mich darauf, probiere Stellungen
und markiere Flächen, wo die linke und die
rechte Hand liegen sollen. Dann stelle ich rote
Farbe bereit und warte.

Langsam wird es hell. Die Vögel melden
sich lautstark aus der Nacht zurück. Ich beobachte durch die Fenster, wie die Farben in den
Garten zurückkehren.

Es dauert lange, Stunden. Dann sehe ich sie
kommen – von der Villa aus auf den Pavillon
zu. Frau Schapper – ganz in Weiß, Hose und T-
Shirt – mit einem vollen Tablett. Frühstück für
mich. Sie hat etwas von einer Krankenschwes-
ter.

Ich schütte die Farbe auf die markierten
Stellen und lasse die Dose verschwinden. Vorsichtig nehme ich meine Position ein, die Puls-

adern in den roten Pfützen. Ich verdrehe schreckensstarr die Augen und lausche.

Die Tür geht auf. Dann ein Schrei, panisch, markerschütternd. Das Tablett kracht zu Boden, Sachen zersplittern.

„Nein! Das nicht! Das nicht!", höre ich sie in Verzweiflung brüllen. Sie stürzt auf mich zu, reißt an mir herum, nimmt meinen Kopf in die Hände: „Herr Rinke! Herr Rinke! Tun Sie mir das nicht an!" Aber ich reagiere nicht, spiele – nein, bin weggetreten. Sie springt auf und rennt in die kleine Küche. Ich höre sie kurz kramen. Schwer atmend hetzt sie zurück. Stoff zerreißt. Sie beginnt meine Pulsadern abzubinden. Ich lasse sie machen.

Langsam komme ich mit den Augen zurück, beobachte sie. Frau Schapper hat ihre weiße Kleidung völlig eingesaut mit der roten Farbe. Sie sollte sie schnell waschen. Solange sie nass ist, ist die Farbe wasserlöslich und geht vielleicht noch raus. Auch ihre Hände sehen aus wie blutverschmiert.

Dann bemerkt sie meinen Blick. Ich richte mich auf und lächle sie an: „Danke, Frau Schapper, dass Sie mir das Leben retten wollen."

Sie starrt mich entgeistert an, scheint plötzlich zu begreifen. Mit einem Schrei schlägt sie mir ins Gesicht und springt auf. Meine Lippe platzt auf und Blut tropft auf die Leinwand, richtiges Blut. Wir beide sehen zu, Tropfen für Tropfen. Sie setzen Akzente zwischen all den Flecken und Spuren.

Aber immer noch fehlt etwas. Frau Schappers Kleidung muss ins Bild, T-Shirt und Hose. Ich erhebe mich ganz langsam und gehe auf sie zu. Angst flammt in ihren Augen auf. Sie weicht ein wenig zurück, scheint aber wie gelähmt. Mit dem Rücken drückt sie sich an die Wand. Ich komme ihr ganz nah. Unsere Nasen berühren sich fast. Fest schaue ich in ihre geweiteten Augen.

„Zieh dich aus!", stöhne ich. Ihre Atmung wird schneller, aber sie reagiert nicht.

Mit beiden Händen fasse ich ihre Hüften, nehme ihr T-Shirt am Saum und will es ihr über den Kopf ziehen. Mechanisch hebt sie die Arme hoch. Aber es ist nicht Frau Schapper, die das macht. Sie hat sich längst aus dem Geschehen verabschiedet. Ihr Körper funktioniert nur noch wie ein Automat. Langsam streife ich ihr das T-Shirt über Kopf und Hände und lasse es fallen. Dann öffne ich ihre Hose und ziehe sie ihr aus – wie einer großen Puppe. Teilnahmslos steht sie da, fast nackt, nur in weißem Höschen und BH und zittert.

Ich bin erregt, stelle mir vor, sie hier sofort auf der Leinwand zu nehmen. Aber das wäre würdelos.

Ich hole aus dem Schlafzimmer eine Wolldecke und lege sie ihr um, aber Frau Schapper zittert weiter. Ich bugsiere sie zu meinem Bett, lege sie dort hinein und decke sie zu.

Dann mache ich mich an die Arbeit.

Eine Schere finde ich in der Küche; Kleber bei den Utensilien, die Stroth besorgt hat. Ich zerschneide die beiden Kleidungsstücke und klebe einzelne Teile auf die Leinwand, spachtle hier, reiße da, bis es deutlich wird: Da kämpft sich jemand aus dem Bild heraus.

Als ich zufrieden bin, strecke ich mich auf dem Boden aus. Ich genieße den Anblick. Das Bild stimmt.

Mein Magen meldet sich. Kein Wunder, ich habe heute ja noch nichts gegessen und es muss fast Mittag sein. Ich krieche zum fallengelassenen Frühstückstablett, sammle Brötchen und Belag ein und verzehre alles mit Genuss. Als ich danach ins Bad gehe, zucke ich beim Blick in den Spiegel zusammen. Ich sehe furchterregend aus. Ich ziehe mich aus und beginne sorgfältig, die Bemalung und die Farbspuren abzuwaschen. Gerade bin ich fertig, als ich nebenan Stimmen höre. Beim Verlassen des Bades fliegt mir Bea in die Arme. Leo hat sie mitgebracht.

„Schön, dass du wieder draußen bist", sprudelt sie los. Auch ich freue mich, drücke sie an mich und wir küssen uns.

„Stell dir vor, die Polizei hat mich am Flughafen abgefangen und wollte mich zu einer Vernehmung mitnehmen. Zum Glück war Herr Lantermann da und hat den Termin auf den Nachmittag verschieben können. Schließlich wollte ich dich doch schnell sehen."

„Danke Leo", sage ich ohne Bea loszulassen. Ich schaue sie ernst an: „Die Polizei will wissen, wieso du in der Mordnacht plötzlich im Forum Siebengebirge aufgetaucht bist."

Bea windet sich verlegen aus meiner Umarmung. „Ich wollte halt wissen, ob du dich wirklich mit Eva getroffen hast, weil ... Du hast vorher gar nichts gesagt."

„Bea!", entfährt es mir erstaunt. Warst du etwa eifersüchtig?"

Sie errötet und flüstert: „Können wir das mal unter vier Augen besprechen?"

Leo hat das mitbekommen und will hinaus. „Ich schau mir mal den Garten ..."

In diesem Augenblick tritt eine fast nackte Frau aus dem Schlafzimmer: Frau Schapper – nur bekleidet mit weißem Höschen und BH.

Leo rutscht ein erstauntes „Frau Schapper!" heraus. Bea reißt die Augen auf, dreht sich und stapft wütend aus dem Raum. Ich rufe ihr nach: „Bea, ich habe nichts mit dieser Frau! Du ziehst die falschen Schlüsse."

Aber Bea bleibt nicht stehen.

Ich lasse sie, bin einfach zu verwundert. Was ist bloß mit ihr geschehen? Früher war sie tolerant und zu jedem Flirt bereit und hat auch mir Abenteuer zugestanden. Die »offene Zweierbeziehung« war ihr Thema. Auch die Geschichte mit Eva hat schließlich sie eingefädelt. Und nun verhält sie sich wie eine eifersüchtige Ehefrau, die nicht einmal nachfragt, was wirklich war.

Wie ein Schatten huscht Frau Schapper – wieder eingehüllt in die Decke – an mir vorbei in Richtung Villa. Leo steht mit offenem Mund da. Ich deute auf die Leinwand: „Ich brauchte ihre Kleidung für das Bild ..."

Leo schüttelt verständnislos den Kopf. „Was hier abgeht ...", stöhnt er. „Ich komme da langsam nicht mehr mit."

Als er bald darauf wegen Beas Vernehmung zum Polizeirevier aufbricht, fahre ich mit. Ich muss ja auch noch meine Meldeauflagen erfüllen. Außerdem hoffe ich, dass Bea sich wieder beruhigt hat und ich mit ihr reden kann.

Auf dem Revier prallt als erstes Frau Czirpischewsky mit mir zusammen. Ich strahle sie an. „Das ist aber schön, dass Sie Körperkontakt zu mir suchen." Sie läuft rot an und will sich an mir vorbei drücken, aber ich verstelle ihr den Weg. „Kann es sein, dass Sie an mich gedacht haben? Ich habe da so etwas gespürt." Ein wütender Blick drischt auf mich ein. „Wenn es nach mir ginge, wären Sie nicht auf freiem Fuß."

„Aber, aber schöne Frau ..." Doch sie lässt sich nicht weiter aufhalten und verschwindet in einem Büro. Ich lächle. Das hat Spaß gemacht.

Bea erscheint nicht zur vereinbarten Zeit. Leo und ich sitzen auf dem Gang und starren mit steigender Spannung auf die Eingangstür.

Sollte Bea ihn versetzen und die Verabredung nicht einhalten? Das sähe ihr gar nicht ähnlich.

Kommissar Müller kommt kurz aus seinem Büro und sieht Leo fragend an. Der zuckt nur mit den Achseln. Es ist ihm augenscheinlich peinlich. „Vielleicht ist sie aufgehalten worden", versuche ich ihn zu beruhigen. Aber Leo sieht mich nur zweifelnd an. „Ich kann mir auf deine Frau keinen Reim machen", beginnt er. „Dass sie in der Tatnacht am Tatort war, passt nicht mit den zugegeben spärlichen Informationen zusammen, die du mir über eure Beziehung verraten hast. Deine Frau ist ganz anders, als du sie beschrieben hast."

Ich schüttle den Kopf: „Hast du meine Zeichnung von ihr nicht verstanden?"

Wir kommen nicht weiter, denn plötzlich schneit Bea herein – fast 20 Minuten zu spät. Sie beachtet mich nicht, sondern setzt Leo gegenüber zu einer Entschuldigung an. Aber der packt sie direkt am Arm und zieht sie in Müllers Büro. Ich stutze. Ist Leo etwa jetzt auch Beas Anwalt? Geht das überhaupt? Kommt er da nicht vielleicht in einen Interessenkonflikt? Hat sie ihm einen Auftrag gegeben? Oder ist es für ihn ganz selbstverständlich, dass er die ganze Familie miteinbezieht?

Ich gehe nach draußen. Wer weiß, wie lange die Vernehmung dauert? Das Polizeirevier ist eingefasst von einem kleinen Grünstreifen mit Bäumen und Sträuchern und einem Wasserrinnsal. Ich lehne mich gegen einen Baum, von dem aus ich den Eingang im Auge behalten kann. So eine große Wache ist ein wahrer Bienenstock, dachte ich bisher. Ständig werden Verbrecher, Nutten oder wenigstens Verkehrssünder hineingeschleppt. Jetzt aber sehe ich: Da ist kein emsiges Kommen und Gehen. Eher tote Hose.

Nach einiger Zeit hält gerade mal ein Pizza-Taxi. Der Fahrer trägt eine große Warmhaltebox ins Gebäude. Haben die Polizisten keine Kantine oder ist die so schlecht, dass sie sich lieber von auswärts beliefern lassen? Egal! So eine Pizza hätte ich jetzt auch gerne. Mein

Magen knurrt. Soll ich mich von dem Fahrer zur Pizzeria mitnehmen lassen? Als er aus der Wache kommt, gehe ich auf ihn zu und rufe: „Taxi bitte!" Er schaut mich irritiert an. „Sie sind doch ein *Pizza-Taxi*? Der Fahrer nickt.

„Ja dann fahren Sie mich doch zur Pizza!"

Jetzt sieht er mich an, als wäre ich nicht ganz dicht im Kopf.

„Zur Pizzeria!", verdeutliche ich und mache Anstalten, die Beifahrertüre seines Taxis zu öffnen.

„Nein!", protestiert er. „Ich fahre nicht zur Pizzeria. Ich habe erst noch andere Kunden zu beliefern." Er springt in sein Auto und braust davon.

Zum Glück kommen gerade Bea und Leo aus dem Revier.

„Das ging ja schnell. Habt ihr Lust, mit mir essen zu gehen? Ich habe großen Hunger."

Leo winkt ab; er hat noch zu tun. Aber Bea will mit. Endlich eine Gelegenheit, allein miteinander zu sprechen.

Leo nimmt uns mit nach Beuel und setzt uns in der Friedrich-Breuer-Straße ab. Wir gehen zum Hong-Kong-Wok und haben in Windeseile die bestellten Gerichte vor uns stehen. Beim Essen schildere ich Bea, wie ich dieses Bild geschaffen habe und dafür T-Shirt und Hose von Frau Schapper brauchte. „Ich habe ihr die Klamotten einfach ausgezogen. Sonst war nichts."

Bea schaut mich skeptisch an, aber dann sie glaubt mir. Schließlich kennt sie mich. Später erzählt sie von England und von Melanie, die meinen Fall übers Internet verfolgt.

Als ich die Sprache auf das Verhör bringe, wirkt Bea bedrückt. „Ich glaube, die erwägen ernsthaft, ob ich nicht die Mörderin bin. Kommissar Müller hat so merkwürdige Andeutungen gemacht, als hätten sie gegen mich etwas in der Hand."

„Und? – Bist du die Mörderin?"

Kaum ausgesprochen, schon bereue ich diese Frage.

Bea starrt mich sekundenlang entgeistert an und lacht dann plötzlich los. „An deinen Humor muss ich mich erst wieder gewöhnen."

Ich bin froh, dass sie nicht total sauer geworden ist und lache ebenfalls.

„Diese Czirpischewsky ...", fährt Bea fort, „was ist das denn für eine? Die hat mich ausführlich über unsere Ehe und über Eva befragt."

„Vielleicht findet sie unser Leben exotisch und spannend."

„Ich habe immer erst Herrn Lantermann reden lassen. Dem scheinst du ja deine Sicht der Dinge vorgegeben zu haben. Manches fand ich zwar merkwürdig, aber ich habe mich daran orientiert."

„Und jetzt?", frage ich.

„Sie ermitteln weiter. Mir haben sie die Auflage gegeben, mich regelmäßig zu melden."

„Da geht es dir wie mir. Ist ziemlich lästig."

Ich schaue Bea forschend in die Augen: „Und was hast du der Polizei erzählt, warum du in der Tatnacht im Hotel aufgekreuzt bist?"

Sie zögert kurz, sagt dann aber bestimmt: „Die Wahrheit!"

„Ja – und was ist die Wahrheit?"

„Dass ich eifersüchtig war und sehen wollte, ob du dich mit Eva triffst."

Ich lache laut auf: „Du und eifersüchtig?"

„Ja, ich habe auch nicht geglaubt, dass ich so etwas mal fühlen würde. Aber als Eva ständig bei uns übernachtete und du viel mit ihr allein warst und auch mit ihr allein geschlafen hast, bekam ich Angst, dass du an ihr mehr Interesse entwickelst als an mir. Ich bekam Angst, dass sie mir meinen Mann ausspannt."

Ich schaue sie ungläubig an: „Hattest du denn den Eindruck, dass ich mich von dir abwende?"

„Nein, das nicht", gibt Bea zu. „Aber ich habe gemerkt, dass dir Eva immer besser gefällt, besonders ihre manchmal unterwürfige Art."

„Ja, sie hat mir gefallen, aber das war für mich kein Grund, unsere Beziehung in Frage zu stellen."

Bea nimmt meine Hand und schickt mir einen Kuss über den Tisch. „Das ist sehr schön, dass du das sagst." Ich gebe ihr einen Luftkuss zurück und lächle.

Schweigend essen wir weiter, bis es mich dann doch noch mal juckt: „Was hast du dir im Hotel erhofft?"

„Ich weiß nicht. Ich hatte die Vorstellung, dass mir Eva übern Weg läuft und ich ihr sagen könnte: »Stopp! Jetzt ist genug.« Aber der Nachtportier hat mir nicht einmal sagen wollen, in welchem der Gästehäuser ihr seid. Und so bin ich nach einiger Zeit unverrichteter Dinge wieder weggefahren."

„Was hat Kommissar Müller zu deinen Angaben gesagt?"

Bea zieht die Augenbrauen hoch: „Er meint, Eifersucht sei ein häufiges und sehr mächtiges Mordmotiv."

Nach dem Essen schlagen wir automatisch den Weg zu unserer Wohnung ein. Als wir in die Johannesstraße einbiegen und auf das Haus zugehen, fällt mir auf der gegenüber liegenden Seite ein dunkler BMW mit getönten Scheiben auf. Am Kennzeichen erkenne ich, dass das es derselbe Wagen ist, der Leo und mich verfolgt hat, als ich aus dem Gefängnis entlassen wurde.

Ich unterdrücke den Impuls, zum Wagen hin zu laufen und nachzuschauen, ob da einer drin sitzt. Ich betrete mit Bea das Haus und gehe mit ihr schnell nach oben. Hoffentlich lauert in der Wohnung niemand auf uns! Vorsichtig öffne ich die Türe und trete wachsam ein, aber zum Glück ist da niemand. Bea ist überrascht von dem Durcheinander. „Polizeiliche Durchsuchung", sage ich nur. Ich ziehe sie an ein Fenster zur Straße und zeige ihr den BMW. Als sie von der Verfolgung hört, wird sie blass. „Lass uns die Polizei rufen", schlägt sie vor, aber ich winke ab. „Vielleicht ist es ja nur ein Pressefuzzi. Ich telefoniere lieber mal mit Leo."

Der Anwalt verspricht, über das Kennzeichen den Halter des Wagens zu ermitteln und rät uns, unbemerkt das Haus zu verlassen und lieber bei Frau Schapper zu übernachten.

Bea ist nicht begeistert, zumal sie noch Unterrichtsvorbereitungen für den morgigen Schulbeginn machen muss. Also bleiben wir zuhause, legen aber den großen Sperrriegel vor die Tür. Gemeinsam räumen wir auf.

Während Bea für die Schule arbeitet, öffne ich das Fenster und beobachte den BMW auf der anderen Straßenseite. Wegen der getönten Seitenscheiben kann ich nicht erkennen, ob jemand in dem Fahrzeug sitzt. Nach kurzer Überlegung kommt mir eine spaßige Idee, wie ich das herausfinden könnte. Ich hole mir aus der Küche ein Glas Pflaumenmus und schaufle eine Portion auf einen langstieligen Löffel. Mit Daumen und Zeigefinger der rechten Hand halte ich den unteren Löffelstiel, mit der linken Hand ziehe ich den Löffel nach hinten, lasse los und katapultiere so das Pflaumenmus in hohem Bogen aus dem Fenster über die Straße. Gleich der erste Schuss trifft. Das Pflaumenmus klatscht auf die Windschutzscheibe des dunklen Autos.

Ich jubiliere innerlich und starre gespannt auf den Wagen. Was wird jetzt geschehen? Erst mal passiert gar nichts. Dann spritzt Wasser und die Scheibenwischer verschmieren den so verdünnten Pflaumenmus über das ganze Glas. Es sitzt also jemand im Wagen und der braucht jetzt viel Wasser, um wieder klare Sicht zu bekommen. Ich kann mir das Lachen nicht verkneifen.

Als die Wischer sich zur Ruhe legen, schicke ich die zweite Ladung und auch sie klatscht mitten auf die Windschutzscheibe. Ich glaube, ein Fluchen zu hören. Diesmal wird die Seitenscheibe der Fahrertüre einen

Spalt geöffnet und der Lauf einer Pistole erscheint. Instinktiv lasse ich mich fallen und gebe dem Fenster einen Stoß, so dass es zu fällt.

Vom Boden aus schließe ich die Vorhänge. Erst dann wage ich, wieder aufzustehen. Dass in dem Auto ein Pressefuzzi sitzt, erscheint mir nun sehr unwahrscheinlich. Aber warum verfolgt mich ein Bewaffneter?

Als Bea mit den Unterrichtsvorbereitungen fertig ist, lugt sie durch einen Vorhangspalt auf die Straße. Der BMW ist verschwunden. Wir atmen auf, öffnen eine Flasche Wein und machen es uns im Wohnzimmer gemütlich. Ich erzähle aus der Haft und Bea berichtet, was sich in dieser Zeit bei ihr ereignet hat. Mit Verwunderung höre ich, dass fast alle unserer Freunde davon ausgehen, ich hätte Bea mit Eva betrogen und dieser „Ehebruch" sei peinlicherweise durch den Mord aufgeflogen. Einige wollten wohl auch nicht ausschließen, dass ich der Mörder sei.

Es stimmt also: Wenn's drauf ankommt, trennt sich auch bei Freunden die Spreu vom Weizen.

Es wird ein schöner Abend mit Bea und mir. Wir reden, trinken, tauschen kleine Zärtlichkeiten aus und fühlen uns wieder zugehörig. Alle Irritationen verschwinden und, als wir Sex haben, ist Bea besitzergreifend und fordernd.

„Weißt du", sagt sie nachher, „ich bin froh, dass wir wieder nur zu zweit sind. Kurzzeitig ein Gast kann ja spannend sein, aber jemand wie Eva, die ständig da sein wollte, ist schon nervig. Ich hatte schon länger überlegt, wie wir die wieder loswerden könnten."

Am nächsten Morgen kontrollieren wir durch das Fenster die Straße. Nichts Verdächtiges ist zu erspähen. Ohne Frühstück verlassen wir das Haus durch die Hinterhoftür – nicht aus Vorsicht, sondern weil dort unser Wagen steht, mit dem Bea zur Schule will.

Ich schwinge mich aufs Rad und fahre in den Bonner Talweg zu Leos Kanzlei. Ich will doch mal sehen, in was für einem Büro der haust. Erst muss ich suchen, doch dann finde ich an einem etwas heruntergekommenen Haus aus der Gründerzeit sein Schild: „Rechtsanwalt Leo Lantermann Termine nach tel. Vereinbarung ..." Ein Pfeil weist auf einen Durchgang zu einem schmutzigen Hinterhaus. Ich drücke mehrfach auf den Klingelknopf, aber niemand öffnet. So früh scheint Leo noch nicht im Büro zu sein. Also schlendere ich wieder davon und frühstücke erst mal in einem Stehcafé ein Stück den Talweg runter.

Was soll ich heute machen? Im Grunde habe ich frei und brauche mich für nichts anzustrengen. Meine materielle Existenz ist gesichert, mein Konto quillt über von Geld. Ich könnte – einfach so – tausende Euro auf den Kopf hauen, mir alles Mögliche kaufen. Aber irgendwie hat das keinen Reiz für mich. Manchmal beneide ich Menschen, die sich für ein Auto oder das neueste Smartphone derartig begeistern können, dass sie ständig davon reden oder sogar davon träumen. Mir ist das fremd. Dann tun mir diese Menschen auch wieder leid, wenn sie für ein neues Handy schon nachts Schlange stehen oder vor ihrem Auto auf dem Boden liegen, um Schlammspritzer von den Felgen zu wischen.

Aber ist Begeisterung an sich nicht etwas Positives? Aber auch Begeisterung für Nichtigkeiten?

Für was brenne ich?

Falls ich mal Enkel haben sollte, was soll ich denen sagen, wenn sie mich fragen: „Opa, was war dir im Leben wichtig?"

Soll ich dann sagen: „Einen Porsche zu fahren?" Ich bekomme einen Brechreiz. Schnell spüle ich ihn mit dem Rest Kaffee in der Tasse runter.

Brenne ich etwa nicht dafür, Kunst zu machen?

Gut, Malen macht Spaß, ist für mich aber auch anstrengend, manchmal sogar eine Qual. Im Grunde kotze ich meine inneren Zustände auf die Leinwand, bin – wenn es gut läuft – am Schluss froh, dass alles raus ist. Aber mein Erbrochenes mir selber an die Wand zu hängen, käme mir nie in den Sinn. Wichtig ist mir nur, dass alles raus und weg ist. Ich verstehe die Leute nicht, die meine Bilder kaufen.

◇◇◇

Das Vibrieren meines Handys reißt mich aus meinen Gedanken. Es ist Leo, der gerade bei der Polizei war. „Der BMW ist natürlich als gestohlen gemeldet. Was hätte man anderes erwarten können? Du sollst der Czirpischewsky deine Beobachtungen schildern. Ruf sie an!"

Er hat es eilig, gibt mir die Durchwahl und legt auf.

Auch das noch. Ich erwäge kurz, den Anruf aufzuschieben, meine Aussage später zu machen, wenn ich mich eh wieder im Präsidium melden muss. Dann reizt mich aber der Gedanke, mit Frau Czirpischewsky zu telefonieren und so wähle ich direkt ihre Nummer. Sie ist sofort dran. „Guten Morgen Frau Czirpischewsky, hier ist ihr Verehrer – Martin Rinke." Ich höre förmlich, wie ihre Gesichtszüge entgleisen. Sie antwortet nach kurzem Zögern betont trocken und sachlich: „Was gibt es?" Ich schildere ihr meine Erlebnisse mit dem dunklen BMW, erhalte aber keinerlei Reaktion oder Nachfrage. Als ich fertig bin, entsteht ein unangenehmes Schweigen. Ich halte es nicht lange aus und schiebe meinerseits eine Frage hinterher: „Haben Sie schon eine Spur von Sven Steger?"

Für mich dauert es eine Ewigkeit, bis sie antwortet: „Nein, aber wir haben Informationen über ihn gesammelt. Er ist Mitglied einer ultra-rechten Gruppierung, die in Verdacht steht, Überfälle auf Asylanten und Brandanschläge auf Flüchtlingsheime, ja sogar Morde verübt zu haben."

Ich stutze. Eva hatte eine Beziehung zu einem gewaltbereiten Nazi? Schon fragt mich

Czirpischewsky, ob ich bei Eva braunes Gedankengut festgestellt habe.

„Mir ist derartiges nicht aufgefallen. Ich hatte eher den Eindruck, Eva interessiert sich überhaupt nicht für Politik."

Auf einmal komme ich mir ganz naiv vor: Wie kam ich auf die Idee, Eva zu kennen? Nur weil ich mit ihr ein paar Mal im Bett war und wir einige Wochen zu dritt verbracht haben, weiß ich doch nichts über ihre Vergangenheit. Bea und ich haben ihr doch auch wenig von uns erzählt. Wieso habe ich sie für ein offenes Buch gehalten? Ich bin verwirrt.

„Entweder hat sie Ihnen etwas vorgemacht", mutmaßt die Polizistin, „oder sie hat es bei Steger toleriert und war gesinnungslose Mitläuferin."

„Vielleicht ...", setze ich an, ohne zu wissen, was ich eigentlich sagen will. Zum Glück unterbricht mich Czirpischewsky: „Möglicherweise hat Frau Bonge Sie benutzt, um sich mit einem spinnerten Künstler zu tarnen oder um sich aus den Nazi-Kreisen zu lösen."

Fassungslosigkeit breitet sich in mir aus. Ich wurde vielleicht benutzt? Dabei hatten Bea und ich doch die feste Überzeugung, Eva zu benutzen. Sollten wir uns so getäuscht haben? Ich versuche, mich zu beruhigen. Eva wollte sich bestimmt aus dem braunen Sumpf lösen und hat bei uns Zuflucht gesucht. Das würde auch erklären, warum sie so anhänglich war. Dann hätte der brutale Überfall von Sven Steger auf sie nicht nur Gründe im Beziehungsende, sondern auch politische Motive.

Mir fällt die Racheaktion der drei Frauen ein und mir wird ganz mulmig. Wenn Steger nicht allein gewesen, sondern Besuch von seinen Gesinnungsgenossen gehabt hätte, wäre es für die Frauen wahrscheinlich böse ausgegangen.

„Aber vermutlich spielt das keine Rolle", höre ich Czirpischewsky weiter dozieren. „Die meisten Morde sind Beziehungstaten." Ich kann nicht mehr zuhören und drücke das Telefonat einfach weg.

Wie paralysiert laufe ich durch die Straßen. In meinem Kopf tobt ein Gedankensturm. War Eva Nazi oder liebesblinde Nazibraut?

Wie überhaupt kommt ein junger Mensch dazu, diese dumme Ideologie gut zu finden? Fehlt da einfach das Wissen, dass Nationalismus und Faschismus noch nie in der Geschichte den Menschen genutzt, sondern immer nur zu Chaos, Krieg, Zerstörung und massenhaftem Tod geführt hat? Wie kann man Ideen nachlaufen, die solch unfassbares Leid zur Folge haben? Wollen die neuen Nazis das wiederholen? Also bei Eva kann ich mir das gar nicht vorstellen.

Aber was ist es dann? Ist es der Wunsch, sich einer Gruppe zugehörig zu fühlen? Aber da gäbe es doch viele andere Gruppen, Vereine, Kirchen, Parteien ... Warum gerade so eine perverse, die Menschen verachtet?

Ich unterstelle mal, dass jeder Mensch – gerade auch wenn er sich vorstellt, Kinder zu haben – sich wünscht, dass die Welt besser wird, damit er es selbst, spätestens aber seine Kinder es auch besser haben. Hat man je davon gehört, dass es besser wurde durch Hass und Gewalt? Ich verstehe es nicht.

Oder sammeln sich bei Nazis charakterschwache, unsichere Menschen, die ihr wackeliges Selbstbewusstsein durch die Zugehörigkeit zu einer vermeintlich starken Volksgruppe erhöhen wollen?

Finden sich dort Menschen, die Freiheit nicht aushalten können und sich deshalb autoritäre Strukturen wünschen, in denen ihnen gesagt wird, was sie zu tun haben? »Führer befiehl, wir folgen!«

So etwas könnte schon eher auf Eva zutreffen, die – wie Bea es einmal sagte – eine »Sklavenseele« hatte.

Aber vielleicht war dieses Verhalten ja gar nicht echt, sondern nur gespielt, Teil einer Strategie, um bei uns untertauchen zu können. Was weiß ich schon über Eva? Was hatte sie für ein Vorleben? War sie wirklich Tochter eines Bundeswehrgenerals? Hat sie tatsächlich als Kind unter seiner Strenge gelitten? Was heißt das konkret? Ich müsste diesen Vater mal kennen lernen, diesen General Bonge.

Keine Stunde später stehe ich vor der Villa Schapper. Ich habe Lust zu arbeiten. Ich will in den Pavillon. Das Material dort drinnen zieht mich. Aber kann ich nach den Geschehnissen einfach so da herein marschieren und loslegen?

Ich tue es.

Auf einer großen Leinwand skizziere ich Eva – oder besser – mein inneres Bild von ihr. Ich bringe Eva in Kontakt zu Braun, aber sie wehrt sich. Ich springe ihr mit anderen Farben bei. Es wird ein Kampf, in dem das Braun immer gewalttätiger wird. Es versaut alles, macht alles zu Scheiße. Ich bin verzweifelt, muss aber auch lachen: Eine politische Bewegung, die sich selber als Scheiße präsentiert.

Eva hat keine Chance. Schon steht ihr die Scheiße bis zur Unterlippe. Jetzt kann nur noch Rot helfen. Ich jage Blutfontänen in das Bild, aber dabei geht mir Eva verloren. Sie geht mir verloren, verschwindet in einem braun-roten Farbgewitter. Wut kocht in mir hoch. Ich packe den Spachtel und ramme Risse in die Leinwand. Ich kämpfe und verausgabe mich, doch es wird immer schlimmer. Eva ist nicht zu retten. Erschöpft lasse ich alles fallen.

Eine zarte Welle huscht über meinen Rücken. Steht da jemand? Langsam drehe ich mich um. Es ist Frau Schapper. Wie lange ist sie schon da? Will sie mich rausschmeißen? Sie lächelt. „Danke", sagt sie, „danke, dass ich das gerade miterleben durfte." Erleichtert gehe ich auf sie zu. Ihre Augen werden groß. Ist das Angst? Nein, ein Ruck geht durch ihren Körper. Sie tritt auf mich zu, zieht meinen Kopf mit beiden Händen heran und drückt ihre Lippen auf meinen Mund. Nach einem Moment der Überraschung öffne ich mich und wir küssen uns – erst zaghaft, dann immer bestimmter, lang und länger. Es ist schön. Ich denke an Eva und fühle mich ihr ganz nah. Nein, es ist Bea! Oder doch Frau Schapper?

Alles wirbelt und verschwimmt. Küsse ich die Frau an sich? Ich weiß es nicht. Die Zeit bleibt stehen, bis Geräusche aus dem Garten mich wecken. Frau Schapper lässt mich los. Ihre Augen glänzen. Sekunden später platzt Stroth in den Pavillon. Sofort sieht er das neue Bild und strahlt: „Ich wusste es, ich wusste es!", bricht es aus ihm hervor. „Hier kommst du wieder in Fahrt." Als er dann auch noch die anderen Werke sieht, gerät er ganz aus dem Häuschen.

„Ich mache einen Kaffee", unterbricht Frau Schapper. „Wir können uns auf der Terrasse in die Sonne setzen." Ich nicke ihr dankbar zu.

Als sie weg ist, tritt Stroth an mich heran: „Warum ich hier bin ...", beginnt er ernst. „Es gab heute Nacht einen Anschlag auf meine Galerie. Da hat jemand ein Hakenkreuz auf die Eingangstür geschmiert und versucht, sie in Brand zu setzen. Zum Glück hat das nicht geklappt. Auf die Schaufensterscheibe wurde »entartet« gesprüht."

Wieso bin ich nicht verwundert? „Was hast du gemacht?"

„Ich habe die Polizei gerufen und die Presse. Das ist morgen in allen Zeitungen. Eine bessere Werbung gibt es nicht."

„Kannst du nur ans Verkaufen denken? – Überleg doch, es wäre ein Feuer ausgebrochen, dann hättest du in deinem Bettchen über der Galerie ein heißes Höschen bekommen."

Stroth wird blass: „Dann kann man das quasi auch als Mordversuch werten ..."

„Aber nur, wenn der Täter überhaupt wusste, dass du über der Galerie wohnst."

Stroth nickt: „Merkwürdig finde ich, dass sich auf einmal Neo-Nazis für Kunst interessieren."

Wir verlassen den Pavillon und schlendern durch den Park.

„Möglicherweise geht es um mich und meine Bilder", spekuliere ich. „Eventuell hängt es mit Sven Steger, Evas Ex-Freund, zusammen. Der ist wohl in der Nazi-Szene aktiv und will mir eins auswischen, weil er glaubt, ich hätte ihm Eva ausgespannt."

„Oh, dann bist ja du in Gefahr", entfährt es Stroth.

„Ja, ich wurde schon beschattet und verfolgt von einem dunklen BMW mit getönten Scheiben."

„Weiß die Polizei davon?"

„Ja, ich habe eine Aussage gemacht."

„Dann ist dieses Versteck für dich ja doppelt wichtig."

Wir setzen uns auf die Terrasse und, als Frau Schapper ein Tablett mit Tassen und Kaffee bringt, wechseln wir das Thema.

„Du hast mal erzählt, dass ein General in der Galerie war und eins meiner Bilder gekauft hat." Stroth nickt.

„Hast du Name und Anschrift von dem?"

„Nein", sagt Stroth. „Der hat bar bezahlt und wollte keine Rechnung."

„So können Sie ordentlich Steuern sparen", bemerkt Frau Schapper süffisant. Stroth schaut sie an – wie ertappt -, sagt aber nichts dazu.

Mein Handy vibriert. Es ist Bea. Ihr erster Schultag ist fast beendet. Sie hat nur noch eine kleine Besprechung und will sich danach mit mir treffen. Wir verabreden uns am Polizeipräsidium, weil wir beide noch unseren Meldeauflagen nachkommen müssen.

Frau Schapper hat mitgehört und scheint enttäuscht: „Ich hoffe, Sie kommen bald wieder." Sie zwinkert mit einem Auge und fügt hinzu: „Zum Malen!"

Ich lächle sie an und nicke. Nach dem Kaffee nimmt mich Stroth in seinem Wagen mit und setzt mich direkt am Präsidium ab. Bea ist schon da und wir gehen gemeinsam hinein und melden uns. Einer der Beamten holt Kommissar Müller hinzu. „Gut, dass Sie da sind, Frau Rinke", beginnt er ohne Umschweife. „Wir bräuchten eine Speichelprobe von Ihnen." Bea starrt ihn erstaunt an.

„Ja, wir haben die DNA einer weiblichen Person an der Leiche von Eva Bonge gefunden", erklärt Müller. „Wir machen einen Routineabgleich." Grinsend fügt er hinzu: „Nur zu Ihrer Entlastung, versteht sich."

Bea ist bleich geworden und nickt mechanisch. Sie folgt dem Kommissar in einen Nebenraum. Als wir das Revier verlassen, ist sie ganz schweigsam.

Zuhause fahre ich den Computer hoch und schaue nach, was ich über General Bonge erfahren kann. Ich finde Berichte, in denen vermutet wird, dass er sich dafür eingesetzt hat, aussortierte Waffen der Bundeswehr an ein faschistisches Regime zu verkaufen. Privates gibt es nichts zu entdecken, nur die Adresse seiner Dienststelle. Ich notiere mir die Telefonnummer, um ihn morgen zu Bürozeiten anzurufen.

Da wir immer noch nicht eingekauft haben, lassen wir uns von unserem Lieblingschinesen die 67 und die 113 bringen. Als wir später im Bett liegen, kuschelt sich Bea ganz eng an mich. „Weißt du, Martin", flüstert sie nach einiger Zeit, „kann sein, dass ich Ärger bekomme."

„Wieso?"

„Vielleicht ist die weibliche DNA an Evas Leiche ja von mir." Bea redet und redet, aber ihre Erklärungen verunsichern mich. An Schlaf ist nicht mehr zu denken. Kann das alles stimmen, was sie da erzählt? Und – wird es Kommissar Müller glauben? Ich bekomme Angst um sie. Unruhig wälze ich mich hin und her. Möglicherweise kommt sie in Untersuchungshaft. Ich sehe Bea in der fensterlosen Zelle, in die ich anfangs gesteckt wurde, sehe sie zwischen all den Männern beim Hofgang. Der kleine Alte kommt bestimmt wieder angerannt und rastet aus: „Nicht mal im Gefängnis hat man Ruhe vor Frauen."

Ach Quatsch! Bea käme dort gar nicht hin, sondern in ein Frauengefängnis. Gibt es wohl dort auch welche wie der Alte, die sich dorthin retten, um Männern zu entkommen? Bestimmt!

Aber wo gibt es überhaupt ein Frauengefängnis? Ich glaube, es gibt nur wenige. Ich habe einmal gehört, dass weniger als 5% aller Straftäter, die in Deutschland zu Gefängnis verurteilt werden, Frauen sind. Sind Frauen weniger kriminell? Oder werden sie vor Gericht nachsichtiger beurteilt? Wird Bea mit ihrer Behauptung durchkommen, dass Eva schon tot war, als sie sie geschüttelt hat? Aber warum hat sie dann nicht das Hotelpersonal herbei geschrien? Warum nicht die Polizei verständigt? Warum hat sie nicht mir Bescheid gesagt? Gut, sie wusste meine Zimmernummer nicht. Aber wenn es im Hotel einen Aufruhr gegeben hätte, wäre ich doch herbei gerannt. Hatte sie Angst, weil sie sich wieder in das Hotel eingeschlichen hatte, nachdem der Nachtportier sich geweigert hatte, ihr meine Zimmernummer zu sagen? Was hat sie in den Stunden dazwischen gemacht? Meine Gedanken drehen sich wie ein Karussell. Das alles sieht Bea gar nicht ähnlich. Sagt sie mir die Wahrheit? Hat sie ein reines Gewissen? Jedenfalls kann sie problemlos schlafen. Sie liegt neben mir und atmet tief und gleichmäßig. Ich versuche, ihren Atemrhythmus aufzunehmen und gleite tatsächlich bald aus meinem Bewusstsein.

Am nächsten Morgen ist Beas Stimmung gedrückt. Sie macht sich wortkarg fertig und verabschiedet sich zur Schule. Ich gehe einkaufen, fülle Kühlschrank und Vorräte und frühstücke in aller Ruhe. Dabei lese ich die mitgebrachte Lokalzeitung und finde darin tatsächlich einen Bericht über den versuchten Brandanschlag auf die Galerie. Stroth bringt geschickt ins Gespräch, als einziger meine Bilder zu zeigen. Die örtliche Polizei scheint das Feuer und die Schmierereien nicht ernst zu nehmen und hakt alles als »dummen Jungenstreich« ab. Wären linke Parolen gesprüht worden, hätte man gewiss den Staatsschutz eingeschaltet.

Kurz nach 10 Uhr rufe ich in der Dienststelle von General Bonge an, gerate aber nur an einen Adjutanten, der mir versichert, dass es heute ganz unmöglich sei, den General zu sprechen. Ich bitte ihm, dem General mitzuteilen, dass Martin Rinke mit ihm reden wolle und gebe ihm meine Nummer. Keine halbe Stunde später klingelt mein Telefon und Bonge ist am Apparat: „Sind Sie dieser verrückte Künstler, der meine Tochter umgebracht hat?“

„Nein, ich bin weder verrückt, noch habe ich Eva umgebracht.“

„Was wollen Sie?“

„Ich würde mich gerne mit Ihnen treffen.“

General Bonge scheint verblüfft: „Soll ich Sie etwa im Gefängnis besuchen?“

„Das ist nicht nötig“, antworte ich. „Ich bin aus der Untersuchungshaft entlassen.“

„Oh, das habe ich gar nicht mitbekommen.“

„Ich weiß nicht, ob Ihnen Ihre Tochter von mir erzählt hat ..., dass wir uns vor Wochen kennen gelernt haben ...?“

Bonge unterbricht mich: „Ja, ja, sie hat so etwas erwähnt.“

„Ich würde gerne mehr über Eva erfahren.“

Bonge zögert: „Wozu soll das jetzt noch gut sein?“

„Ich möchte manches besser verstehen, habe einige Fragen", stammele ich. Er schweigt, aber ich spüre durch die Leitung, wie er mit sich ringt. „Na gut", sagt er schließlich. „Mich interessiert auch, mit wem es Eva in der letzten Zeit zu tun hatte. Treffen wir uns auf ein Glas in Rietbrocks Weinhaus? Sagen wir: Heute um 19 Uhr?"

Ich willige ein und lege auf. Das lief ja besser als erwartet.

Mit dem Rad fahre ich zur Villa, denn ich habe Lust bekommen zu arbeiten. Frau Schapper scheint nicht da zu sein und so habe ich meine Ruhe. Ich versenke mich in das Portrait, das ich von ihr gezeichnet habe, und übertrage es noch einmal auf eine große Leinwand. Mit kräftigen Farbaufträgen erschaffe ich ein Bild von einer vornehmen Frau, die diabolisch den Schalk im Nacken sitzen hat.

Am späten Nachmittag radle ich wieder davon, melde mich kurz bei der Polizei und gehe auf eine Currywurst in eine Imbissstube. Dort glotzt mich ein angetrunkener Mann lange an und kommt mir schließlich ganz nah: „Du bist doch der Sudelmörder, oder?"

Zum Glück bin ich gerade fertig. Ich gehe hinaus und schwinge mich aufs Rad. Der Besoffene wankt schreiend hinter mir her: „Das ist der Sudelmörder! Das ist der Sudelmörder!"

Leute bleiben stehen und starren mich an, aber ich entschwinde mit dem Rad ganz schnell. Hoffentlich passiert mir das nicht im Weinhaus!

Als ich in der Königstraße ankomme, ist es Viertel vor sieben. Mit einem „Moin, Moin" werde ich vom Chef persönlich begrüßt. Und das in Bonn! Ich mag dieses Weinhaus, weil es mit verschiedenartigen Möbeln sehr heimelig und gemütlich eingerichtet ist und dadurch eine spezielle Atmosphäre hat. In einer abgelegene Ecke finde ich einen Platz und bestelle bei einer jungen hübschen Bedienung einen Grauburgunder. Man könnte hier zum Wein auch eine Kleinigkeit essen, aber ich bin noch von der Currywurst satt. Abgesehen von einer kleinen Gruppe, die sich schwatzend um einen Stehtisch schart, ist es leer.

Eine Minute vor sieben – also überpünktlich – betritt ein großer Mann in einem tadellos sitzenden Anzug das Lokal. Er fällt auf durch stachelkurze hell-graue Haare und ungewöhnlich dicke tiefschwarze Augenbrauen. Ich schätze ihn auf Anfang 60. Suchend schaut er sich um und, als er mich entdeckt, steuert er schnurstracks auf mich zu. Ich erhebe mich, um ihm die Hand zu geben, aber er lässt meine Hand in der Luft verhungern. Stattdessen macht er sich kurz steif – *Haltung annehmen* heißt das wohl beim Militär – und sagt: „Ich nehme an, Sie sind Herr Rinke."

Ich nicke: „Schön, dass Sie für mich Zeit haben, Herr General." Ich winke die Bedienung herbei und Bonge bestellt sich einen Bordeaux und übernimmt dann direkt die Gesprächsführung: „Ich bin bei Ihrem Anblick überrascht. Bisher war mir nicht bekannt, dass Eva einen Faible für ältere Männer hatte."

Das hat gesessen. Ich weiß nicht, was ich dazu sagen soll. Also lächle ich nur.

„Sie können sich vorstellen, dass es für mich ein ziemlicher Schock war und ist, dass meine Tochter ermordet wurde. Wenn Kinder eher gehen als die Eltern, ist es schon schlimm. Aber dann noch auf so eine brutale Weise." Seine Stimme gerät ins Stocken.

„Ja, es ist furchtbar – auch für mich", erwidere ich. „Ich habe Eva ja nur einige Wochen gekannt, aber ich habe sie in dieser Zeit schätzen, ja ich möchte sogar sagen, lieben gelernt."

„Jetzt sülzen Sie mal nicht so herum", herrscht mich der General an. „Sie sind in den Mord verwickelt."

„Ich habe sie gefunden und selbst die Polizei glaubt nicht mehr, dass ich sie getötet habe. Sonst wäre ich ja wohl nicht frei."

Bonges Blick bleibt misstrauisch. Er nimmt einen großen Schluck Wein und lehnt sich nachdenklich zurück. Wir schweigen eine Ewigkeit.

„Ich habe seit Jahren befürchtet, dass es sich mit Eva nicht gut entwickeln wird", beginnt er mit jetzt brüchiger Stimme. „Seit der Pubertät hat sie sich gegen unsere Familienordnung gestemmt. Aber nicht, indem sie aufmüpfig wurde und rebelliert hat – nein. Sie wurde immer stiller, ist in so eine innere Emigration gegangen. Gleichzeitig hat sie immer wieder die Nähe zwielichtiger Gestalten gesucht." Bonge sieht mich dabei verächtlich an und ich weiß, dass er auch mich ebenfalls dazu zählt. „Ihr erster Freund war so ein chaotischer Punker, der mich irgendwann beklaut hat. Dann folgte jeden Monat ein neuer Nichtsnutz. Am längsten hat sie es ausgehalten mit diesem Sven Steger. Anfangs war ich darüber froh, weil Sven wenigstens eine nationale Gesinnung hat. Aber dann hat er seine Arbeit geschmissen und sich darauf eingerichtet, auf der faulen Haut zu liegen und auf Staatskosten zu leben. Ein Parasit, eine Zecke ist der. Ich hatte Mühe, Eva davon abzuhalten, es ihm gleich zu tun. Fast hätte sie ihre Chancen vertan, verbeamtet zu werden."

„Hat Eva die rechtsradikale Gesinnung dieses Sven Stegers geteilt?"

General Bonge muss augenscheinlich an sich halten, um nicht aufzubrausen: „Herr Rinke, wer eine nationale Gesinnung hat, ist nicht automatisch rechtsradikal. Wer sein Vaterland liebt, ist noch lange kein Nazi."

„Da gebe ich Ihnen recht, Herr Bonge. Wer aber aus seinem Nationalstolz verächtlich auf Menschen anderer Nationen herab schaut und sich – wie Sven Steger – wohl auch zu Gewalttaten gegen Ausländer hinreißen lässt, ist mit Sicherheit nicht nur Rassist, sondern auch Nazi. Wenn Sie so etwas auch nur tolerieren, stehen Sie nicht mehr auf dem Boden des Grundgesetzes."

Das hat jetzt umgekehrt gesessen und Bonge beeilt sich zu betonen: „Von Gewalttaten weiß ich nichts. – Was Eva angeht: Sie war oft und gerne mit uns im Ausland und hatte einige Freundinnen dort. Wir haben sie zu einem weltoffenen Menschen erzogen."

Es entsteht eine Pause. Ich nutze sie, ein anderes Thema anzusprechen: „Sie sind ins Gerede gekommen, dass sie Waffenlieferungen an ein faschistisches Regime befürwortet haben. Standen Sie unter Druck, so etwas gut zu heißen? Wurden Sie erpresst? Hat man gedroht, Eva etwas anzutun, wenn Sie sich nicht dafür aussprechen?"

Bonges Kopf schwillt rot an: „Da ist nichts dran", schnauzt er verärgert. Das ist so eine Presseente, die – einmal in die Welt gesetzt – immer weiter gefüttert wird. Der MAD hat das untersucht und für Quatsch erklärt. Ich habe doch auch gar nicht so einen Einfluss auf die Politik. Wer hört denn in Berlin auf mich?"

Wieder entsteht eine Pause. Bevor sie peinlich wird, frage ich den General: „Sie waren in der Galerie Stroth und haben ein Bild von mir gekauft. Warum? Schätzen Sie meine Kunst?"

Jetzt platzt Bonge: „Kunst? – Ich kann Ihr Geschmiere nicht als Kunst verstehen."

„Warum geben Sie dann so viel Geld dafür aus?"

Bonge sackt in sich zusammen: „Das Bild, das ich ausgesucht habe, ist unerträglich. Ich kann es kaum anschauen, aber es gibt mir eine Ahnung, wie brutal Eva zu Tode gekommen sein muss. Wenn ich davor stehe, schreit die Wut und ... weint die Trauer in mir ... – Und das ... das tut mir gut." Er steht auf – sieht plötzlich ganz alt und gebrochen aus – und geht.

Ich bin wie erschlagen, komme nicht hoch. Mit General Bonge verlässt ein Hauch von Eva den Raum. Dann spüre ich ihn wieder, diesen Trauerkloß. Er breitet sich nach und nach in meinem Bauch aus. Ich trinke noch einen Grauburgunder, dann noch einen. Habe ich etwas Neues erfahren? Ich weiß es nicht. Ich habe allerdings etwas gefühlt und das zieht mich jetzt in einen dunklen Sumpf. Ich fülle ihn weiter mit Wein auf. Später ruft auch noch Leo an und verkündet, dass Kommissar Müller morgen einen Haftbefehl gegen Bea

beantragen will. Jetzt kommt es also knüppel-
dick. „Kannst du auch sie verteidigen?"

Leo zögert: „Eigentlich nicht. Ich weiß auch
nicht, ob sie das will. – Außerdem, ich habe
noch keine Idee, wie ich ihr helfen kann."

Als ich mit Schweigen reagiere, fragt er:
„Wo bist du gerade?"

„Ich bin in Rietbrocks Weinhaus und lasse
mich volllaufen."

„Soll ich vorbei kommen?", fragt Leo.

„Willst du dich auch besaufen?"

„Nein, heute nicht."

„Dann lass mal gut sein", lalle ich und beende das Gespräch. Ich leere noch einige Gläser,
bis die hübsche Serviererin meint, jetzt sei
aber genug.

„Da hast du vielleicht recht, Schätzchen.
Aber weißt du, ich bin der Sudelmörder und
muss viel Blut wegspülen." Als ich ihr er-
schrockenes Gesicht sehe, muss ich lachen. Ich
drücke ihr einen großen Schein ins Dekolle-
tee und wanke hinaus. Auf den paar Metern
zu meinem Fahrrad stehen zwei Kapuzenty-
pen. „Weg da!", schreie ich. „Hier kommt der
Sudelmörder!" Ich will zwischen den beiden
hindurch. Plötzlich ein harter Schlag in den
Magen, dann einer auf den Hinterkopf. Meine
Knie sacken weg. Dunkel.

Ich liege im Bett – zusammengekrümmt wie
ein Embryo – und habe Angst. Im Kopf blitzt

und donnert es. „Der liebe Gott schimpft", flüstert Mutter mit zittriger Stimme und beginnt zu beten: „Heilige Maria, Mutter Gottes, bitte für uns – jetzt und in der Stunde unseres Todes ..." Bin ich schon tot? Regen prasselt gegen Scheiben. Nein, es ist kein Regen. Der Sturm braust in meinen Ohren und rüttelt an den Fenstern. Sie werden undicht. Rote Tropfen quetschen sich zwischen Fensterflügel und Rahmen durch, laufen auf der Tapete zusammen, werden zu Rinnsalen – die Wand hinunter. Bald wird der Boden voll sein. Eva liegt da, ist tot, ausgeblutet. Wie ein Schwamm saugt sie das ankommende Blut auf, füllt sich wieder, steht strahlend auf. Es ist die Auferstehung! Ein Hochgefühl erfasst mich.

Ich will auch aufstehen, aber meine Füße sind zusammengebunden, auch die Hände. Kabelbinder. Ich öffne die Augen. Es ist fast dunkel. Nur durch dünne Ritzen dringt ein wenig Licht. Es sind Ritzen zwischen Holzbrettern. Ich will mich bewegen, kann aber nicht. Ich liege offenbar in einer Holzkiste. Oh nein! Wie komme ich hier herein? Träume ich? Mein Schädel brummt. Außerhalb der Kiste ist kein Sturm, nur Stille. Ich lausche. Ich beiße in den Kabelbinder, der meine Hände zusammenzwingt. Er ist zäh, schmeckt nach Plastik. Harte Arbeit für die Zähne, aber sie schaffen es.

Dann quietscht eine Tür, leise Stimmen, ein Mann: „Er ist in der Kiste."

Eine zweite Stimme: „Ihr Idioten! Dreht ihr jetzt alle durch? Erst verliert Sven die Nerven und jetzt ihr. Was soll das?"

Moment, die zweite Stimme ...? Kenne ich die nicht?

Ein anderer Mann: „Wenn Eva geplaudert hat – z.B. über den Großbrand –, kann er gefährlich werden. Es ist sicherer, ihn zum Schweigen zu bringen."

„Unsinn! Er weiß nichts, da bin ich mir sicher", fährt jetzt die zweite Stimme dazwischen. „Auch ihn zu beschatten, war schon unnötig."

Der erste Mann scheint genervt: „Und was sollen wir jetzt deiner Meinung nach machen?"

„Kippt ihn irgendwo aus."

„In den Rhein?"

„Wie doof bist du denn? Wenn du ihn umbringst, wäscht du ihn rein und er nützt uns nichts mehr."

Woher kenne ich diese Stimme?

„OK!", zischt der erste. „Aber dann sofort, bevor es hell wird. Packt an!"

Die Kiste wird hoch gehoben. Sie schwankt. Ich stemme mich innen gegen die Seiten. Dann wird sie irgendwo drauf geschoben. Ist es eine Ladefläche? Ein Motor springt an, die Kiste vibriert und der Wagen setzt sich in Bewegung. Ich spüre Fliehkräfte in Kurven und rutsche in der Kiste hin und her. Panik übermannt mich. Was haben die mit mir vor? Wie ein Spielball fühle ich mich ausgeliefert. Endlos werde ich durchgeschüttelt. Dann bremst das Auto abrupt und ich knalle hart nach vorne. Nun scheint es rückwärts zu fahren. Der Motor geht aus, zwei Türen schlagen und unter Flüchen wird die Kiste verrückt, fällt plötzlich ein Stück und kracht auf den Boden. Ich schlage dabei auf meine rechte Schulter, verkneife mir aber jeden Schmerzlaut. Ehe ich mich weiter vorsehen kann, bekommt die Kiste einen Schubs und stürzt – sich immer wieder überschlagend – irgendwo hinunter. Ich werde wie in einer Waschmaschine herumgeschleudert und fange mir jede Menge Stöße und Prellungen ein. Als die Kiste zum Stehen kommt, sind einige Bretter abgerissen und ich kann in der Dunkelheit oben auf einer Böschung die Umrisse von zwei Kapuzenmännern sehen. Sie stehen neben einem Pick-up.

Kommen Sie jetzt herunter? Nein, sie springen in den Wagen und fahren davon.

Ich bin erleichtert und atme erst mal tief durch. Mir tut alles weh. Wellen schwappen in die Kiste hinein. Mit ein paar Schlägen löse ich weitere Bretter und klettere heraus. Gar nicht so einfach mit zusammengebundenen Beinen. Ich bin am Rhein, direkt am Ufer an der Wasserlinie. Ich krieche ein Stück weg. Zum Glück finde ich bald auf dem Boden eine Scherbe, mit der ich den Kabelbinder durchratschen kann.

Langsam krabble ich die Böschung hinauf. Oben ist ein kleiner Weg, der nach einigen hundert Metern auf eine Straße stößt. Ich folge ihr parallel zum Ufer. Links gibt es dann eine Stichstraße direkt auf den Rhein zu. Geht hier eine Autofähre? Ist auf der anderen Seite nicht Mondorf? In der Dunkelheit ist das schwer zu erkennen. Dann finde ich sogar ein Straßenschild: „Milchgasserweg". Ich taste meine Hose ab und finde in einer Tasche das kleine Handy. Diese Stümper! Nicht mal das haben sie mir abgenommen. Mehrere verpasste Anrufe.

Ich klingle zuhause an und bin mir klar, dass ich Bea aus dem Schlaf reiße. Schließlich ist es erst kurz nach 5 Uhr.

Sie ist aber nicht mürrisch, sondern erleichtert, dass ich mich melde. Immer mehr Schmerzen branden in mir hoch, als ich im Straßengraben hocke und warte, bis sie mich abholt.

Bea ist erschrocken, wie ich aussehe. Sie kann sich nicht bremsen, mich zu umarmen, bis ich jaule.

Auf der Heimfahrt berichte ich ihr die Erlebnisse des Abends, wie ich in die Kiste gekommen bin und die Männer gehört habe. „Eine der Stimmen kenne ich irgendwoher. Wer kann das sein, der sich sicher ist, dass ich nichts weiß? Es war auch von einem Großbrand die Rede."

Bea ist auch ratlos. Zuhause verarztet sie meine Wunden und dann frühstücken wir in aller Ruhe. „Ich wollte dich gestern Abend auf dem Handy erreichen", erzählt sie, „habe dich nicht erreicht und geglaubt, du seist wieder im Malrausch und hörst das Klingeln nicht. Deshalb bin ich zur Villa gefahren. Frau Schapper war da und wir beide sind in den Pavillon gegangen, ohne dich zu finden. Frau Schapper war begeistert, als sie das Portrait gesehen hat, das du von ihr gemalt hast."

Bea strahlt mich an: „Es ist aber auch wirklich gut. – Sie hat mich dann noch auf ein Gläschen Wein eingeladen. Wir haben uns lange unterhalten und gut verstanden. Gabriele ist eine sehr sympathische Frau.

„Ihr duzt euch?"

„Warum nicht?"

„Ich dachte, sie ist zu vornehm dafür."

Bea macht sich bald auf den Weg zur Schule und ich lege mich ein Stündchen aufs Ohr. Nach dem Frühstück fahre ich mit der Straßenbahn zum Bahnhof und laufe von dort zum Weinhaus. Ich hole mein Rad, mache noch einige Besorgungen und fahre dann zur Meldung ins Polizeipräsidium. Ich bitte, Kommissar Müller sprechen zu können. Er ist erstaunt über mein ramponiertes Äußeres und ich erzähle von den Erlebnissen in der letzten Nacht.

„Sind Sie schon einmal verfolgt worden?", fragt er.

„Ja klar, von dem dunklen BMW. Das wissen Sie doch."

„Woher soll ich das wissen?"

„Hat Ihnen mein Rechtsanwalt davon nichts berichtet?"

„Nicht, dass ich wüsste." Müller dreht sich und ruft in den Nebenraum: „Frau Czirpischewsky! Hat Rechtsanwalt Lantermann mal einen dunklen BMW erwähnt, der Herrn Rinke verfolgt?"

„Nur kurz", schallt es zurück. „Aber Herr Rinke hat mir ausführlich davon Meldung gemacht." Frau Czirpischewsky erscheint im Türrahmen. Als sie mich sieht, huscht Abneigung in ihr Gesicht. „Nanu, Herr Rinke, Sie

sehen so aus, als hätte Sie einer überfahren."
Ich ignoriere das und schildere noch einmal
die Situation in der Holzkiste und die Stimmen: „Einer hat einen Großbrand erwähnt,
über den Eva Bonge Informationen hatte."

Frau Czirpischewsky kommt näher: „Wir
hatten hier vor drei Monaten einen Brand in
einer Asyl-Unterkunft. 5 Tote. Eine Familie
aus Eritrea. Das war möglicherweise Brandstiftung von Rechten."

Müller mischt sich ein: „Das ist nicht bewiesen. Wir ermitteln noch."

„Ja, jetzt erinnere ich mich an diesen
Brandanschlag. An einem Tag stand etwas in
der Zeitung und dann habe ich nichts mehr
darüber gehört."

Müller macht mit der Hand eine wegwerfende Bewegung: „Bevor Sie gehen, Herr Rinke: Die weibliche DNA an der Leiche stammt
von Ihrer Frau. Ich habe einen Haftbefehl beantragt." Ich schaue ihn ernst an: „Ich denke,
sie wird Ihnen eine logische Erklärung dafür
liefern." In Müllers Augen sehe ich Zweifel.

„Gab es an der Leiche nicht noch andere
DNA-Spuren?"

Zögernd antwortet der Kommissar: „Ja, eine männliche, aber wissen noch nicht, von
wem."

„Könnte es Sven Stegers DNA sein?"

„Um das festzustellen, müssten wir den
erst mal fassen."

„Wieso?", hake ich nach. „Gibt es in seiner
Wohnung keine Haare oder Zahnbürsten?"

Kommissar Müller wird rot.

◊◊◊

Soll ich Bea anrufen? Ich entscheide mich dagegen. Es reicht, wenn sie das am Nachmittag erfährt. Das mit der DNA würde sie jetzt nur vom Unterricht ablenken. So radle ich zum Pavillon und kritzele ein wenig in meinem Skizzenbuch. Kann man eine Stimme malen? Ich versuche es, aber es gelingt mir nicht. Dann diese Bretterkiste, Gefühle der Enge, des Gefesselt-Seins, die Kabelbinder ... Das geht schon besser, aber ich merke, ich will es jetzt nicht ertragen. Ich öffne die großen Glastüren zum Park und stelle mich in die Sonne. Vom Rhein her höre ich Schiffe tuckern.

Eine strahlende Frau Schapper kommt über den Rasen: „Herr Rinke, Sie machen mich so glück ..." Sie stockt: „Oh, wie sehen Sie denn aus?"

„Ich bin unter die Räuber gefallen. Aber, halb so schlimm." Sie schaut mich mitleidig an: „Ich wollte sagen: Das Bild ist so wunderbar."

„Freuen Sie sich nicht zu früh, Frau Schapper. Es ist unverkäuflich."

Ihre Gesichtszüge entgleisen Richtung Enttäuschung. Schnell schaltet sie aber um und kommt verführerisch lächelnd auf mich zu. Diese Frau gibt nicht so schnell auf. Sie umfasst mich an der Taille und schaut mich liebreizend an. „Ist da gar nichts zu machen?", säuselt sie. „Ich bin bereit, viel zu zahlen."

„Geld interessiert mich nicht."

„Und wenn ich ganz lieb zu Ihnen bin?" Sie reibt ihre Brüste an meinen Körper.

Ich schaue sie belustigt an: „Was würde meine Frau dazu sagen?"

„Oh, ich glaube, die ist da ganz großzügig."

„Täuschen Sie sich da mal nicht."

„Für so etwas habe ich ein gutes Gespür." Sanft drückt sie ihre Lippen auf meinen Mund. Ich lasse es geschehen, schiebe sie dann aber von mir: „Es bleibt dabei: Unverkäuflich!"

„Aber warum denn?", fragt sie verzweifelt.

Ich lasse sie einen Moment zappeln. „Weil ich es Ihnen schenke – als Dank dafür, dass ich eine Weile hier arbeiten darf."

Mit einem Juchzer fällt sie mir um den Hals und bedeckt mein Gesicht mit Küssen. „Danke! Danke! Danke!" Sie schmiegt dabei ihren ganzen Körper an mich. Die Prellungen schmerzen, aber ich spüre auch Erregung in mir hochsteigen. Abrupt lässt Frau Schapper mich los und springt davon: „Ich weiß schon genau, wo ich es hin hängen werde. Ich mache direkt die Wand frei." Und schon ist sie in der Villa verschwunden.

Wenig später kommt Stroth mit einem Sprinter und will die fertigen Bilder abholen. Bei meinem Anblick bekommt auch er einen Schreck. Nach meiner Schilderung der Ereignisse meint er: „So etwas wird nicht aufgeklärt." Er schimpft auf die Polizei, die sich ebenfalls keine Mühe gäbe, den Anschlag auf seine Galerie aufzuklären. „Wenn rechtsradikale Motive im Spiel sind, werden die ganz träge und langsam." Als er hört, dass ich das Portrait verschenkt habe, rauscht seine Laune ganz in den Keller, entgehen ihm doch nun satte Prozente.

◇◇◇

Ich sitze in der Sonne, als Bea anklingelt. Sie ist in heller Aufregung. Als sie zur Meldung im Polizeirevier war, habe Kommissar Müller geflucht, weil jemand den beantragten Haftbefehl wohl verschlampt hatte. Sonst könnte er sie jetzt schon verhaften.

„Martin, ich will nicht in Untersuchungshaft", jammert Bea. „Ich habe ja gesehen, wie es bei dir war. Ich haue einfach ab."

„Nun reg dich nicht so auf", beruhige ich. „Das wäre unklug und würde als Geständnis gewertet."

„Egal, ich verschwinde und warte, bis der Fall gelöst ist."

„Nein, Bea, du brauchst aber einen Anwalt. Nimm auch den Leo, der ist in den Fall eingearbeitet."

„Nein, ich will lieber eine Frau. Ich werde Frau Thiel fragen, ob sie mich vertritt. Ich rufe sie sofort an."

„OK, aber versprich mir, keinen Unsinn zu machen."

„Ich verspreche gar nichts. Wenn ich plötzlich weg bin, mach dir keine Sorgen."

Beas Aufregung hat mich angesteckt. Meine Gedanken wirbeln im Kopf. War sie es vielleicht doch? Schließlich hatte sie mir verschwiegen, dass sie auch im Forum-Hotel war. Und dann ihr merkwürdiges Verhalten am Telefon, als sie in England war. Ich bekomme nichts mehr geordnet. Ich muss mit jemandem darüber sprechen. Ich steige aufs Rad und fahre zu Leos Kanzlei. Als ich von der Straße zum Hinterhaus, in dem sein Büro ist, einbiegen will, sehe ich zwei junge Männer in Kapuzenpullis das schäbige Haus verlassen. Sind das nicht dieselben, die mich zusammengeschlagen haben? Blitzschnell suche ich hinter einer Batterie Mülltonnen Deckung. Als die beiden langsam vor den Mülltonnen vorbei schlendern, höre ich sie reden: „Geniale Idee! Wenn noch eine Frau aus seinem Umfeld auf die gleiche Weise umkommt, wird keiner mehr daran zweifeln, dass der verrückte Künstler beide umgebracht hat."

„Ja, und wir wären alle aus dem Schneider."

Mir stockt der Atem. Was habe ich da gerade gehört? Ich kann es nicht fassen. Was hat das zu bedeuten? Wieso kommen diese Typen aus dem Haus, in dem Leo seine Kanzlei hat?

Plötzlich durchdringt es mich siedendheiß: Die Stimme, die Stimme, die ich in der Kiste gehört habe: Das war Leo! Ganz klar. Das war Leo! Ich erstarre, keine Ahnung wie lange. Auf einmal spüre ich Blicke. Ein kleines Mädchen ist hinter die Mülltonnen gekommen und glotzt mich von der Seite an. Ich halte meinen Zeigefinger vor die Lippen: „Psst!" Vorsichtig spähe ich über die Deckel. Die Luft scheint rein. Ich schwinge mich auf mein Rad und rase davon.

Planlos – kreuz und quer – radle ich durch die Stadt. In meinem Kopf überschlagen sich die Gedanken. Alles geht durcheinander. Irgendwann komme ich an einer Bäckerei vorbei, die den Duft von frisch gebackenen Brötchen auf die Straße pustet. Unbändiger Hunger vertreibt sofort den Kopfsalat. Ich bin dankbar, dass die elementaren Bedürfnisse mich wieder erden. Meine Augen sind groß: Vier Brötchen kaufe ich mir und fahre nachhause. Kunstvoll belege ich sie mit Schinken, Käse, Tomaten und Salat und genieße es, kräftig in sie hineinzubeißen. Schon nach zweien steigt die Gedankenflut wieder an.

Ich hole mir ein Blatt aus dem Papierschacht des Druckers und versuche, durch eine Kritzelzeichnung Ordnung in das Gehirnchaos zu bringen:

Da ist Eva. Sie ist mit Sven Steger zusammen. Der hat Gewalttaten gegen Flüchtlinge auf dem Kerbholz, vielleicht sogar den Mord an einer fünfköpfigen Familie durch Brandstiftung.

Eva trennt sich von Sven. Der will das nicht akzeptieren, bekommt auch Angst, dass sie ihn verpfeift, als sie sich auf Bea und mich einlässt. Er tötet Eva.

Bea findet Eva kurz darauf, begreift aber erst, als sie an ihr rüttelt, dass sie tot ist. Sie fürchtet, in Mordverdacht zu geraten – Motiv Eifersucht – und macht sich schnell aus dem Staub.

Am Morgen entdecke ich die Leiche und werde beim Herausziehen des Messers überrascht und als Mörder festgenommen.

Sven und die Rechtsradikalen sind weiterhin in Angst, dass ich von Eva Informationen über ihre Gewalttaten habe. Als ich aus der Untersuchungshaft frei komme, verfolgen sie mich. Sie schlagen mich zusammen, wollen mich sogar töten. Leo verhindert das.

Stattdessen wollen mich nun diese Kapuzenmänner als verrückten Mörder wieder hinter Gitter bringen. Dazu soll eine mir bekannte Frau auf die gleiche Art getötet werden wie Eva.

Ich schüttle mich. Das ist zu absurd. Wer käme denn auf so eine Idee? Kamen diese Typen überhaupt aus dem Büro von Leo?

Das kann nicht sein. Leo ist doch mein Anwalt. Er hat bisher alles dafür getan, dass ich entlastet werde und frei komme. Außerdem: Woher kennt er Sven Steger? Warum sollte er so einen rechtsradikalen Mörder decken? Und dann diese Idee, noch eine Frau zu töten. Wer sollte das aus meinem Umfeld sein? Bea? Das wäre doch absurd, wenn ich plötzlich meine Frau töte.

Mit einem Schlag fällt mir siedend-heiß ein, wer gemeint sein könnte: Frau Schapper!

Na klar. Ich habe Zuflucht bei ihr gefunden, arbeite bei ihr im Pavillon, hatte auch schon mal die Vision, sie getötet zu haben ... Wenn sie stürbe in der Art wie Eva, gäbe es keine Zweifel mehr, dass ich ein geisteskranker Mörder wäre.

Frau Schapper ist also in Gefahr, in höchster Gefahr! Ich muss zur Polizei.

Auf dem Präsidium sind die Schalterbeamten überrascht, mich heute ein zweites Mal zu sehen. Kommissar Müller ist nicht da, aber Frau Czirpischewsky nimmt sich widerwillig Zeit für mich. Ich erzähle, was ich hinter den Mülltonnen mitgehört habe, halte ihr mein Kritzelpapier unter die Nase und erkläre ihr meine Überlegungen. Sie hört reserviert und skeptisch zu.

„Dass Sven Steger möglicherweise der Mörder ist, kommt auch für uns in Betracht", räumt sie ein. „Er hat ein starkes Motiv: Eifersucht. Aber dasselbe Motiv hat auch Ihre Frau."

Ich lache empört auf: „Das ist doch absurd."

„Die DNA Ihrer Frau war an der Leiche."

„Aber wahrscheinlich auch die DNA von Steger", kontere ich.

„Das wird gerade untersucht."

„Spät, aber immerhin", bemerke ich sarkastisch.

Czirpischewsky schaut mich abschätzig an: „Wieso misstrauen Sie auf einmal Ihrem Rechtsanwalt? Das kommt mir irgendwie krank vor."

Ich bin genervt: „Ich weiß, Frau Czirpischewsky, dass Sie mich für psychisch krank halten und sauer auf mich sind, weil ich bei unserer ersten Begegnung so fasziniert auf Ihren großen Busen gestarrt habe ..."

„Das war sexistisch", unterbricht sie mich und ich höre, wie Wut und Kränkung in ihrer Stimme mitschwingen.

„Ich möchte mich dafür entschuldigen. Es war unangemessen, aber eigentlich voller Bewunderung und Begehren."

Erstaunen huscht über ihr Gesicht und kurz schlägt sie die Augen nieder.

„Bitte, Frau Czirpischewsky", nehme ich einen neuen Anlauf. „Ich sehe Frau Schapper in Gefahr. Um den Reportern zu entgehen, habe ich mich in letzter Zeit in ihrer Villa versteckt. Sie könnte dadurch in den Fokus der Rechten geraten sein. Werden Sie sie schützen?"

Die Polizistin hebt die Schultern: „Tut mir leid, Herr Rinke, ich kann nicht – nur weil Sie so eine blühende Phantasie haben – einen teuren Personenschutz veranlassen."

Ärger steigt in mir hoch. „Gut, ich gehe jetzt zu Ihren Kollegen und erstatte Anzeige wegen Planung eines Mordes."

Frau Czirpischewsky lacht: „Mordphantasien, ja selbst eine Planung sind nicht strafbar. Da müssten wir ja jeden Krimiautoren verhaften."

Ich wende mich zur Türe: „Das ist mir egal. Ich gebe es trotzdem zu Protokoll."

„Den einen Mord malen Sie vorher, den nächsten geben Sie vorher zu Protokoll. Sehr geschickt, Herr Rinke", spottet die Polizistin. „Ist das eine Flucht nach vorn, um außer Verdacht zu geraten?"

Ich bin perplex: „Sie halten im Grunde immer noch mich für den Mörder."

Czirpischewsky lächelt.

Als ich nach der Anzeige gegen Unbekannt das Revier verlasse, nieselt es. Mit eingezogenem Kopf radle ich zur Villa, um Frau Schapper zu warnen. Aber sie ist nicht da. Ich beschließe, in den Pavillon zu gehen und bitte die Hausangestellte, Frau Schapper bei ihrer Rückkehr sofort zu mir zu schicken. Unruhig warte ich dort auf sie.

Um mich abzulenken, stelle mir eine neue Leinwand auf, will eine Art Wetterbild malen, will das Unheil, dass ich erahne, in einem gewaltigen Wolkensturm heranbrausen lassen. Ich verwende Schwarz, Silber, Weiß und immer wieder Schwarz, türme alles auf und lasse es immer wieder zusammenkrachen. Dann diese kleine braune Holzkiste, deren Bretter zersplittern, das Blut meiner Schürfwunden ganz schwach und klein. Ein rotes Rinnsal kommt. Eine Frau ... Ihr Busen streicht über meine Brust. Der Orkan fährt in alles hinein, wird so stark, dass ich mich vor der Leinwand gegen ihn stemmen muss. Jetzt liegt sie da in roter Flut. Frau Schapper. Ich drohe fortgerissen zu werden. Das Heulen des Sturmes wird zum Getöse. Ich kämpfe und kämpfe, um mich zu halten, bis ich dann doch nicht mehr kann, bis ich aufgebe und mich auf den Boden lege, auf den Bauch. Der Wind peitscht über mich hinweg. Erschöpft schlafe ich ein.

„Herr Rinke, Herr Rinke, was ist mit Ihnen?" Diese Stimme kenne ich doch. Jemand rüttelt an meiner Schulter. Es ist Frau Schapper. Ich stiere sie an.

„Ist Ihnen nicht gut, Herr Rinke?"

Nur langsam komme ich zu mir.

„Was haben Sie denn da wieder für ein Bild gemalt? Dieser Sturm! Man spürt ihn förmlich, muss sich fast dagegen stemmen."

Ich richte mich auf: „Frau Schapper, Sie sind in Gefahr."

Sie hält inne und schaut mich verständnislos an.

„Jemand plant, Sie auf dieselbe Weise umzubringen wie Eva Bonge."

Frau Schapper wird blass: „Warum sollte das jemand wollen?"

„Es geht um mich", füge ich hastig hinzu. „Wenn jetzt hier noch einmal ein Mord dieser Art passiert, dann zweifelt niemand mehr, dass ich der Mörder bin, auch der Mörder von Eva."

Ich sehe Zweifel in ihrem Blick. Sie hält mich jetzt wohl für total durchgeknallt.

„Frau Schapper, Sie müssen sich in Acht nehmen. Gehen Sie in Ihre Villa, schließen Sie sich ein und lassen Sie niemanden an sich heran, auch keine Bekannten, am besten auch nicht mich."

Sie scheint verunsichert: „Wer sollte mir etwas tun wollen?"

„Ich weiß es nicht", schreie ich verzweifelt. „Vielleicht kommen zwei Kapuzenmänner ..." Ich merke selbst, wie sich das anhört.

Sie legt beruhigend ihre Hand auf meinen Arm. „Sie steigern sich da in etwas hinein, in eine Phantasie. Haben Sie gerade schlecht geträumt?"

Sie nimmt meinen Kopf zwischen ihre Hände und zwingt mich, ihr in die Augen zu schauen. „Entspannen Sie sich." Behutsam zieht sie meinen Kopf heran und küsst mich. Und tatsächlich werde ich ruhiger.

Als ich mich löse, lächelt sie verschmitzt: „Ich habe Wein und Käse mitgebracht, damit wir anstoßen können. Ich finde, wir sollten uns duzen. Das »Sie« passt nicht mehr."

Ich nicke. Sie füllt zwei Gläser. „Ich heiße Gabriele."

„Martin."

Wir stoßen an und trinken. Der Kuss danach ist wenig brüderlich.

Wir lümmeln uns auf Kissen und Decken in eine Ecke, essen Käse und trinken Wein. Gabriele sprudelt los, dass sie ihr Portrait im Schlafzimmer aufhängen wolle und schon den Auftrag vergeben habe, die Wand in einem dunklen Bordeaux-rot zu streichen. Überhaupt habe sie einige Ideen, die riesige Villa umzubauen und die Vielzahl der Räume besser zu nutzen. Mit steigendem Weinkonsum kann ich ihr bald nicht mehr konzentriert folgen. Ich schweife ab und träume mich weg und schlafe irgendwann mit dem Kopf auf ihrem Bauch ein.

Wieder habe ich eine riesige Leinwand aufgestellt. Ich will drei Frauen malen: Bea, Eva und Gabriele. Ich will mit Liebe malen, sie wunderbar darstellen, in ganzer Schönheit, will mit dem Bild zeigen, dass ich ein Frauenliebhaber bin.

Der Anfang gelingt, doch zunehmend entgleiten die Figuren, haben ihren eigenen Kopf, sind unberechenbar, wachsen, werden immer größer, werden übermächtig. Sie beginnen, untereinander zu drängeln. Jede will nach vorn. Das Bild droht zu platzen. Sie halten sich nicht an den Rahmen, den ich ihnen gesetzt habe. Langsam quellen sie auf mich zu. Mir bleibt die Luft weg. Ich bekomme Schwierigkeiten zu atmen, muss auch schlucken, immerzu schlucken. Speiübel wird mir und ganz heiß. Schweißperlen treten aus, laufen mir von der Stirn in die Augen. Alles verschwimmt. Ich kann kaum noch sehen. Wie kann ich sie stoppen?

Dann das Messer in der Hand, das riesige Messer. Blindlings steche ich zu, immer hinein in die Leinwand. Ich höre Schreie, Blut spritzt. Das stachelt mich an. So kann ich sie aufhalten. Nach und nach zerfetze ich das Bild. Dahinter wird Gabriele sichtbar. Sie hat hinter der Leinwand gestanden und die Stiche abbekommen. Sie bricht zusammen. Also doch ich.

Als ich am anderen Morgen erwache, bin ich allein. Keine Spur von Gabriele. Ich bin total erschrocken. Was habe ich getan? Ich renne aus dem Pavillon und sehe erleichtert, dass sie oben auf der Terrasse den Frühstückstisch deckt. „Morgeeen!", höre ich sie fröhlich grüßen. Also alles nur ein Traum. Erleichtert werfe ich ihr eine Kusshand zu. Ich gehe zurück in den Pavillon, wasche mich und ziehe mir frische Sachen an.

Um keinen Ärger zu bekommen, rufe ich beim Polizeipräsidium an und sage Frau Czirpischewsky, dass ich heute nicht persönlich kommen werde, weil ich Frau Schapper bewachen will. Sie lacht mich aus und fügt triumphierend hinzu: „Übrigens, die männliche DNA an der Leiche von Eva Bonge gehört nicht zu Sven Steger. Der Mann ist aus der Nummer raus."

Wie ein Kartenhaus brechen sämtliche meiner Erklärungsversuche in sich zusammen. Ich bin überrascht und frustriert, habe das Gefühl, mit leeren Händen und wieder ganz am Anfang zu stehen. Wenn nicht Sven Steger, wer dann? Wer hat ein Motiv?

Dann ein Strohhalm: „Er hat einen Komplizen. Mich haben zwei Typen in Kapuzenpullis zusammengeschlagen."

Die Polizistin kontert hart: „Oder es war doch Ihre Frau."

„Warum ist Steger dann geflohen?", will ich wissen. Czirpischewsky schweigt.

Den ganzen Tag bin ich unruhig. Mein Gehirn arbeitet auf Hochtouren und erfindet immer neue Szenarien und Theorien, wie es zum Mord an Eva gekommen sein könnte. Dabei streife ich durch die Gebäude und den Park und halte alles im Auge. Am späten Nachmittag – Gabriele telefoniert gerade in der Villa – kommt Bea. Ich bin froh, dass sie nicht untergetaucht ist. Sie verhält sich reserviert und will wissen, wo ich letzte Nacht war.

„Ich war hier und habe ein neues Bild gemalt. Komm, ich zeige es dir." Ich nehme sie an die Hand und wir gehen in den Pavillon. Bea ist beeindruckt, aber als ich ihr erzählen will, was ich hinter den Mülltonnen gehört und welche Befürchtungen ich habe, schneidet sie mir das Wort ab. „Später, Martin. Ich muss jetzt mal ganz schnell zu Gabriele und mit ihr etwas besprechen." Und schon eilt sie – ihre große Handtasche fest an sich gepresst – durch den Park auf die offen stehende Terrassentür zu. Mir wird mulmig im Magen. Ist sie eifersüchtig? Sieht sie in Gabriele eine Gefahr für unsere Ehe? Kann ich ihr trauen?

Plötzlich markerschütternde Schreie aus der Villa. Mir stockt das Herz. Ist das Gabriele? Ist das Bea? Ich kann es nicht sagen. Ich höre nur Todesangst. Mit einem Ruck reiße ich mich aus der Erstarrung und spurte hinauf zur Terrasse und durch die Tür in den großen Wohnraum. Aber da ist niemand. Also weiter, den Schreien nach. In dem kleinen Zimmer, in dem die Bilder meiner Blutsturzserie hängen, presst sich Gabriele mit dem Rücken an die Wand. Ihr Augen sind schreckensstarr geweitet. Vor ihr schwingt Bea – schwer atmend – einen Lampenfuß wie eine Keule. Oh nein, das darf doch nicht wahr sein!

Dann entdecke ich den Mann auf dem Boden vor dem Sofa. Er liegt auf dem Bauch, ein großes Küchenmesser in der rechten Hand. Sein Hinterkopf blutet.

Ich atme auf. „Seid ihr OK?"

Die Frauen rühren sich nicht. Bea steht mir am nächsten. Ich nehme ihr den Lampenfuß ab und umarme sie. Gemeinsam gehen wir zu Gabriele und erlösen sie aus ihrer Erstarrung. Sie lässt sich in unsere Arme fallen und beginnt, hemmungslos zu weinen.

Einige Tage später bin ich wieder im Gefängnis. „Ah, der Sudelmörder gibt uns die Ehre." Die Beamten freuen sich, mich zu sehen. Einer führt mich ins Besucherzimmer. Ich setze mich an einen Tisch und warte gespannt. Als Leo hereingeführt wird, lächelt er. Blass sieht er aus und mit Kopfverband erinnert er an einen Pakistani. Er setzt sich mir gegenüber und wir schauen uns schweigend an.

„Tja, Leo", beginne ich schließlich. „In alten amerikanischen Filmen ist der Rechtsanwalt oft der Freund der Familie ..."

Leo scheint überrascht und ein Hauch von Bedauern huscht über sein Gesicht: „Es ist alles sehr unglücklich gelaufen, Martin. Sven Steger ist der Sohn meiner Lebensgefährtin. Er macht uns seit Jahren Sorgen, weil er sich so radikalisiert hat."

Er stockt. „Dieser Brandanschlag mit der toten Familie geht auf sein Konto. Sven hatte Angst, dass Eva ihn nach der Trennung verrät und wollte sie zum Schweigen bringen. Ich wollte einen weiteren Mord verhindern und habe ihm angeboten, mit Eva einen Deal zu versuchen. Aber dann hat Eva dich kennengelernt und kam nicht mehr in ihre Wohnung."

„Ja, sie hat bei uns gelebt."

„Durch Zufall haben wir herausgefunden, dass ihr übers Wochenende nach Thomasberg ins Forum Siebengebirge fahrt. Sven hat sofort dort ein Zimmer gebucht, aber ich bin ihm nachgefahren und habe verhindert, dass er Eva auf den Hotelgängen auflauert. Ich habe ihn weg geschickt und selbst Eva angesprochen, als sie – während eures romantischen Dinners – zur Toilette musste. Ich habe ihr klar gemacht, dass sie wegen Sven in Gefahr sei. Für weitere Informationen haben wir uns für 4 Uhr in der Nacht auf der oberen Terrasse verabredet. Sie meinte, dann würdest du mit Sicherheit schlafen. Als ich dorthin kam, saß sie schon links auf dem Metallgeländer. Ich habe auf sie eingeredet, aber selbst für Geld wollte sie nicht versprechen, über Svens Taten zu schweigen. Da habe ich sie gepackt und geschüttelt. Als ich sie los ließ, hat sie das Gleichgewicht verloren und ist nach hinten kopfüber auf die Restaurant-Terrasse gestürzt. Ich wollte das nicht. Das war ein Unfall. Das musst du mir glauben."

Ich schaue ihn skeptisch an: „Und wie kam es zu den vielen Messerstichen?"

„Ich war total in Panik und bin die Treppen zum Restaurant hinunter gerast. Mir fiel ein, von dir gelesen zu haben, dass du manchmal in deine Bilder hinein stichst. So habe ich dann unten ein Messer von den eingedeckten Tischen genommen und immer wieder auf die Leiche eingestochen. Es war grauenhaft."

„Du Schwein."

Leo nickt: „Tut mir leid."

„Aber wieso hast du dich mir dann als Verteidiger angedient?"

Jetzt grinst Leo: „War doch eine tolle Idee. So konnte ich die Ermittlungen im Auge behalten, ein wenig Einfluss nehmen und versuchen, Schaden von Sven und mir abhalten."

„Du warst geschickt. Ich hatte sogar den Eindruck, dass du dich für mich einsetzt."

„Mehr Schein als Sein", antwortet Leo und zuckt mit den Achseln.

„Immerhin hast du mir das Leben gerettet, als ich in der Holzkiste lag, und dafür danke ich dir."

Leo lächelt.

Ich weiß jetzt genug und stehe auf. Beim Hinausgehen drehe ich mich noch einmal um und sage: „Leo, einen Vorteil hat ja so ein Gefängnis für dich."

Leo hebt erstaunt die Augenbrauen.

„Hier kannst du dir deinen alten Spitznamen »Leckleo« noch mal ganz neu verdienen."

Am folgenden Abend sind Bea und ich in die Villa Schapper eingeladen. Mich wundert diese offizielle Einladung, waren wir doch jeden Tag hier. Ich habe im Pavillon weiter gemalt und Bea ist nach der Schule gekommen. Immer wieder haben wir den Alptraum, den wir erlebt hatten, besprochen und versucht zu verarbeiten. Wir haben jeden Abend zusammen gegessen und getrunken und nach und nach hat sich die Anspannung gelöst und Lachen und Leichtigkeit sind in die Villa eingezogen. Besonders Bea und Gabriele verstehen sich prächtig. Wenn ich beim Malen die Zeit vergesse, sind sie miteinander beschäftigt, stecken ihre Köpfe zusammen oder unternehmen irgendwas.

An diesem Abend führt uns Gabriele direkt in ihr Schlafzimmer und zeigt uns, wie eindrucksvoll das Portrait auf der Bordeauxroten Wand wirkt. Sie verteilt Gläser mit Sekt und wir stoßen miteinander an.

„Wir haben dir etwas zu sagen", beginnt Gabriele mit feierlicher Stimme.

„Wie? »Wir«?", frage ich überrascht.

Gabriele nimmt Bea in den Arm. „Ja, wir beide haben in den letzten Tagen etwas ausgebrütet."

„Du hast es in deinem Malrausch vielleicht nicht mitbekommen", schaltet sich Bea ein. „Wir beide sind uns nahe gekommen, sehr nahe." Sie küsst Gabriele kurz auf den Mund.

„Ja", fährt Gabriele fort. „Schon bei unserem ersten langen Gespräch haben wir uns sofort toll verstanden."

Mir schwant Böses. Jetzt tun sich die Frauen zusammen und servieren mich ab.

Die beiden lachen, weil mir wohl die Kinnlade herunter gefallen ist.

„Ich lebe schon einige Jahre allein in dieser riesigen Villa", erzählt Gabriele. „Manchmal war es ziemlich trostlos. Seit ihr beide aufgetaucht seid, ist es hier wieder bunt geworden. Ich möchte euch fragen, ob ihr nicht zu mir ziehen wollt. Es gibt hier genug Platz, dass jeder für sich sein kann und du, Martin, könntest weiter im Pavillon malen."

„Ich fand diese Idee sofort wunderbar", ereifert sich Bea.

„Martin, wir haben doch auch schon selber darüber nachgedacht, ob wir nicht irgendwann eine Alters-WG gründen wollen. Warum nicht schon jetzt damit anfangen?"

„Aber zu dritt?", werfe ich ein. „Gibt das nicht wieder Eifersucht und Streit? Denk daran, wie es sich mit Eva entwickelt hat."

„Eva hatte nie Ambitionen, sich auf eine Frau einzulassen", erwidert Bea. „Sie hat sich zunehmend auf dich konzentriert. Außerdem war es mit ihr nicht auf Augenhöhe. Wir hatten sie in der Hand und sie hat sich darein gegeben. Ihre Sklavenseele hat mich genervt."

Ich bin nicht überzeugt: „Das hier ist auch nicht auf Augenhöhe. Die Villa gehört Gabriele. Sie kann uns jederzeit rausschmeißen."

„Gabriele hat mir etwas gestanden", legt Bea nach. „Sie hat ja dich zuerst kennen gelernt und sich schon bald in dich verliebt."

Ich sehe, wie Gabriele rot anläuft.

„Und du findest sie doch auch begehrenswert." Ich nicke und warne: „Das wirst du nicht aushalten."

Bea schüttelt den Kopf: „Wenn sich jeder auf jeden einlässt, könnte es klappen. Wenn nicht, ziehen wir wieder aus. Aber einen Versuch ist es wert." Sie stellt die Sektgläser weg und umarmt uns beide. Wir stehen zu dritt da und streicheln und küssen uns.

„Ich habe auch noch andere Ideen", höre ich Gabriele. „Ich überlege, eine Galerie aufzumachen. Dann könnte ich deine Bilder verkaufen und das Geld bleibt in der Familie."

Ganz tief in mir heult eine Alarmsirene auf. Sind hier zwei Frauen dabei, mir mein Leben aus der Hand zu nehmen, mich völlig zu verplanen? Ich kann darüber nicht nachdenken, jetzt nicht. Denn wir haben angefangen, zu schwingen und uns hin und her zu wiegen, erst langsam, dann schneller. Irgendwann verlieren wir das Gleichgewicht und fallen auf das große Bett. Unsere Körper umschlingen sich liebevoll. Es geht mir gut. Ich löse mich auf, entgrenze.

Ja, ich bin ein Frauenliebhaber. Es ist schön, in weiche Körper einzutauchen. Ich muss nur aufpassen, dass ich genug Luft bekomme, dass ich nicht erdrückt werde von so viel Weiblichkeit.

Und wenn es doch schief geht?

Dann bleibt mir die Kunst und die Zärtlichkeit der Fliegen.